근대의 길목에서 근대를 성찰하다
생태주의자 괴테

근대의 길목에서 근대를 성찰하다
생태주의자 괴테

김용민 지음

문학동네

'위대한 순간'은 문학동네와 연세대학교 인문학연구원이 함께 펴내는 새로운 인문교양 총서다. 이 총서는 문학, 역사, 철학 분야에서 중요한 이정표가 되는 인물이나 사건을 현재적 관점에서 새롭게 조명해보자는 취지에서 출발했다. '지금 여기'의 생동하는 삶에 지혜가 되지 못하는 지식은 공허하다. 우리는 한 사회의 개인이나 사건의 특수성이 역사와 맞물려 보편성을 획득하는 의미 있는 정점을 '위대한 순간'이라 명하고, 그것이 과거의 유산에 머물지 않고 지금까지도 지대한 영향을 미치면서 여전히 '위대한 순간'으로 남을 수밖에 없는 이유를 면밀히 추적하고자 한다. 이를 통해 과거의 빛나던 순간들의 의미를 독자들과 함께 음미하고, 다가올 시간을 위대한 순간으로 빚을 수 있는 인문정신의 토양을 일구고자 한다.

　오늘날 인문학은 스스로 자신의 존재이유를 입증하지 않는 한 도태와 쇠퇴로부터 자유로울 수 없다. 한국사회에 비판적 '교양'이 설 자리를 마련하고 이를 통해 인간다움을 복원시킬 문화적 자양분을 제공하지 않는다면 인문학뿐 아니라 우리의 사회 또한 척박한 내일과 조우하게 될 것이다. '위대한 순간'은 우리 모두가 이러한 위기를 슬기롭게 극복할 수 있도록 '즐거운 학문'의 장을 열고

자 한다. 상아탑에 갇힌 학문이 모두를 이롭게 하는 복음이 될 때 '즐거운' 학문이 될 수 있다는 판단하에 전문성과 대중성의 조화로운 통합을 시도했다. 또한 연세대학교 인문학연구원의 풍부한 연구진과 국내 학계의 훌륭한 저자들을 두루 포섭하여 주제를 다양화하고 내용의 폭을 넓혔다.

인문학의 기초를 다지고 싶은 이들, 인문학에 관심은 있으나 입구를 찾지 못한 사람들에게 '위대한 순간'은 좋은 길잡이가 될 것이다. 각기 다른 위대한 순간들을 한 순간씩 맛보다 보면 어느 순간 인문학을 아는 것에서 한 걸음 더 나아가 인문학을 실천하는 자신을 발견하게 되리라 믿는다. '위대한 순간'들을 탐사하는 이 지적 여행에 많은 독자들이 함께하기를.

연세대학교 인문학연구원

차 례

일러두기

이 책에서 자주 인용하는 괴테의 주요 작품은 기본적으로 다음 한국어 번역본을 참고하되, 필요한 경우 부분적으로 수정하기도 했다. 이들 작품의 인용시 처음 나올 때만 주를 달았고 이후에는 본문에 쪽수만 표기했다.

『젊은 베르터의 고뇌』, 김용민 옮김, 시공사, 2014.
『빌헬름 마이스터의 수업시대』(전2권), 안삼환 옮김, 민음사, 1996.
『친화력』, 김래현 옮김, 민음사, 2012.
『파우스트』(전2권), 정서웅 옮김, 민음사, 1999.
『색채론』, 장희창 옮김, 민음사, 2003.

요한 볼프강 폰 괴테Johann Wolfgang von Goethe(1749~1832)가 살았던 18세기 중후반과 19세기 전반기는 정치, 사회, 경제, 문화, 사상 모든 분야에서 급격한 변화가 이루어진 시기였다. 프랑스혁명으로 왕정이 무너지고 귀족계급이 쇠퇴하며 시민계급이 부상함으로써 근대가 본격적으로 시작되었다. 경제적으로는 자본주의가 발전하고 산업혁명의 시대가 도래해 목가적이고 자연적인 세계가 점차 기술문명의 세계에 밀려나기 시작했다.

봉건세계와 근대세계의 대립과 갈등, 그리고 점점 분명해지는 기술문명과 자본주의 세계의 승리를 바라보며 괴테는 그의 자유로운 정신에 걸맞게 총체적인 분석과 비판을 가했다. 괴테는 수많은 편지와 문학작품, 학술적인 글들을 통해 "근대의 공리주의와 물질주의, 그리고 과학기술 및 산업에 의한 세계의 개조라는

젊은 괴테(Angelica Kauffmann, 1787)

생태주의자
괴테

경제적, 과학적, 사회적 기획"에 결연히 맞섰다.[1]

괴테는 기술, 과학, 산업의 힘으로 세계를 좀더 실용적이고 생
산적으로 만들고자 하는 진보의 대가로 우리가 무엇을 잃고 있
는가를 끊임없이 질문했다. 근대의 진보 이상이 가져온 대가를
괴테는 근대적 존재의 비극적 운명으로 보고 이를 파우스트가
악마와 맺은 계약으로 표현했다.

파우스트는 발전과 진보를 전면에 내세운 근대적 진보사상
을 극단화한 인물이다. 파우스트라는 인물 속에는 목적을 위해
수단을 가리지 않고, 끊임없이 욕망을 추구하며, 자연을 파괴하
고 진보를 맹신하는 근대적 인간의 특성이 들어 있다. 파우스트
의 만족할 줄 모르는 끝없는 욕망 추구와 맹목적 행위는 어떤 대
가를 치르고라도 모든 것을 소유하고 지배하려는 근대적 인간의

욕망과 연결되어 있다. 파우스트에게 자연은 단지 정복하고 이용해야 할 대상일 뿐이다.

진보와 기술 발전에 대한 파우스트적 믿음과 자연의 힘을 길들여 자연의 주인이 되려는 파우스트적 노력은 바로 오늘날의 생태 위기를 가져온 중요한 요인 중 하나다. 그렇기에 파우스트의 극단적 성격은 근대적 인간의 오만을 보여준다. 참을성 없음, 지식과 쾌락에 대한 불만, 채워지지 않는 갈망, 불행한 의식 등에 사로잡혀 무작정 앞으로 달려가는 파우스트를 통해 괴테는 근대적 인물의 특징과 "무자비한 근대적 인간의 비극"을 본보기로 제시했다.[2] 파우스트라는 인물상 속에는 노력하며 방황하는 인간 존재에 대한 깊은 회의와 그러한 인간을 요구하는 근대에 대한 심도 있는 비판이 들어 있다. 괴테는 파우스트를 통해 기술로 자연을 정복하게 될 다가오는 세계에 대한 경악을 표현했던 것이다.

근대와 기술문명, 그리고 자연지배에 대한 괴테의 우려는 『파우스트』뿐만 아니라 그의 다른 여러 작품과 수많은 편지에도 반복해서 등장한다. 괴테는 근대세계의 성급함과 초조함, 속도에 대한 비판을 1825년에 카를 프리드리히 첼터 Carl Friedrich Zelter에게 보낸 편지에서 다음과 같이 표명한다.

친애하는 친구여, 이제 모든 것이 다 극단적이고 초월적이며 도통 멈추질 않고 있습니다, 생각뿐 아니라 행동에서도 그렇습니다. 아무도 자신을 더이상 알지 못하고, 아무도 자신이 어떤 영역에서 움직이고 활동하는지 알지 못하고, 자신이 다루는 소재가 무언지 또한 알지 못

합니다. ……젊은이들은 너무 일찍 흥분하고 곧바로 시간의 소용돌이 속으로 휘말려버립니다. 세상은 부와 속도를 찬미하고 그것을 손아귀에 넣으려 모두 다 혈안이 되어 있습니다. 철도, 급행 우편마차, 증기선, 그리고 모든 가능한 통신수단 같은 것들은 교양 있는 이들이 스스로를 더 우월하고 더 교양이 있다고 뻐기는 근거이나 그것을 통해 그들은 오히려 평균적인 것에 머물러 있을 뿐입니다. ……금세기는 머리 좋은 인간들, 경솔하고 실용적인 인간들, 어떤 특정한 세련됨으로 무장하고 대중에 대해 우월감을 느끼지만 결코 최고의 재능을 갖고 있다고는 할 수 없는 그런 인간들의 시대입니다.[3]

이 편지에는 근대를 비판하는 괴테의 철학적 토대가 들어 있다. 그는 자신의 시대가 지닌 성급함과 조급함의 바탕에 젊은이들의 오만과 돈에 대한 욕망이 있음을 지적한다. 부와 속도, 효율성과 물질만능주의라는 개념이 바로 괴테가 파악하는 근대적 삶의 원칙이다. 괴테는 근대의 특징을 '악마적 성급함^{veloziferisch}'이라는 새로운 개념으로 정의했는데, 이는 '자전거 ^{velo}' 자전거처럼 빠른^{veloce}'과 '사악한^{luziferisch}'을 합성해서 만든 단어이다. 괴테가 근대 문명의 문제라 본 것은 무엇보다도 빠름과 속도의 증가, 그리고 서두름이다. 괴테에게 악마적 성급함이란 늘 "새로운 가치들이 계속해서 신속하게 연이어 나타나고, 유행과 경향이 끔찍할 정도로 빠르게 바뀌는 것 속에 깃들인 '사악한 것^{das} ^{Luziferisch}', 즉 '악마적인 것'"이다.[4]

괴테는 이탈리아 여행 이후인 18세기 후반에 이미 전통적인 예술시대가 저물고 기술 지향의 새로운 문명사회가 도래하고 있음을 인식했으며, 새로운 기술시대가 가져올 인간사회와 자연세계의 근본적 변화에 관심을 기울였다. 만년의 소설 『빌헬름 마이스터의 편력시대』(1829)에는 가내수공업이 새로운 기계산업에 의해 사라지는 현상이 자세히 서술되고 있다. 괴테는 이러한 시대적 현상을 상상으로 그려낸 것이 아니었다. 그는 1810년대 스위스 산골마을의 가내수공업 직조공들의 현황을 면밀히 분석한 실제 보고서를 바탕으로 소설 속 장면을 형상화했다. 이 소설에서 스위스 산골마을의 가내수공업자 수잔네는 수공업자 이주동맹의 회합에서 마을에 도입되기 시작한 기계화를 다음과 같이 묘사한다.

> 지금 제 마음을 억누르고 있는 것도 사업 걱정이긴 합니다만, 유감스럽게도 한 순간의 문제가 아니랍니다. 그래요! 미래 전부가 좌우되는 문제이지요. 점점 확산되고 있는 기계설비 때문에 저는 괴롭고 겁도 납니다. 그것은 마치 뇌우처럼 서서히, 서서히 몰려오고 있지요. 하지만 일단 방향을 잡았으니 언젠가는 우리에게 다가와 덮칠 것입니다. ……그런데 상상 좀 해보세요. 수백 년 동안 사람들이 이 황량한 산간벽지에서 활기차게 모여 살아왔는데, 이제 그것이 점점 가라앉으며 소멸되어 다시 먼 옛날의 고독 속으로 되돌아갈 것을 말이에요.[5]

가족이 모두 참여하는 가내수공업 대신 기계가 도입되어 공정이 기계화되면 많은 사람이 일자리를 잃고 거리에 나앉게 될 것은 자명하다. 점점 더 많은 주변 사람들이 "직접 기계를 설치하여 수많은 사람들의 생계수단을 독차지할 생각을 하고 있는 것"

을 보며 수잔네는 일자리를 잃은 사람들이 "결국 가난에 허덕이며 의지할 데 없이 떠돌아다니는" "떠돌이 신세"로 전락할 것임을 예견하고 있다. 산골마을에선 "다양한 성격의 사람들이 다양한 작업에 흔쾌히 임하며 한 방에서 여럿이 일하"[6]면서 함께 노래를 부르고, 직물을 팔기 위해 시장에 가는 것을 소풍처럼 즐긴다. 이처럼 노동과 사회적 삶이 밀접하게 결합되어 인간, 자연, 노동, 기술이 유기적 통일을 이루었던 세계가 기계화를 통해 사라지는 것을 괴테는 비판적으로 서술한 것이다.

괴테의 비판은 자신의 시대가 지닌 거의 모든 문제를 아우르고 있다. 한계를 모르는 가속화, 기계화, 추상화, 모든 삶의 관계를 경제의 잣대로 파악하는 것, "계몽주의 이래 산업사회의 자의식으로 발전한 과학과 기술의 진보에 대한 맹신", 근대의 이분법적 사고, 새로운 시대의 신으로 등극한 '쉴 줄 모르는 욕망'이 괴테가 파악한 근대의 문제였다.[7] 그는 "유용성, 전쟁, 소비, 기술, 지식, 지성"을 자기 시대의 여섯 가지 유령이라 칭하고 이에 맞서 "생성, 평화, 양육, 예술, 학문, 여유로움, 이성"을 대안적 가치로 제시했다.[8]

근대의 시작과 함께 교통, 경제, 정보의 발전이 급속도로 진행되던 상황에서 괴테는 자연과 삶을 새로운 관점에서 바라볼 것을 제안했다. 악마처럼 성급한 속도에 대비되는 세계는 바로 자연이다. 자연이야말로 막 시작된 근대가 추구하던 발전에 맞서는 마지막 요새이기 때문이다. 이를 통해 괴테는 자신의 시대가 앓고 있는 병의 원인을 진단하고 그것을 극복할 새로운 대안적 삶의 방식을 제시했다. 그런 점에서 괴테의 시도는 생태주의와 만난다. 생태주의는 자연과 인류의 위기를 초래한 근대를 비판하며 이를 새로운 대안 가치로 극복하려 시도하기 때문이다. 속도와 쉼 없는 활동에 맞서 괴테가 제안하는 대안은 "고요함과 현재에 대한 집중"이다. 현재에 집중하며 휴식을 취할 때 우리는 "완성되고 스스로를 찾으며 행복한 존재"가 될 수 있음을 괴테는 강조한다.[9] 그렇기에 독일의 생태주의 전통을 연구한 영국 독문학자 악셀 굿바디 Axel Goodbody는 괴테를 "독일인의 자연 인식에 가장 커다란 영향을 끼친 작가이자 사상가"[10]라고 평가했다.

근대 전반에 대한 비판과 성찰, 그리고 이를 넘어서는 새로운 대안적 삶의 방식의 모색은 괴테의 초기 작품에서부터 시작되어 평생 동안 지속되었다. 이 책에서는 괴테의 대표작들인 『젊은 베르터의 고뇌』(1774), 『빌헬름 마이스터의 수업시대』(1796), 『친화력』(1809), 『파우스트』(1부 1808, 2부 1831), 그리고 자연과학 연구서 『색채론』(1810)을 따라가면서 이들 작품에서 다양하게 변주되어 나타나는 생태주의 사상의 궤적을 종합적으로 살펴볼 것이다. 이를 통해 오늘날 우리가 직면한 생태계 위기를 극복할 대안의 단초를 모색해보려 한다.

1장

계몽과 반계몽:
『젊은 베르터의 고뇌』

1. 18세기 유럽의 시대적 아이콘 베르터

1774년에 발표한 『젊은 베르터의 고뇌 *Die Leiden des jungen Werther*』[1]는 스물다섯 살의 청년 괴테를 일약 유럽의 베스트셀러 작가로 만들었다. 이 작품이 출간되자 독일은 물론 유럽 전역에서 가히 '베르터 신드롬'이라 할 만한 엄청난 반향이 일어났다. 유럽의 젊은이들은 이 작품 속에 "자신들의 삶의 감정, 자신들의 언어, 자신들의 세계관과 불안이 표현되었다"[2]고 느꼈기 때문이다. 그들은 이 소설을 반복해서 읽으며 열광했고 주인공과 자신을 동일시하기도 했다.

얼마 지나지 않아 베르터는 당시 젊은이들의 시대적 아이콘이 되었다. 젊은 남성들은 베르터가 로테를 처음 만난 날 이후 줄곧 입고 있었던 푸른색 연미복과 노란색 조끼를 맞춰 입었으며, 젊은 여성들은 로테처럼 소매와 가슴에 연분홍색 리본이 달린 소

베르터와 로테의 첫 만남(Daniel Chodowiecki, 1776)

박한 흰 드레스를 따라 입었다. 베르터의 편지글 문체가 유행했
고, 많은 사람이 작품 속 베르터가 즐겨 읽던 호메로스나 오시안
의 작품을 찾아 읽었다. 더 나아가 베르터를 모방하여 권총 자살
하는 이들도 속출했다. 이처럼 유명인이나 자신이 모델로 삼고
있던 사람이 자살할 경우 그 사람과 자신을 동일시해 자살을 시
도하는 현상을 심리학에서는 아예 '베르테르 효과Werther effect'라
부르게 되었다. 젊은 남성들은 자신의 배우자로 로테와 같이 정
숙하고 아름다우며 감성적인 여인을 원했고, 여성들은 목숨마저
내던질 정도로 자신을 사랑할 베르터 같은 남자를 찾았다. 요즘
청소년들이 아이돌 가수에게 열광하는 것처럼 당시 젊은이들은
베르터에 열광하며 그를 모방하려 했던 것이다.

　베르터가 시대의 아이콘으로 부상하자 베르터 관련 상품이 쏟
아져나오기도 했다. 베르터와 로테의 실루엣은 물론 작품 속 유
명한 장면을 묘사한 동판화와 삽화 등이 제작되어 널리 유포되

었다. 특히 베르터가 로테를 처음 만나던 때의 모습, 즉 로테가 동생들에 둘러싸여 빵을 나누어주는 장면이나, 베르터가 발하임에서 아이들 그림을 그리는 모습, 베르터가 로테에게 오시안을 읽어주자 로테가 소파에서 흐느끼는 장면, 베르터의 자살 장면 등이 인기를 끌었다.

이처럼 베르터가 선풍적인 주목을 받고 인기를 끈 이유는 이 소설이 '혁명적 새로움'을 담고 있었기 때문이다. 주인공의 감수성과 감성을 잘 드러내주는 서간체 소설은 당시 독자들에게 매우 새롭고 강렬한 인상을 주었다. 또한 드라마가 아니라 소설에서 비극적 사건을 다룬 점, 그리고 당시 신분질서와 봉건사회의 억압에 대해 주인공이 강력한 비판을 제기하고 있으며 끝내는 자살로 생을 마감한다는 내용 역시 18세기에는 민감하고 획기적인 주제였다. 괴테는 노년에 쓴 자서전 『시와 진실』에서 이 작품이 당시 젊은이들에게 불러일으킨 파장을 다음과 같이 회상했다.

이 작은 책이 끼친 영향은 매우 컸다. 엄청날 정도였다. 그 이유는 무엇보다도 이 작품이 정확하게 시대를 관통했기 때문이다. 적은 양의 화약으로도 거대한 광산을 무너뜨릴 수 있듯이 (이 작품이) 독자들에게 일으킨 폭발 역시 참으로 강력했다. 젊은이들의 세계 자체가 이미 스스로를 전복시키고 있었기 때문이다. 과도한 요구와 충족되지 않은 정열, 그리고 자신들이 받고 있는 고통에 괴로워하던 모든 이들의 감정이 폭발했기 때문에 그 충격이 그렇게 컸던 것이다.[3]

더 나아가 베르터의 자살은 처음부터 커다란 논란에 휩싸였다. 스스로의 손으로 목숨을 끊는 자살은 인간의 생명은 하느님이 주셨기에 하느님만이 거둘 수 있다는 기독교 교리에 정면으로 위배되었기 때문이다. 그래서 라이프치히에서는 이 책이 '도덕을 해친다는 이유'로 출판 금지되기도 했다. 하지만 베르터의 자살을 옹호하는 작가나 지식인도 많아 자살을 둘러싼 공방이 치열하게 전개되었다. 『젊은 베르터의 고뇌』를 둘러싼 공방은 이 소설은 물론 작가 괴테를 더욱 유명하게 만드는 역할을 했다.

『젊은 베르터의 고뇌』에는 괴테의 자전적 체험이 많이 담겨 있다. 슈트라스부르크에서 법학을 공부한 후 괴테는 1772년 5월에 아버지의 권유로 제국법원에서의 실습을 위해 베츨라로 향했다. 프랑크푸르트에서 그리 멀리 떨어져 있지 않은 베츨라는 신성로마제국의 제국법원이 있는 곳이지만 인구는 수천 명밖에 안 되는 자그마한 도시였다. 괴테는 그곳에서 열린 어느 무도회에서 샤를로테 부프^{Charlotte Buff}(샤를로테를 줄여 부르는 애칭이 로테^{Lotte})라는 아가씨를 알게 되어 사랑에 빠졌다. 그녀는 소설에서처럼 돌아가신 어머니를 대신해 가사를 전담하며 동생들을 돌보고 있었다. 샤를로테에게는 케스트너라는 약혼자가 있었지만 괴테는 그녀에게 향하는 마음을 어쩌지 못하고 그녀를 자주 방문했으며, 그녀의 약혼자와도 친하게 지냈다. 어쩔 수 없는 사랑의 감정에 괴로워하던 괴테는 그해 9월 어느 날 작별인사도 없이 도망치듯 베츨라를 떠났다. 그리고 6주 후 괴테는 베츨라 시절에 친교를 맺었던 예루살렘이 스스로 목숨을 끊었다는 소식을 듣는다. 예루살렘은 공사관 관리로 직장 상사와 어려움을 겪고 있었고 공사관 서기의 부인에 대한 이루어질 수 없는 사랑 때문에 괴로워한 나머지 자살한 것이었다. 괴테는 예루살렘의 자살 사건에 남다른 관심을 보여 샤를로테의 약혼자인 케스트너에게 자세한 내용을 전해달라고 부탁했고, 케스트너는 사건의 전말을 자세하게 적어 보냈다. 예루살렘은 귀족사회에서 모욕을 당했으며, 자신이 사랑하는 부인에게 무릎 꿇고 사랑을 고백했지만 거절당한 후 다음날 하인을 시켜 여행에 필요하다며 케스트너에게 권총을 빌려갔다고 한다. 그는 바로 그 권총으로 자살했다.

괴테는 자신의 경험과 예루살렘의 자살을 결합시켜 4주 만에 『젊은 베르터의 고뇌』를 완성했다. 그런 점에서 이 작품은 괴테의 자전적 작품이다. 하지만 로테는 샤를로테가 아니고 베르터 역시 괴테가 아니며, 알베르트는 샤를로테의 남편이 된 케스트너가 아니다. 로테나 베르터, 알베르트는 어디까지나 괴테가 창조해낸 허구의 인물일 뿐이다. 로테라는 인물 속에는 괴테가 만났던 샤를로테는 물론 다른 여인들, 그리고 그가 꿈꾸던 이상적 여인상이 함께 섞여 있다. 베르터에도 역시 예루살렘이라는 실존인물과 괴테 자신의 모습, 그리고 허구적 특징이 함께 들어 있다. 문학이란 아무리 사실을 바탕으로 하더라도 기본적으로 허구이기 때문에 그 사실을 넘어선다. 괴테는 자신의 경험에 상상과 이상을 결합하여 완전히 새로운 인물과 줄거리를 만들어냄으로써 세계 문학사에 길이 남을 걸작을 창조해냈다.

약혼자가 있는 여인을 사랑한 베르터는 나중에 그 여인이 결혼을 했음에도 사랑의 마음을 정리하지 못하고 끝내 파멸하고 만다. 오늘날의 관점에서 보면 약혼한 여인을 사랑한다는 것이 사회적으로나 도덕적으로 그리 비난을 받거나 금기시될 만한 대단한 사건은 아니지만 당시로서는 매우 부도덕하다고 낙인찍힐 만한 사안이었다. 그런데도 베르터는 온몸을 던져서 로테를 사랑한다. 로테 역시 베르터에게 끌리는 마음을 어찌할 수가 없어서 베르터를 냉정하게 거절하지 못한다.

두 사람의 사랑은 그 자체만으로 모든 젊은이들이 꿈꾸는 그런 이상적이고 낭만적인 사랑이다. 처음 만난 순간부터 강렬한 이끌림을 경험하고, 무도회에서는 황홀한 춤으로 서로에게 빠져들며, 천둥 번개가 잦아드는 창가에 서서 똑같이 클롭슈토크의 송가를 떠올림으로써 두 사람은 서로에 대한 호감을 넘어서서 단번에 내적 합일까지 경험한다. 베르터에게 로테는 연인, 어머니, 구원의 여인을 합친 이상적 여성으로, 로테에게 베르터는 자신의 감성을 발현시키고 내면의 욕구를 충족시켜주는 부드러운 남성으로 여겨진다. 두 사람은 모든 것을 함께 느끼고, 함께 감동하며, 함께 기뻐하는 정신적 합일의 상태를 경험한다. 그렇기에 두 사람은 사회적 제약과 도덕적 괴로움에도 불구하고 헤어지지 못한 채 끝까지 서로를 그리워하고 사랑한 것이다.

이런 말을 해도 될까, 빌헬름? 안 될 것도 없겠지? 그녀는 알베르트보다는 나와 결혼했다면 더욱 행복했을 것이네! 아, 그는 그녀가 바라는 마음의 소망을 모두 채워줄 수 있는 그런 인물이 못 되네. 감수성에 약간의 문제가 있네. 감수성의 부족, 그게 무언지는 물론 자네 좋을 대로 생각하게나. 그의 마음은 공감이라는 걸 잘 모르네. 아아, 멋진 책을 함께 읽다가 로테와 내 마음이 하나가 되는 대목에서도 그렇고, 다른 수많은 경우에서 제3자의 행동에 감동하여 우리가 탄성을 지를 때에도 그는 무덤덤하다네. 사랑하는 빌헬름! 물론 그는 온 영혼을 다해 로테를 사랑하네.[4]

특히 베르터는 자신의 온 존재를 내던져 로테를 사랑한다. 두 존재가 만나 내면의 합일을 이루고 온 마음을 다해 사랑하는 것, 이것이 바로 사랑의 본질이자 많은 젊은이들이 꿈꾸는 사랑의 이상향이 아니겠는가? 만일 알베르트가 양보하여 베르터와 로테가 결혼할 수 있었다면 이보다 더 아름다운 사랑의 결실은 없었을 것이다. 물론 두 사람이 결혼을 하게 되면 그때부터 현실생활의 온갖 어려움이 기다리고 있었을 테지만 말이다.[5] 로테와 알베르트가 결혼하면서 베르터는 더욱 멀어진 사랑에 괴로워한다. 그럼에도 베르터는 로테 곁을 떠나지 못하고 끝까지 로테를 사랑하다 그 어떤 희망도 보이지 않자 결국 스스로 목숨을 끊는다.

그런 점에서 베르터의 죽음은 출구가 보이지 않는 절망에서 나온 행위라고 볼 수 있다. 하지만 동시에 그의 죽음은 지상에서 이룰 수 없는 사랑을 저승에서 완성하고자 하는 강렬한 소망의 표현이기도 하다. 베르터는 로테를 너무도 사랑하기에 비록 지상에서는 그녀의 남편이 될 수 없지만 저승에서는 영원히 함께할 수 있으리라 생각한다. 죽기 직전에 쓴 편지에서 베르터는 그 희망을 분명히 밝힌다.

알베르트가 당신의 남편이라는 사실이 대체 무어란 말입니까? 남편이라! 그것은 이 세상에서나 해당되는 것이지요. 내가 당신을 사랑하고, 당신을 그의 팔에서 빼앗으려는 것이 이 세상에서는 아마도 죄가 되겠지요. 죄라! 좋습니다, 그렇다면 나 스스로에게 벌을 내리지요. 나는 천상의 기쁨 속에서 그 죄를 맛보았고, 거기에서 삶의 활력과 힘을 가슴 깊숙이 빨아들였습니다. 그 순간부터 당신은 나의 것이 되었습니다! 오, 로테, 당신은 나의 것입니다! 나는 먼저 가렵니다! 나 먼저 나의 아버지이자 당신의 아버지인 하느님께 가렵니다. 가서 그분께 호소하렵니다. 그러면 그분은 당신이 올 때까지 나를 위로해 주시겠지요. 당신이 오면 나는 당신에게로 날아가서 당신을 꼭 껴안겠습니다. 무한한 존재인 그분 앞에서 당신을 안고 영원히 당신 곁에 머물겠습니다.(191)

베르터는 "지금 내가 꿈을 꾸는 것도, 헛된 망상을 하고 있는 것도 아닙니다! 무덤이 가까워지니 오히려 모든 것이 점점 더 분명해집니다. 우리는 함께 있게 될 겁니다! 우리는 다시 만나게 될 겁니다!"(191)라며 저승에서 로테와 영원히 함께 있을 것이라 말하고 죽음을 기꺼이 받아들인다. 모든 것을 잃었지만 죽음을 통해서 영원한 사랑을 얻겠다는 베르터의 말은 그에게 사랑이 거의 '대리종교' 역할을 하고 있음을 말해준다. 베르터에게 사랑은 고귀하고 숭고하며 거의 절대적인 것이기에 죽음을 통해서라도 사랑을 완성하고자 한 것이다.

사랑의 감정은 지극히 자연스러운 인간의 본성이다. 도덕이나 관습은 자연스러운 본성을 억압하는 역할을 한다. 그렇기에 베르터는 사랑에 있어서 그 어떤 금기도 받아들이려 하지 않는다. 약혼자나 남편이 있는 여인을 사랑하는 것이 죄가 되는 것은 지

베르터의 초상과 소설의 장면(Daniel Chodowiecki, 1775)

상에서의 잣대일 뿐이라는 것이다. 이 같은 사랑의 절대화, 신성화는 18세기 들어서 새로 나타난 현상이다. 그렇기에 당시 젊은이들이 베르터에 열광했던 것이다.

『젊은 베르터의 고뇌』를 사랑해선 안 될 사람을 사랑하다가 그 사랑이 이루어지지 못하자 절망하여 스스로 목숨을 끊는 비극적 사랑 이야기로만 읽을 수 없는 이유가 여기에 있다. 괴테는 『젊은 베르터의 고뇌』를 통해 결혼, 사랑, 직업, 활동, 종교 등 당대의 모든 민감한 금기를 젊은이다운 패기로 건드리고 있다. 이 소설에는 사랑 이야기뿐 아니라 젊은이의 고뇌와 자유를 향한 열망, 시대 비판, 새로운 가치관 모색, 시민계급과 귀족계급의 갈등, 절대적 자아의 추구, 자연과의 합일을 향한 동경 등이 함께 들어 있다. 그렇기 때문에 이 소설은 당대 젊은이들의 열광을 불러일으켰을 뿐 아니라 오랜 세월이 지난 지금도 많은 사람이 즐겨 읽는 고전으로 그 빛을 잃지 않고 있는 것이다. 그리고 지금도 여러 학자들에 의해서 끊임없이 재해석되고 있을 만큼 다양한 의미를 지니고 있다.

생태주의자
괴테

2. '질풍노도'기의 대표작

『젊은 베르터의 고뇌』는 계몽주의의 극단화라 할 수 있는 '질풍노도 Sturm und Drang'기의 대표적 작품이다. 계몽주의는 18세기 유럽 사회의 모든 영역에서 발현된 정신 사조로 정치, 경제, 사회, 문화, 종교, 예술, 학문 등 모든 분야에서 기존 질서에 맞선 새로운 질서를 내세웠다. 계몽주의는 오랫동안 지속된 귀족과 성직자 중심의 봉건사회를 혁파하고 새로운 세상을 만드는 데 정신적, 이념적 바탕을 제공했다.

그래서 계몽주의는 인간의 정신적 해방과 함께 정치적 해방을 추구했다. 인간의 정신적 해방이란 개개인이 그 어떤 외부의 간섭이나 지도 없이 스스로 자율적으로 사고하고 행동하는 것을 말한다. 칸트는 『계몽이란 무엇인가?』에서 "계몽이란 우리 스스로에게 책임이 있는 미성숙으로부터 벗어나는 것이다. 미성숙은 다른 사람의 지도 없이는 스스로의 지성을 사용할 수 없는 무능력을 말한다"라고 정의했다. 따라서 계몽주의는 다른 사람의 지시나 기존 질서, 전통적 사고방식에 휘둘리지 않고 스스로의 사고, 즉 자신의 이성에만 의지하여 모든 것을 판단하고 결정할 것을 촉구한다.

이는 필연적으로 그때까지 진리라고 통용되던 모든 기존 사고에 대한 비판으로 이어지고, 그 진리를 담보했던 정치, 사회, 경제, 문화, 종교 체제를 문제삼는다. 그 결과 오랫동안 독점적인 세계 해석의 권리와 이 해석에 의거한 행동의 권리를 누려왔던 봉건사회와 교회가 가장 큰 비판의 대상이 되었다. 계몽주의의 인간 해방은 그동안 절대적 권위를 지녔던 봉건 귀족과 성직자의 후견에서 벗어나는 것을 의미했기에 정치적, 사회적 해방이라는 의미 또한 지닌다. 그렇기에 봉건사회를 타파하고 자유롭고 평등한 세상을 만들려는 시민계급이 계몽주의를 자신들의 주도적 이념으로 삼은 것은 당연한 일이었다. 타락한 귀족계급에 맞서 시민계급은 이성, 인간 해방, 합리성, 근면과 성실, 도덕적 삶 등을 중요한 가치로 내세웠고 이는 마침내 프랑스혁명을 통해 봉건질서를 무너뜨리고 근대사회를 세우는 변혁운동으로 이어졌다.

'질풍노도'는 계몽주의의 이러한 사상을 승계하면서 개인의 자유와 자율, 그리고 개성을 더욱 강조한 사조이다. 계몽주의가 사회 모든 분야를 아우르는 광범위한 정신 사조였다면 '질풍노도'는 주로 문학에서 일어난 문예운동이었다. 젊은 시절의 괴테와 실러 등이 중심이 된 '질풍노도' 문학은 계몽주의에서 주장하는 개인의 해방을 극대화하여 자유를 옭아매는 모든 규칙을 거부하고 인간의 본성대로 살고자 하며 절대적 자아를 추구했다. 모든 사회적 제약과 간섭을 거부하고 완전한 자유와 자율을 추구했고, 개인의 감정과 생각을 그 무엇보다 중요시했다. 그러다 보니 계급질서가 고착화된 봉건사회나 고리타분한 관습과 도덕, 인간의 정신적 해방을 억누르는 종교에 대해 전면적 비판의 태도를 취했다. '질풍노도'의 이러한 특징은 『젊은 베르터의 고뇌』에 잘 드러난다.

『젊은 베르터의 고뇌』는 비극적 사랑의 이야기를 넘어 반봉건의 기치를 드높인 시대비판적 소설로도 유명하다. 이 작품은 새로운 사상을 바탕으로 당시의 시대상을 비판한 '시대소설'로도 볼 수 있는 것이다. 시민계급 출신의 베르터는 뛰어난 학식과 능력을 갖추었음에도 불구하고 단지 귀족이 아니라는 이유로 여러 가지 사회적 제약을 감수해야 했다. 엄격한 신분질서를 바탕으로 한 봉건사회에서 귀족이 아닌 시민이 정치 요직을 차지할 가능성은 없었다. 알베르트가 돌아온 후 베르터는 로테를 떠나 다른 도시로 가서 공사의 비서로 일하지만 그를 가로막는 것은 이번에는 신분질서라는 사회적 벽이었다. 베르터의 상관으로 서류에서 콤마나 접속사 하나까지도 일일이 간섭하는 고리타분하고 무능력한 공사는 물론 주변의 대다수 귀족은 한심하기 짝이 없지만 단지 귀족이라는 이유로 높은 자리를 차지하고 거들먹거리거나 일반 시민들을 멸시했다. 그런 귀족들의 모습에 대해 베르터는 가차 없는 비판을 가한다. 교양과 재력을 갖추고 새롭게 부상하는 시민계급의 눈에 귀족들은 오래된 족보나 내세우는 몰락해가는 타락한 모습으로 보일 수밖에 없다. 베르터의 눈에 공사와 그 주변 사람들은 천박한 인간들일 뿐이다.

> 서로 눈치나 보는 이곳의 역겨운 인간들의 겉만 번지르한 천박함과 그 따분함이라니! 서로 한 발짝이라도 앞서겠다고 감시하고 동정을 살피는 그들의 출세욕, 비참하고 천박하기 짝이 없는 병적인 집착.(101)

베르터가 바라보는 주변 사람들은 모두 "자신의 열정" 때문이 아니라 "돈이나 명예" 같은 허망한 것들을 위해 일하며 조금이라도 높은 자리를 차지하겠다고 아귀다툼을 벌인다. 베르터는 이를 강하게 비판한다. "온통 격식에만 연연하면서 오로지 조금 더 높은 자리로 올라가려고만 기를 쓰는 인간들이란 대체 어떤 족속들이란 말인가!"(103)

베르터의 귀족계급 비판은 C백작의 집에서 열린 귀족들의 사교모임에서 베르터가 시민계급 출신이라는 이유로 쫓겨나는 사건에서 정점을 이룬다. 이 사건은 당시 계급에 따른 신분질서가 얼마나 황당무계하고 시대착오적인가를 적나라하게 보여주며, 귀족계급과 봉건사회에 대한 전면적 비판으로 이어진다. 인간해방과 천부인권설, 만민평등론, 자연적 질서의 회복을 내세우는 계몽주의의 관점에서 당시의 봉건질서는 타파해야 할 낡은 질서였던 것이다. 그런 점에서 토마스 만은 이 소설의 '혁명적 근본경향'을 지적하며 『젊은 베르터의 고뇌』가 프랑스혁명을 예고하고 준비한 책들 중 하나라고 분석한 바 있다. 루카치를 비롯한 많은 비평가들도 이 소설이 봉건계급에 맞선 시민계급의 저항을 표방한 기념비적 작품임을 강조했다. 개인의 자아실현을 억압하는 낡은 봉건질서에 맞서 새로운 가치를 바탕으로 새로운 세계를 만들고자 한 시민계급의 정치적 이념이 반영된 소설이라고 보았던 것이다. 더 나아가 베르터가 귀족계급을 비판하고 농부나 하인, 어린아이 등 일반 민중에 대한 애정과 그들의 소박한 삶을 찬양하는 것을 근거로 그를 '사회주의자'로 보는 시각도 있다.

이처럼 『젊은 베르터의 고뇌』는 사랑 이야기가 중심이 된 연애소설로도, 시대정신이 반영된 사회비판 소설로도 읽힐 만큼 다양한 의미를 포함하고 있다. 물론 이 양극단 사이에 수많은 해석 가능성이 존재한다. 이 작품을 18세기의 시대적 산물로 볼 수도 있고, 시대와 공간을 넘어서는 보편적 의미로도 분석할 수 있다. 주인공 베르터를 주관주의에 빠져 결국은 파멸하고야 마는 부정적 인물이거나 '죽음에 대한 동경'을 지닌 우울증을 앓고 있는 병적인 인물로 볼 수도 있다. 그래서 지금까지 『젊은 베르터의 고뇌』는 해석학, 수용미학, 문학사회학, 정신분석학, 페미니즘 등 다양한 관점에서 다양하게 해석되어왔다.

베르터의 성격과 행동을 중심으로 이 소설이 절대적 자유를 추구하는 절대자아의 노력과 좌절의 기록으로 보는 해석도 있다. 자유와 자아실현을 위한 베르터의 무한한 욕망과 무한성을 향한 동경이 마침내는 죽음을 가져왔다고 보는 것이다. 베르터는 모든 속박과 제한, 그리고 감옥 같은 세상을 벗어나 자연 속에서 자아해방과 절대 자유를 얻고자 했다. 그런 베르터에게 결혼 약속, 당대의 도덕과 관습, 꽉 막힌 봉건질서, 노동에의 요구는 반자연적인 것으로 보이는 게 당연하다. 모든 인위적 제한을 거부하고 자연 속에서의 자아실현과 영원한 자유를 추구하는 베르터는 현실의 벽에 부딪히자 죽음을 택한다. 하지만 그의 자살은 현실 도피가 아니라 죽음을 통해서라도 영원한 자유를 얻으려는 적극적 행동의 결과로 볼 수도 있다. 베르터에게 죽음은 삶이라는 감옥을 언제고 떠날 수 있는 '달콤한 자유의 감정'일 수 있기 때문이다.

자유를 가로막는 모든 금기와 전통에 대해 전면적 비판을 가하는 베르터의 태도는 계몽주의와 근대 문명에 대한 강력한 비판에 다름 아니다. 18세기 유럽의 계몽주의가 봉건 귀족 및 성직자 계급이 주도하는 낡은 체제로부터의 해방운동이었으며, "계몽이 지향하고 있는 해방이 모든 전통적인 것에 대한 회의에서 출발하고 있다"는 점에서 『젊은 베르터의 고뇌』는 "계몽의 극단화"라고 볼 수도 있다. "기존하는 모든 사유의 형태와 틀 및 규범에서 벗어나서 자율적으로, 오로지 자신의 이성의 힘으로 생각하고 판단하는 개인적 자아의 탄생"은 계몽주의의 산물이기 때문이다.[6]

하지만 베르터의 비판은 낡은 봉건체제에 대한 비판을 넘어서서 이 비판을 주도한 시민계급에게도 그 창끝이 향해 있다. 베르터가 모든 기존 질서와 전통적인 것을 회의하고 그로부터 궁극적인 해방을 지향한다는 점에서는 계몽적이지만, 계몽주의가 주창하는 이념과 가치를 부정하고 새로운 가치를 내세운다는 점에서는 반계몽적이다. 그렇기에 『젊은 베르터의 고뇌』는 계몽을 넘어서 반계몽으로 이어지며, 근대가 낳은 작품이면서 동시에 근대를 부정하는 작품이라 할 수 있다. 철학자 페터 슬로터다이크 Peter Sloterdijk는 젊은 괴테를 두고 "시민적 반시민"[7]이라 명명했는데, 이는 베르터에게도 해당된다. 베르터는 근대정신과는 반대되는 입장을 표방한다. 발전론과 낙관론을 부정하고 발전과 진보가 아니라 자연 속에서의 소박하고 온전한 삶을 찬양한다. 그렇기에 『젊은 베르터의 고뇌』는 계몽을 넘어서 반계몽으로 이어진다.

3. 도시와 자연, 문명과 자연의 대립

『젊은 베르터의 고뇌』에는 전근대와 근대, 고대와 현대, 느림과 빠름, 시골과 도시, 자연과 인공, 게으름과 활동, 소박과 사치 등 기본적인 대립쌍이 나타나며, 이런 대립을 통해 괴테는 근대사회의 문제점을 비판하고 새로운 대안을 제시한다. 베르터는 귀족과 시민계급 상류층 인사들이 대변하는 허례허식과 위선, 속물주의를 강하게 비판하며 이에 맞서 서민과 아이들의 순수함과 진솔함을 내세운다. 베르터 세계관의 특징은 기존 질서와 시대정신에 대한 전면적 비판이다. 귀족계급의 봉건질서뿐 아니라 시민계급의 주류 질서까지도 부정하고 기성 사회의 관습, 도덕, 윤리, 질서, 사회통념, 노동이념을 가차없이 비판한다. 또한 베르터는 직업을 갖고 돈을 벌고, 사회적 지위를 얻어 출세하는 세속적 삶에 대해서도 부정적이다. 번듯한 직업을 가지고 일을 하라는 어머니의 충고에 대해 베르터는 다른 입장을 밝힌다.

> 어머니께서 내가 무언가 활동을 하는 게 좋겠다고 하셨다는 자네 말
> 을 듣고 나는 그만 웃고 말았네. 그렇다면 내가 지금 활동을 하지 않
> 고 있다는 말인가. 완두콩을 세건 렌틸콩을 세건 근본적으로는 같은
> 일이 아닌가?(64)

시민적 이념과 당대의 문학적 전통에 반기를 들면서 베르터는 다른 가치들을 내세운다. 능률, 부지런함, 일, 직업적 활동, 사회적 인정 등과는 전혀 다른 무위無爲, 산책, 독서, 자연과의 합일, 소박한 노동과 삶, 자기실현 및 자기완성 등이 베르터가 내세우는 대안적 가치들이다. 욕망을 위한 노동이 아니라 자족적인 소박한 노동을 강조하고 더 나아가 자연 속에서 잔뜩 게으름을 부려야 한다는 베르터의 주장은 매우 도발적이며 동시에 현재성을 지닌다.

18세기 중반은 계몽주의와 근대가 본격적으로 시작된 시기다. 계몽주의를 바탕으로 삼고 있는 근대정신의 핵심은 역사철학, 개인의 주체화, 진보와 발전 개념 등이다. 베르터는 이러한 근대정신과는 반대되는 입장을 표방한다. 역사철학의 발전론과 낙관론을 부정하고 순환적 시간관을 내세우며, 발전과 진보가 아니라 자연 속에서의 소박하고 온전한 삶을 찬양한다. 세속적 세계를 대표하는 도시는 그에게는 자유로운 삶을 '제한'하고 어린아이 같은 순수한 영혼을 질식시키는 '감옥'일 뿐이다. 그 속에서 베르터는 오히려 고립감과 소외감, 불안을 느끼고 인간관계에서

도 어려움을 겪는다. 그런 도시에서 베르터는 더이상 견디기 힘들어 도망치듯 떠나온다.

베르터 편지의 첫마디는 "떠나오니 얼마나 기쁜지!"(11)로 시작한다. 자신이 살던 도시에서 떠나와 새로운 곳에서 베르터가 발견한 것은 자연이다. "도시 자체는 별로지만 주변의 자연은 말할 수 없이 아름답네"(13)라며 새로운 안식처로서의 자연을 언급한다. 그 속에서 베르터는 감옥과 대비되는 자유로운 삶의 공간을 발견한다. 모든 것이 조화를 이룬 목가적이고 아름다운 "낙원과 같은" 자연 속에서 베르터는 행복감, 충만함, 편안함, 즐거움을 느낀다. 그러면서 자연 속에서의 삶이 마치 "나와 같은 영혼을 위해 만들어진 듯"(14)하다는 생각을 한다. 베르터에게 자연은 도시적 삶과는 정반대로 자유, 평화, 안식, 순수, 충만, 행복을 의미한다. 자연은 베르터를 좀더 커다랗고 사랑스러운 연관관계 속으로 편입시켜 새로운 시작과 완전한 발전을 가능케 하기 때문이다. 자연은 그냥 자연이 아니라 도시의 문명세계와는 다른 또하나의 세계이다. 그 속에서 베르터는 마음의 충만과 따뜻함을 느낀다.

바위에 앉아 강 너머 저쪽 언덕까지 뻗어나간 비옥한 골짜기를 굽어보고 내 주변의 모든 것이 싹트고 솟아나는 것을 볼 때면, 또한 산기슭에서 봉우리까지 커다란 나무로 빽빽하게 덮여 있는 산들을 바라보고 이리저리 굽이치며 뻗어 있는 골짜기에 아름답기 그지없는 숲 그림자가 드리워진 것을 볼 때면, 속삭이는 갈대 사이로 부드러운 강물이 미끄러지고 그 위로 감미로운 저녁바람에 실려온 사랑스러운 구름이 비칠 때면, 주변의 새들이 숲에 생기를 불어넣는 소리를 들을 때면, 수많은 모기떼가 불그스레한 저녁 햇살을 받으며 힘차게 군무를 추고 반짝이는 마지막 햇살이 윙윙대는 딱정벌레를 풀숲에서 풀어놓아줄 때면…… 내가 앉아 있는 단단한 바위에서 양분을 빨아올리는 이끼와 그 아래 메마른 모래언덕을 덮고 있는 수풀이 내게 자연의 내밀하고 성스러운 불타는 생명력을 열어 보여줄 때면, 나는 이 모든 것을 내 뜨거운 가슴에 끌어안고 넘쳐흐르는 충만함으로 신이 된 듯한 느낌이 들었네. 내 영혼 속에서는 무한한 세계의 장려한 형상들이 모든 것에 생기를 불어넣으며 약동하곤 했네. ……그리고 알 수 없는 모든 힘들이 대지의 깊은 곳에서 서로 작용하며 활동하고 있는 것을 보았네.(81-82)

  베르터가 자연을 보면서 진한 감동을 받는 것은 그의 눈앞에 펼쳐진 자연이 단순히 평화롭고 아름다운 목가적 풍경이어서가 아니라 그 세계를 구성하는 근본원리에 대한 깊은 공감 때문이다. 자연의 세계는 인간 세계와는 달리 그 어떤 계급도 신분 차이도 제약도 없이 모든 생명체가 저마다의 형상을 하고 함께 어울려 공존하는 조화로운 세계이다. 자연은 "살아 움직이고, 성장하며, 스스로 완성하는" 모습과 "강요되지 않은 자유로움"[8]을 지녔다. 베르터의 묘사에 등장하는 자연은 하늘과 햇빛, 구름에서부터 땅위의 딱정벌레와 이끼에 이르기까지 삼라만상을 모두 망라한다. 산기슭과 봉우리, 골짜기와 숲, 그사이로 흐르는 강물, 강물 위로 부는 저녁바람, 구름, 새, 모기떼, 딱정벌레, 이끼, 모래언덕의 수풀이 모두 한데 어우러져 조화를 이루고 있는 모습이 그려진다. 이 세계에서는 아무리 작은 존재도 하찮은 것이 없으며 아무리 거대하고 강력한 존재라 해도 그 힘으로 다른 존재를 위협하거나 압도하지 않는다. 모두가 자신의 존재를 온전하게 드러내고 있지만 동시에 서로 조화를 이루며 거대한 하나의 세계를 이루고 있다.

베르터의 이러한 자연관은 흥미롭게도 오늘날 생태주의가 주장하는 자연관과 상당히 유사하다. 생태주의는 세상 모든 만물이 서로 연결되어 있기에 그 어떤 생명도 소홀이 다뤄서는 안 된다는 유기체적 세계관을 바탕으로 하기 때문이다. 베르터는 돌멩이 하나, 풀 한 포기까지도 열린 마음으로 대한다. "나는 지금처럼 행복한 적이 없었네. 돌멩이 하나, 풀 한 포기에 이르기까지 자연에 대한 내 감성이 지금보다 더 충만하고 강렬했던 적은 없었네."(64) 부분과 전체가 서로 유기체적으로 연결되어 하나의 세계를 이룬다는 생태주의의 전일적 세계관에 따르면 인간 역시 거대한 자연세계의 한 부분일 뿐이다. 그렇기에 생태주의는 특히 자연을 마치 자신들의 행복을 위한 도구나 착취 대상으로 삼는 인간중심주의적 자연관을 문제삼는다. 흥미롭게도 베르터는 앞에서 인용한 구절에 연이어 바로 인간중심주의를 비판하는 담론을 펼친다.

하늘 아래 대지 위에는 온갖 종류의 생명체들이 북적대고 있네. 온갖 생명들이 수천의 형상을 하고 모여살고 있네. 그런데 인간들은 안전하게 자그만 집에 모여 둥지를 틀고는 드넓은 세상을 지배하고 있다고 생각하고 있지! 불쌍한 바보들 같으니! 스스로가 보잘것없는 존재이기에 모든 것을 하찮게 여기는 것이네. 그러나 영원한 창조주의 정신은 인간이 오를 수 없는 높은 산에서부터 전인미답의 황무지를 넘어 미지의 대양 끝까지 훨훨 날아가고, 당신에게 귀기울이는 살아 있는 존재라면 한낱 티끌까지도 기뻐하신다네.(82)

세계는 "온갖 생명들이 수천의 형상"을 하고 모여살고 있는 곳이며 인간은 그 거대한 세계의 한 점인 "자그만 집에" 세들어 살고 있는 존재다. 그런데도 인간들은 그것을 모르고 마치 자신들이 세상을 지배하고 있다고 착각하며 "모든 것을 하찮게 여긴"다. 이에 반해 자연 속에서는 "한낱 티끌"마저도 존재의미를 지닌다. 세상의 모든 존재들이 각자 내재적 가치를 지니고 있으며 모두가 생태계라는 하나의 그물망을 이루는 고리라고 볼 때 모든 생명은 동등한 가치를 지닌다.

오늘날 생태계 위기를 초래한 커다란 원인 중 하나가 인간이 만물의 영장임을 자처하며 자연 전체를 마치 자신의 하인으로 여기고 그 위에 군림하려는 인간중심주의라고 할 때 베르터의 생명중심주의적 인식은 오늘날의 심층생태론Deep Ecology을 선취했다고 할 수 있다. 심층생태론은 빌 드볼Bill Devall의 말처럼 "인간은 다른 생물체의 친구가 되어야 하고, 다른 생물체를 하나의 자아로 인정해주어야 하며, 이들에게 유리하도록 우정이라는 기준(상대방을 위하여 상대방의 선을 진작시키는 것)에 근거를 두어야 한다"[9]는 입장이기 때문이다.

생물과 무생물을 포함한 모든 존재가 함께 어우러져 조화를 이루는 합목적적 질서로서의 자연은, 신분질서로 서열화되어 있고 위계적이며 인간들끼리도 서로 반목하는 도시와는 반대되는 대안적 공간이다. 자연세계가 대안적 공간이 될 수 있는 이유는 새로운 삶과 사회에 대한 대안적 모델을 제시하기 때문이다. 그 어떤 불평등이나 복종, 지배도 없고 사유재산제도 존재하지 않는 자연에서 생활하는 것이 문명화된 도시에서 사는 것보다 바람직하다고 베르터는 강조한다. 이는 장자크 루소가 『인간 불평등 기원론』에서 우리가 자연에 어울리는 생활양식을 버리고 문명화 과정을 지속시켰기에 많은 문제점을 안고 있으므로 자연적 삶을 회복할 것을 주장한 것과 궤를 같이한다. 루소는 "18세기 사회의 인간은 '자연'을 완전히 이반한 자연의 변종이라고 진단"하고, "모든 자연발생적인 것은 관습적인 것으로 변질되었고, 순수한 것은 세련된 것으로 대체되었으며, 모든 진심에는 사회적 일상의례의 겉치레가 덧칠되어"[10] 있기에 자연상태로 돌아가야 한다고 촉구했다.

> 자연상태에서는 누구나 구속에서 떠나 자유의 몸이며 강자의 법률은 무용지물이 되고 만다. 불평등은 자연상태에서는 거의 느낄 수 없으며 그 영향도 거의 무에 가깝다.[11]

루소가 자연의 법칙을 기준 삼아 당시의 정치제도와 절대왕정, 귀족들의 통치를 전면적으로 비판하고 그에 대한 대안으로 자연스러운 질서와 자기 안에 있는 풍요로움을 회복하고 소박한 자연적 삶으로 돌아갈 것을 주장한 것처럼 베르터 역시 자연을 대안세계로 제시한다. 베르터가 모든 인위적이며 불평등한 문명과 산업화에 맞서 자연적 질서를 지고의 가치로 내세운 것은 당시의 지배담론과는 다른 자연중심적 세계관을 정립하고자 했기 때문이다. 그렇기에 베르터의 자연찬미는 단순한 자연으로의 복귀나 자연 사랑을 의미하지 않고 정치사회적이며 세계관적인 함의를 지니고 있다.

베르터가 자연세계를 통해 강조하는 삶은 당시의 지배담론과는 여러 차원에서 대립적이다. 봉건적 사회질서뿐 아니라 과학지식의 성장, 기술의 진보, 경제활동 등을 지고의 가치로 여기는 근대적 세계관을 비판하며 베르터가 추구하는 세계는 잃어버린 낙원의 회복이다. 베르터는 자연 속에서 자아와 세계가 합일을 이루었던 고대 그리스 세계를 재발견한다. 그러나 그 세계는 지나가버린 실낙원이 아니라 새롭게 발견해낸 현재의 낙원이다. 잃어버린 낙원을 그리워하며 그 낙원을 미래에 이루고자 하는 역사철학과는 달리 베르터는 잃어버린 낙원을 지금 여기의 현실에서 다시 찾은 것이다. 그래서 베르터는 발하임에서 자신이 지금까지 찾아헤매던, 진정으로 살고 싶은 공간을 발견한다.

> 자네는 오래전부터 내가 어떤 곳에서 살고 싶어하는지 알고 있지 않은가. 마음에 드는 곳에 오두막을 짓고 아주 소박하게 살았으면 하는 내 성향을 말일세. 이곳에서 나는 마음에 드는 장소를 하나 찾았네.(23)

베르터가 찾은 현재의 낙원은 로테라는 존재가 나타남으로써 더욱 완전한 세계가 된다. 로테가 살고 있는 영주의 사냥용 별장 역시 자연 속에 자리하고 있고 발하임에서 그리 멀리 떨어져 있지 않다. 로테와 그녀의 동생, 그리고 아버지로 이루어진 가족에 베르터가 편입됨으로써 새로 찾은 낙원은 완성된다. 슈테판 블레신 Stefan Blessin은 이 세계를 가리켜 실체가 아니라 곧 사라져버릴 "가상의 완전함"[12]이라 표현했지만, 적어도 알베르트가 나타나 이상적 가족에서 베르터가 밀려날 때까지 이 세계는 가상이나 망상이 아니라 베르터가 실제로 느끼고 살고 있는 낙원의 세계이다. 실제로 느낀다면 그것은 망상이나 환상이 아니다. 그렇기에 베르터는 마을 처녀들이 찾아와 물을 길어가는 샘물가에서 "족장시대의 정신이 내 주변에 생생하게 되살아나는" 것을 느끼며, "선한 정령들이 샘물 주위를 떠돌아다니는 것 같"(15)다고 말한다. 부분과 전체가 하나로 연결되고 모든 것이 조화를 이루고 있었던 호메로스의 시대를 베르터는 발하임에서 추체험하는 것이다.

나는 아침 해가 뜨자마자 발하임으로 달려가서 그곳 음식점의 채마밭에서 완두콩을 따와서는 자리에 앉아 껍질을 벗기며 호메로스를 읽는다네. 그리고는 자그만 부엌에서 냄비에다 버터를 두르고 완두콩을 넣은 뒤 뚜껑을 덮어 불에 올리고는 그 옆에 앉아 가끔 이리저리 휘저어주곤 해. 그러노라면 페넬로페의 오만한 구혼자들이 황소와 돼지를 잡아 토막을 내서는 불에 굽는 장면을 생생히 그려볼 수가 있네. 그 시대, 그러니까 족장시대의 삶의 특징들만큼 내게 고요하고 진실된 감정을 가득 채워주는 것도 없다네. 그런 삶의 특징을 어떤 가식도 없이 내 생활 속에 엮어 넣을 수 있어서 정말 다행이네.(46)

베르터는 발하임에서 완두콩을 직접 따다가 껍질을 벗겨 냄비에 넣어 요리를 하며 호메로스의 『오디세이아』를 읽는다. 그러면서 당시의 생활을 생생히 그려볼 수 있다고 말한다. 이를 통해 베르터는 동시대 인간들이 계몽과 이성을 통해 잃어버린 신화적 세계를 복원한다. 신화적 세계는 인간이 계몽을 통해 자연을 도구화하기 이전의 세계다. 사람들이 자연에 대한 경외감을 지니고 자연의 일부로 겸손하게 살아가던 세계다. 바로 이 세계를 베르터는 계몽의 세계에 대립시킨다. 이 대립은 샘물가 에피소드를 통해 겉으로 드러난다.

베르터는 로테와 (로테의 막내동생) 말헨과 함께 샘물가로 산책을 갔다가 말헨이 컵에다 물을 떠와서 로테에게 주는 모습이 너무 귀여워 뺨에 뽀뽀를 해준다. 그러자 말헨이 울기 시작했는데 수염 난 남자에게서 뽀뽀를 받으면 자신의 뺨에도 수염이 난다는 미신 때문이었다. 로테가 말헨에게 "말헨, 이리 와, 깨끗한 물로 바로 씻어내면 아무 일도 없을 거야"라고 말하며 샘물가로 데려가 씻어준다. 이 장면을 보면서 베르터는 "나는 그 어떤 세례식에도 그런 경외심을 가지고 참석한 적이 없네. 로테가 위로 올라왔을 때 나는 그녀가 마치 한 민족의 모든 죄를 깨끗이 씻어준 예언자이기라도 한 듯 기꺼이 그녀 앞에 엎드리고 싶었네"(56)라며 감동을 감추지 못한다. 그날 저녁 베르터가 "인간적 이해심"을 갖고 있다고 생각해온 어느 신사분에게 그 감동을 이야기하자 신사분은 로테가 잘못했다며 "아이들에게 그런 것들을 믿게 해서는 안 된다. 그런 것들은 아이들에게 여러 잘못을 저지르게 하고 미신에 빠지게 만든다"(56)며 오히려 비판을 한다.

이 신사의 입장은 철저히 계몽주의적이다. 계몽주의의 시각에서는 "우상, 미신, 전통적 선입견, 교회의 후견과 절대성의 주장" 등이 "좀더 좋고, 좀더 밝으며 계몽된 세계의 길로 이끌어줄 스스로의 사고"[13]를 방해한다고 보기 때문이다. 그렇기에 어린아이에게 자연의 신비 같은 것을 주입해서는 안 된다는 입장이다.

이 장면은 계몽이 신화의 세계를 어떻게 바라보는지 명백히 드러내준다. 아도르노의 말처럼 "합리적 질서의 힘으로 신화를 파괴하는 이성의 업적"[14]은 신화에서 계몽으로의 전환을 통해 이루어졌으며 그 결과 인간에 의한 자연지배의 길을 열어주었다. 자연의 신비가 벗겨지는 순간 자연의 힘은 사라져버리고 남는 것은 오로지 물질과 도구로서의 자연뿐이기 때문이다. 이러한 입장을 대변하는 인물이 새로 온 목사 부인이다. 그녀는 마당을 지저분하게 만들고 자신의 성서 연구에 방해된다며 오래전에 전임 목사가 심은 아름드리 호두나무를 베어버린다. 그 이야기를 듣고 베르터는 몹시 흥분한다.

> 빌헬름, 이 세상에 아직 남아 있는 소수의 가치 있는 것들을 알지도 느끼지도 못하는 인간들이 있다는 사실이 나를 미치게 만드네. …… 어제 우리가 이야기를 나누다 나무가 잘려버렸다는 화제에 이르자 교장선생님의 눈에 눈물이 고였네. 나무가 베어졌다니! 정말 미칠 것만 같네. 나무에 첫번째 도끼질을 한 그 개자식을 죽여버리고 싶은 심정이네. 내 정원에 있는 나무들 중 하나가 늙어 죽는다 해도 슬픔을 느낄 내가 아닌가, 그런 내가 속수무책으로 바라보고만 있어야 하다니.(132)

새로 온 목사 부인은 "박식한 척하며 성서 연구에 덤벼들고, 새로 유행하는 기독교의 도덕비판 개혁운동에 심취하여 라바터의 광신주의를 업신여기"(132)는 인물이다. 성서를 역사적 산물로 보고 기독교를 역사적이고 비판적으로 바라보려는 당시의 새로운 유행을 쫓는 인물로 나무에 깃든 추억이나 역사, 정령 같은 것을 부정하는 계몽과 이성주의의 대변자이다. 그에 반해 베르터는 작은 풀 한 포기, 곤충 한 마리에게도 뜨거운 연민의 감정을 가지고 있으며 자연에 깃든 신비로운 생명력과 정령을 존중한다. 베르터는 계몽의 시대에 계몽의 주장에 반대하며 신화적 세계를 대안으로 내세우는 것이다. 그렇기에 베르터는 문명과 대비되는 반문명의 공간인 자연에서 진정한 행복과 조화, 완전함을 느낀다.

이성에 의해 미신의 영역으로 추방되어버린 샘물이 지닌 마법의 힘, 즉 자연의 신비는 오늘날 생태주의에서 새롭게 조명되고 있다. 인간이 자연과 조화를 이루며 공생하기 위해서는 계몽 이전의 신화적 세계관을 다시 복원해야 한다는 것이 심층생태론자들의 주장이다. 근대와 함께 시작된 계몽은 자연을 독자적 주체가 아니라 하나의 도구로 생각했기에 이후 산업화 과정에서 대대적인 자연 파괴가 일어났고 결국은 오늘날의 생태계 위기를 불러일으켰다. 따라서 이 위기를 극복하기 위해서는 지금까지의 도구적 자연관을 버리고 생명 중심의 새로운 자연관을 도입해야 한다. 그 모델 중 하나가 신화적 세계관을 바탕으로 한 인디언들의 자연관이다. 인디언들은 자연의 모든 존재에 정령이 깃들어 있다고 생각했기에 풀 한 포기, 나무 한 그루도 함부로 대하지 않았다. 어쩔 수 없이 나무를 베어야 할 때에도 일단 그 나무의 정령에게 기도를 한 후에야 조심스럽게 베어냈으며 먹고 살기 위해 사냥을 했던 동물들도 마찬가지로 존중했다. 그렇기에 모든 존재에 대한 존중과 생명에 대한 겸손으로 특징지어지는 인디언들의 자연관과 세계관이 오늘날 대안적 세계관으로 새롭게 재조명되고 있다. 베르터의 자연과 생명에 대한 태도는 그런 점에서도 생태주의적이라 할 수 있다.

4. 베르터의 대안:
소박한 노동과 안빈낙도, 게으름과 무위

베르터가 도시세계의 삶에 대한 대안으로 제시하는 새로운 삶의 방식은 소박함과 자족, 겸손함, 자급자족, 그리고 사물과의 친밀한 관계를 특징으로 한다. "모든 일이 어디로 어떻게 흘러가는지 겸허하게 깨달은" 사람과 "자신의 자그만 정원을 낙원처럼 가꾸며 행복해"(22)하는 사람에 대한 찬양은 화려함을 쫓는 도시적 삶의 방식에 맞서 베르터가 내세우는 대안이다.

자신이 직접 기른 양배추를 식탁에 올리는 사람만이 아는 소박하고 정직한 기쁨을 내 마음 또한 함께 느낄 수 있어 얼마나 행복한지 모르겠네. 그가 식탁에 올리는 것은 양배추만이 아니라 양배추와 함께한 모든 나날들이지. 씨 뿌리던 어느 화창한 아침과 물을 주곤 했던 사랑스런 저녁들 그리고 양배추가 자라는 것을 보고 느꼈던 기쁨들,

이 모든 것을 그는 한순간 다시 함께 맛보는 것이네.(46)

스스로 씨앗을 뿌리고 오랜 시간 정성스레 가꾼 양배추를 식탁에 올릴 때 그것은 단순한 식사가 아니다. 양배추를 키우는 동안의 시간과 함께했던 추억, 그리고 '기쁨'이 함께 들어 있는 친밀한 존재를 마주하는 것이다. 이 경우 양배추는 일상의 먹을거리를 넘어서서 인간과 일대일 관계를 맺는 개별적이며 특별한 존재로 다시 태어난다. 자신이 관계맺는 모든 존재들과 이처럼 개별적 관계를 맺는 방식이야말로 생명중심주의의 특징이다.

양배추를 보며 느끼는 추억과 기쁨은 양배추를 누가 언제 어떻게 키웠는지도 모른 채 그저 일상의 양식으로 소비만 하는 귀족과 도시 시민들은 결코 경험할 수 없다. 도시화가 진행되고 분업이 발달하고 생산자와 소비자가 분리되기 시작한 시기에 베르터는 그 현상을 비판하며 자연과 사물과의 합일을 주장했던 것이다. 이러한 합일에 역행하거나 자아실현을 중심에 두지 않는 노동은 진정한 노동이 아니다. 어머니와 친구의 권유로 공사의 비서 일을 시작한 베르터는 마치 '노예선'에 묶여 있는 것 같다며 자신이 하는 일에 대해 회의적인 반응을 보인다. 그러면서 무엇이 진정한 일이고 활동인지 반문한다.

이렇게 된 것은 모두 자네들 책임이네. 자네들은 내게 이런 멍에를 지라고 떠들어댔고, '일, 직업적 활동' 하며 노래를 부르지 않았나. 일이라니! 감자를 심고 시내에 곡식을 내다파는 농부가 지금의 나보다 더 많은 일을 하고 있네. 만일 그렇지 않다면 그 벌로 나는 지금 내가

묶여 있는 이 노예선에서 앞으로 10년은 더 일하도록 하겠네.(101)

자연 속에서 스스로의 힘으로 농사지으면서 작은 행복에 만족하며 사는 것이 진정한 행복이고 그런 노동이 진정한 노동이라는 것이다. 그런 관점에서 보면 공사의 비서로 궁정에서 일하는 것보다 감자 농사를 짓는 농부가 더 많은 일과 활동을 하고 있는 셈이다. 그 이유는 도시에 사는 사람들은 자신의 자아실현이나 기쁨과는 상관없이 일을 위한 일, 노동을 위한 노동을 하기 때문이다. 베르터가 보기에 그런 도시 사람들의 직업과 노동은 "인간 본연의 삶과는 거리가 먼 것, 인간 존재의 무한성에 족쇄를 채우는 일"[15]이다.

> 세상 모든 일은 결국 하찮은 것에 지나지 않는데, 자신의 고유한 열정이나 욕구 때문이 아니라 단지 돈이나 명예 또는 그 밖의 무엇인가를 위해 천신만고 애쓰는 사람은 언제나 바보일 따름이야.(64)

베르터는 자신의 열정이 아니라 "돈이나 명예"를 쫓고 출세를 위해 아귀다툼을 벌이는 이들을 강도 높게 비판하는 것이다. 사람들의 욕망은 끝이 없다. 출세욕만이 아니라 "건강, 평판, 즐거움"까지도 서로 먼저 차지하려 다툰다.

> 아침에 눈부신 태양이 떠오르고 청명한 날씨를 예고하면 이렇게 외치지 않을 수 없네. "오늘도 하늘의 은총이 내렸건만 사람들은 다들 무언가를 서로 차지하려고 난리들을 치겠군!" 그들이 서로 차지하려

다투지 않는 것이란 없네. 건강, 좋은 평판, 즐거움, 휴식 등 모든 것
이 그렇다네.(107)

자연이 아름답게 빛나는데 사람들은 그 하늘의 은총을 즐기지
못하고 탐욕스럽게 모든 것을 차지하려 다투며 격식에만 연연한
다. 베르터는 그러한 사람들을 보면서 더이상 그들의 행렬에 동
참하지 않겠다고 결심하고 자신의 이상향이던 발하임으로 돌아
온다. 어머니나 친구들이 말하는 출세의 길을 포기하고 다른 가
치와 다른 삶의 방식이 있는 자연세계로 돌아온 것이다. 공사의
비서직을 그만두고 D시를 떠나면서 베르터는 빌헬름에게 어머
니를 잘 위로해달라고 부탁한다. 아들이 궁정에서 출세하여 높
은 자리에 오르길 바라는 어머니의 소망과는 달리 세상에서 보
면 초라하기 짝이 없는 마구간의 세계를 택했기 때문이다. "어
머니를 위로해주게. 당신의 아들이 추밀고문관이나 공사가 되
려고 이제 막 멋진 행진을 시작했는데, 갑자기 그만두고 초라한
말 한 마리 데리고 마구간으로 되돌아온 것을 보셔야 하니 말일
세!"(115)

베르터가 돌아온 자연세계는 인간세계와는 달리 무위를 기본
으로 한다. 일, 직업 등을 외치는 것은 시민사회의 규범이다. 시
민이란 "학식과 교양, 직업, 경제력을 도구로 사회적 상승을 추
구하는 사람들, 귀족이나 농민이 갖는 보수성, 정적靜的인 자의
식과 계층관을 극복하고 활력에 넘치는 사람들"[16]이다. 이들에게
있어서 "교양, 이성, 휴머니즘, 관용, 도덕, 진취적 용단, 능률 의
식, 부지런함이야말로 시민적 종합 이념의 가장 중요한 요소 중

의 하나이다."[17] 특히 노동에 대한 강조는 시민계급의 정체성을 담보하는 중요한 가치다. 당대의 문학은 바로 그 점을 강조했다.

베르터가 아침에 일어나 하루 종일 하는 일은 대부분 발하임으로 산책을 나가 거기 주막집에서 호메로스를 읽고 주변의 자연 속을 산책하고 로테를 방문하는 것이었다. 귀족계급의 태만과 특권에 반대하며 성실한 생활과 직업적 활동을 강조하는 시민계급의 눈에 이러한 베르터의 생활은 아무 일도 안 하고 시간을 허비하는 것으로 비칠 수밖에 없었다. 그러나 베르터가 찬미하는 자연세계에서는 게으름과 느림과 무위가 오히려 인간의 정신을 완성시킨다. 베르터가 이상적 공간으로 여기는 발하임은 베르터에게 "떠남과 느림의 삶을 매개해주는 일종의 슬로시티 Slow-City"[18]였던 것이다.

게으름과 무위는 근대 이후 가속화와 효율의 극대화, 노동의 신성시로 인해 파괴된 인간의 행복을 복원하는 새로운 대안으로 나타난다.

5. '게으를 권리'와 새로운 노동 개념

베르터가 내세운 대안적 가치와 새로운 삶의 방식은 고대 그리
스의 견유학파와 18세기의 루소, 19세기 말의 '대안운동Die alterna-
tive Bewegung', 1960년대의 히피운동, 그리고 오늘날의 생태주의로
이어지는 커다란 반문명 전통의 흐름 속에 놓여 있다. 견유주의
Kynismus는 욕심을 버리고 세속의 부귀영화를 탐하지 말며 자연의
상태로 회귀해야 한다고 주장한 철학 유파이다. 이 유파는 기원
전 4세기 안티스테네스가 세운 키니코스 학파에서 유래하며 디
오게네스가 그 중심인물이다. 디오게네스는 알렉산드로스 대왕
이 찾아가 소원을 묻자 그저 햇빛을 가리지 말고 비켜달라고 말
한 일화로 유명하다.

견유주의는 서양사상사에서 "문명에 대한 최초의 그리고 가
장 강력한 철학적 반항"¹⁹으로 평가된다. 고대 견유주의자들은

당시 문명에 대해 강력한 비판을 제기하고 반대 담론을 몸소 실천했다. 그들이 비판한 문명은 "물신주의, 쾌락주의와 이기주의, 허례허식, 성적-인종적-사회적 편견과 차별, 종족주의와 군사주의 그리고 노예제도"[20] 등을 핵심 내용으로 한다. 견유주의자들은 이에 맞서 "인간이 만든 허위적 세상에 대한 반기를 들고 인간 본성과 그 본성이 내속된 대자연의 순리에 따라 살라고 주장"하며 재산, 지위, 명망, 허례허식을 모두 버리고 "최소주의적 생활방식"을 실천했다.[21] 디오게네스는 걸인처럼 구걸하며 나무통 속에서 생활했고, 상류층 출신의 부유한 토지소유자였던 크라테스(디오게네스의 제자)는 재산을 모두 처분해 이웃에게 나누어 준 후 거리에서 생활하는 자발적 가난을 선택했다. 디오게네스는 문명의 문제가 자꾸만 더 가지려는 탐욕에 있다고 보고 "행복은 자족적 삶에서야말로 찾을 수 있다"고 가르치며 "참된 가치를 회복"할 것을 촉구했다. 그가 말하는 참된 가치란 "문명이 야기한 오만과 타성에 젖어 망각해버린 자연의 법을 다시 기억해내고 그에 순응하여 사는 것"이다.[22]

고대 견유주의자들의 주장은 흥미롭게도 베르터의 새로운 대안과 궤를 같이하고 있다. 페터 슬로터다이크는 디오게네스를 두고 "원조 히피이자 최초의 보헤미안으로서 유럽 전통의 지성적 삶에 커다란 족적을 남겼다"[23]라고 평했는데, 베르터 역시 전방위적 반항아, 즉 18세기의 히피로서 디오게네스의 계보를 잇는다고 볼 수 있다. 그런 점에서 슬로터다이크가 "젊은 괴테는 다른 어떤 사람보다도 시민적 신견유주의의 활력이 감추고 있는 비밀을 감지했고 이를 예술로 마음껏 발산했다"[24]라고 분석한 것은 매우 적절하다. 괴테가 "'자연'이나 천재, 진리, 삶, 표현" 등을 주장하며 "온전한 삶과 감성의 구현, 분열되지 않은 일체성을 요구"한 것은 그 바탕에 "견유적 자극이 개입되어 있기" 때문이라는 것이다. 그래서 슬로터다이크는 "열정적인 젊은 괴테의 프로메테우스"를 견유주의적 자극의 "새로운 이상"으로 보았다.[25] 프로메테우스는 신들과 모든 법칙, 모든 질서를 거부하고 조롱하며 스스로의 완성을 추구한 존재이기 때문이다. 그런데 그런 프로메테우스와 한 형제라 할 수 있는 베르터는 모든 권위를 거부하는 프로메테우스의 반항적 성향뿐 아니라 인간의 자연적 본성을 바탕으로 한 새로운 행복론, 즉 무위와 자족의 생활을 강조한 점에서 더욱 견유주의적이라 할 수 있다.

지배 담론에 맞서서 베르터가 내세운 게으름, 느림, 무위, 자족의 담론은 오늘날 특히 중요한 의미를 지닌다. 과학과 기술, 그리고 문명의 발전이 인류를 낙원으로 인도한 것이 아니라 점점 일의 노예로 만들어버림으로써 많은 문제가 발생하고 있기 때문이다. 그래서 이제 노동의 의미 자체를 새롭게 정립해야 한다는 주장이 점점 힘을 얻고 있다. 노동의 강조는 노동하지 않는 사람을 잉여인간 또는 유휴인간으로 만들고 나아가 사회에서 배제시킨다. 노동이 삶의 원천이자 사회적 안정을 가져다주는 기반이라고 생각하기에 노동하지 않는 자는 당연히 사회에서 낙오한 자로 취급된다. 하지만 전 세계적으로 문제가 되고 있는 20 대 80의 사회, 즉 한 나라 또는 전 세계 차원에서 상위 20%가 모든 생산을 담당하고 나머지 80%는 잉여적 존재로 전락할 위험에 처하고, 아이들과 청소년, 은퇴자, 실업자를 포함하면 노동하는 인구보다 노동하지 않는 인구가 훨씬 많은 것이 오늘날의 상황이다. 그렇기에 노동 개념을 새롭게 정립하고, 그에 따라 게으름, 무위에 대해서도 새로운 의미를 부여할 필요가 있다.

견유주의에서 시작해 루소를 거쳐 베르터가 내세운 안빈낙도와 게으름, 무위와 자연적 삶에 대한 찬양은 베르터의 죽음에도 불구하고 당시의 기성질서에 속박을 느끼고 있던 젊은이들에게 커다란 호응을 받았다. 베르터가 강조한 가치들은 이후 많은 이들에 의해 산업사회와 기술문명에 대한 새로운 대안으로 제시됨으로써 그 전통을 이어나갔다. 이들은 근대 이후 노동에 부여한 중요성을 파기하고 노동은 어디까지나 최소한의 생존을 위한 범위로 한정시킬 것을 제안한다. 그럴 경우 나머지 시간을 자기계발과 자기완성을 위해 사용함으로써 진정한 행복을 얻을 수 있기 때문이다.

괴테의 『젊은 베르터의 고뇌』가 나온 지 100년쯤 후인 1883년에 프랑스의 사회운동가 폴 라파르그^{Paul Lafargue}는 "'일할 권리'에 대한 반박"으로서 '게으를 권리'를 주장했다. 그는 "노동에 대한 맹목적이고 도착적이며 살인적인 열정으로 말미암아 사람들을 해방시켰던 기계가 자유로운 인간을 노예로 만드는 도구로 바뀌었다"[26]고 말한다. 자본주의 경제학자들의 "일하라. 사회의 부를 증대시키기 위해"라는 주장에 따라 노동자들이 "노동이라는 악덕에 자신의 육체와 영혼"[27]을 다 바치고 "기계의 일부가 되어 휴식도, 대가도 없이 일만"[28] 하게 되었다는 것이다. 라파르그는 이러한 상태에서 벗어나기 위해서는 '게으를 권리'를 선언하고 "하루에 3시간만 일하고 나머지 시간은 여가와 오락을 즐기는 삶에 익숙해져야 한다"[29]고 주장한다. 베르터처럼 라파르그 역시 노동의 시대에 노동의 신성화를 부정하고 게으름을 찬양한 것이다.

이러한 생각은 20세기에 들어와 벨기에 신학자 자크 르클레르크Jacques Leclercq의 『게으름의 찬양』과 버트런드 러셀의 『게으름에 대한 찬양』으로 이어졌다. 르클레르크는 1936년에 "치열한 생활이란 실상 소동의 생활에 지나지 않기"에 "우리 삶이 제대로 인간적이려면 느림이 있어야" 한다고 주장했다.[30] 러셀 역시 "근로가 미덕이라는 믿음에 의해 엄청난 해악이 발생한다"[31]고 말하며 인간의 진정한 자유와 주체성 확립을 위해서는 여가가 필요함을 역설했다. 러셀은 현대인들에게 '행복하려면 게을러지라'는 처방을 내리며 하루에 4시간만 일하고 나머지 시간은 빈둥거리고 어슬렁거려야 더 창의적인 생각과 행동을 할 수 있다고 주장했다.

게으름에 대한 이런 일련의 담론은 베르터가 내세우는 새로운 삶의 방식과 가치가 오늘날에도 여전히 유효함을 알려준다. 괴테의 반문명적 세계관을 분석한 만프레트 오스텐은 괴테가 "프랑스혁명 이후에 천천히 가는 시대는 지나가고 그때부터 삶의 리듬이 극적으로 빨라졌음을 느꼈다"[32]고 말하지만, 괴테는 이미 그전에 그에 대한 문제의식을 지니고 있었고 이를 『젊은 베르터의 고뇌』에서 표현했던 것이다. 이처럼 자연친화적인 새로운 삶의 방식을 대안으로 보여주었다는 점에서 『베르터』는 독일의 초기 생태문학에 속한다고 할 수 있다. 베르터 자신은 그 대안을 끝까지 실현하는 데 실패했지만 그가 꿈꾼 새로운 세계는 여전

히 많은 사람들의 이상향으로 남아 있다. 그가 꿈꾼 세상은 견유
주의자들이 꿈꾸었던 '바랑의 도시' 같은 것이 아니었을까? 크라
테스는 견유주의자들이 메고 다니던 바랑에 빗대어 자신들의 이
상향을 '바랑의 도시'라 칭했다.

견유주의자에게도 꿈에 그리는, 그러나 이 세상과는 너무 다른 섬이
있다. 미망의 바다 한가운데에 떠 있는 '바랑^{pera}의 도시'. 그곳은 부
와 명예를 위한 싸움이 없는 평화와 안식의 장소, 악에 물들지 않은
깨끗한 땅, 양파와 대추 그리고 몇 조각 빵으로도 넉넉한 곳이다.[33]

2장

시민사회와 자본주의 비판:
『빌헬름 마이스터의 수업시대』

1. 교양소설 또는 반근대적 소설

젊은 괴테를 일약 유럽의 유명 작가로 만들어준 『젊은 베르터의 고뇌』에서 제기된 도전적 문제의식은 20년 후에 발표한 또다른 소설 『빌헬름 마이스터의 수업시대 *Wilhelm Meisters Lehrjahre*』(이하 『수업시대』)에서 새로운 모습으로 발현된다.

이 20년 동안 괴테에게는 많은 일이 있었다. 모든 질서와 중심을 가차없이 파괴해버리려는 과격한 프로메테우스의 모습을 보이던 괴테는 어느덧 기존 질서를 지키고 발전시켜야 하는 귀족 세계의 일원이 되었고, 정치가로서 강대국들 틈에 끼인 바이마르공국의 존립을 위해 분투했으며, 2년간의 이탈리아 체류를 통해 유럽 문화와 예술의 근원인 그리스와 로마의 고전예술을 직접 경험했다.

『젊은 베르터의 고뇌』가 나온 지 1년 후인 1775년에 괴테는 카를 아우구스트 대공의 초청을 받아 바이마르를 방문하고 이듬해 대공의 제안을 받아들여 바이마르공국의 추밀원 고문을 맡아 정치가로서 새로운 삶을 시작했다. 괴테는 바이마르공국에서 일메나우 광산을 재개발하기 위한 준비책임자를 맡기도 했고, 국방위원회 감독관을 거쳐 1782년에는 재무상에 임명되어 아우구스트 대공의 측근으로 활발한 정치활동을 펼쳤다. 또한 바이마르 궁정의 일원이 됨으로써 시민계급 출신으로 귀족사회의 속내를 들여다볼 수 있게 되었다.

그러나 정치가 괴테는 항상 예술가로서의 자기 존재와 갈등관계에 있었다. 괴테는 스스로를 '타고난 예술가'로 여겼는데, 점점 정치에 깊이 발을 들여놓음으로써 그의 내면에서 정치가와 예술가 사이의 갈등이 심화되었다. 새로운 작품에 대한 착상이 끊임없이 떠올랐지만 정무에 쫓기고 궁정의 복잡하고 미묘한 인간관계에 시달리느라 집필에 매진할 수 없었다. 바이마르로 이주한 이후 『에그몬트』 『이피게니아』 『타소』 등의 희곡 작품을 구상하고 집필을 시도했지만 작품에 집중할 시간이 주어지지 않아 거의 진척을 보지 못했다. 그래도 바이마르로 이주한 초기에 쓰기 시작한 빌헬름 마이스터의 이야기는 1783년 '빌헬름 마이스터의 연극적 사명'이라는 제목으로 초고를 완성했다. 하지만 괴테는 이 작품을 공식적으로 출판하지는 않고 프리드리히 실러와 몇몇 친지에게만 보여주었다.

바이마르에서 10년간을 이러한 생활에 시달리던 괴테는 1786년 9월 3일에 돌연 도피하듯 이탈리아로 여행을 떠나 2년간 그곳에서 보내면서 예술가 본연의 모습을 되찾았다. 이 시절에 괴

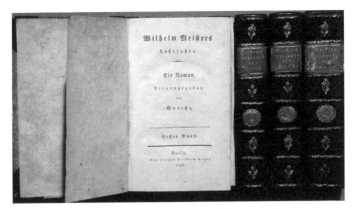

『빌헬름 마이스터의 수업시대』 초판본(사진 H.-P. Haack)

테는 고대 그리스와 로마의 예술작품에 심취함으로써 고전주의
의 기틀을 마련했다. 이탈리아에서 괴테는 비로소 『에그몬트』를
완성하고 『이피게니아』를 운문으로 개작했으며, 『파우스트』『타
소』『수업시대』 집필에 매달릴 수 있었다. 이탈리아 여행을 다녀
온 후 괴테는 『수업시대』의 초고를 개작하기 시작해 프랑스혁명
이후의 정치적 변화, 자신이 바이마르에서 쌓아온 경력, 이탈리
아 여행에서 얻은 경험을 바탕으로 후반부 세 개의 장을 더 집필
한 뒤 1796년에 『빌헬름 마이스터의 수업시대』라는 제목으로 출
간했다.

20년간의 집필 기간이 말해주듯, 괴테가 20대에 시작하여 40
대에 완성한 『수업시대』에는 다양한 주제와 사상이 녹아들어 있
다. 이 작품은 젊은 혈기로 가득했던 질풍노도의 시기에서 중년
을 넘어 완숙한 경지에 이른 고전주의 시대까지 아우르는 다양
한 폭을 지녔기에 여러 관점에서 분석할 수 있다. 그렇기에 그동

안 수많은 연구가 있었고 지금도 여전히 새로운 관점의 연구들이 이어지고 있다.

교양소설^{Bildungsroman}의 전범으로 알려진 이 작품에 대한 연구는 교양 개념에 초점을 맞추거나, 주인공 빌헬름의 인생 여정을 자기정체성을 찾고 교양을 쌓아가는 과정으로 바라보는 분석이 주를 이뤄왔다. 빌헬름은 시민계급 출신이면서도 상업적이고 실용적인 세계에서 벗어나 연극 세계로 나아가 유랑극단의 일원이 되어 독일 각지를 순례한다. 그 여정에서 수수께끼 같은 소녀 미뇽과 하프 타는 노인을 만나 감성적 세계를 접하기도 하고 수많은 어려움과 시행착오를 거치면서 조금씩 자아를 형성해나간다. 그러다 마침내 귀족인 로타리오가 주도하는 사회개혁을 위한 비밀결사체 '탑 사회^{Turmgesellschaft}'의 일원이 되면서 수업시대를 마친다.

이런 관점에서 보면 빌헬름이 몸담았던 연극 세계나 미뇽, 하프 타는 노인과 같은 인물이 대변하는 세계는 이성과 합리성, 그리고 점진적 개혁을 중심 가치로 내건 '탑 사회'로 나아가기 위한 과도기, 즉 극복하고 넘어서야 할 과도기의 세계이다. 이는 『수업시대』를 교양소설의 전범으로 높이 평가한 철학자 빌헬름 딜타이^{Wilhelm Dilthey}의 설명과 기본적으로 일치한다. 딜타이는 교양소설이 해당 시대의 젊은이가 겪는 인생의 여정을 다룬다며 다음과 같이 설명했다.

젊은이가 행복한 여명기에 삶 속으로 발을 내딛어 자신과 유사한 영혼들을 찾고, 우정과 사랑을 경험하고, 세상의 험한 현실과 부딪혀가

며 인생의 다양한 경험을 쌓아 성숙해져서는 마침내 자신을 찾고 이
세상에서 자신의 임무를 깨닫게 되는 것.[1]

최근의 연구에서도 이러한 경향은 큰 흐름을 이루고 있다.
2012년에 나온 한 연구는 여전히 빌헬름의 이야기를 "그가 치유
되고 멜랑콜리를 극복하는 이야기"[2]라 설명한다. 그러나 이와 반
대로 빌헬름의 행보를 발전과 성숙이 아니라 정체 또는 퇴보와
역행의 과정으로 보는 시각도 존재한다. 카를 슐레히타^{Karl Schlechta}
는 주인공 빌헬름이 5년 동안 걸어간 길은 수많은 "우회로와 교
차로, 옆길"로 이루어져 있었으며 "언제나 막다른 골목으로 이어
졌다"고 분석함으로써 빌헬름의 행보를 부정적으로 평가한다.[3]
그는 또한 빌헬름이 시적 세계에서 진정한 행복을 파괴하는 근
대세계로 옮아감으로써 "그의 삶은 물론 작품 역시 계획대로 이
루어지지 않았으며 소설에는 그 어떤 분명하고 순수한 결과도,
지향하는 목적도 없다. ……전체가 단지 하나의 거대한 에피소
드, 기본적으로 시작도 끝도 없는 에피소드일 뿐이다"[4]라고 주장
하여 이 작품 해석의 새로운 국면을 열었다. 슐레히타의 연구를
필두로 『수업시대』를 빌헬름의 자기완성이나 자아실현을 다룬
교양소설로 보는 관점에 대한 비판이 이어졌고, 더 나아가 발전
과 진보, 성장을 부정하는 반근대적 작품, 심지어는 포스트모더
니즘적 작품으로 보는 연구도 생겨났다.

이렇듯 『수업시대』를 둘러싼 다양한 연구가 존재하는 것은 이
작품이 그만큼 다양한 주제를 복잡한 방식으로 다루고 있기 때
문이다. 오랜 기간에 걸쳐 완성되었기에 당대의 수많은 문제가

작품 속에 흘러들어와 서로 얽혀 있으며 때로는 대립하기도 한다. 특히 작품을 집필하던 시기에 이탈리아 여행, 프랑스혁명 등 괴테 개인적으로나 사회적으로나 지대한 영향을 미친 사건들이 일어나 작품에 상당한 흔적을 남기고 있기도 하다. 그렇기에 이 작품 속에 다양한 담론이 나타나는 것은 어쩌면 당연한 일이다. 정치, 사회, 교육, 종교, 경제는 물론이고 예술과 의학에 이르기까지 당시 사회에서 분출되고 있던 다양한 담론이 백가쟁명의 형태로 작품 속에 등장하는 것이다.

괴테가 살던 시기는 전근대 귀족사회에서 근대 시민사회로 넘어가는 과도기였으며, 전통적인 농업 및 수공업 경제체제에서 자본주의 체제로 급속하게 이동하던 시기였다. 괴테는 자신의 시대에 새롭게 부상하는 근대성과 자본주의에 대해 『수업시대』에서 일정한 거리감을 갖고 묘사하고 있고 그 문제점을 보완할 대안적 가치도 함께 성찰하고 있다. 바로 이 지점이 『수업시대』를 생태주의적 관점으로 새롭게 해석할 수 있는 시작점이 된다.

2. 시민사회와 자본주의 담론

『수업시대』는『젊은 베르터의 고뇌』를 완성하고 3년 후에 시작한 작품으로『젊은 베르터의 고뇌』의 문제의식과 주제를 상당부분 이어받고 있다. 그런 점에서『수업시대』는『젊은 베르터의 고뇌』의 연장선상에 놓여 있다고 할 수 있다. 우선 두 작품은 주인공이 모두 시민계급 출신의 젊은이다. 물론 차이점도 있다. 베르터가 부유한 집안에서 자라 고등교육까지 받은 아주 교양 있는 청년이라면,『수업시대』의 주인공 빌헬름은 상인의 아들로 이제 막 세상을 향해 걸음마를 뗀 견습생이다. 빌헬름이 좀더 시대상황에 맞는 현실적 주인공인 것이다.

베르터는 자아와 세계와의 갈등을 견디지 못하고 결국 자살에 이르지만, 빌헬름은 세상으로 나아가 다양한 사람을 만난다. 빌헬름은 수많은 시행착오를 거치지만 결국은 개혁공동체인 '탑 사회'에 들어가고 마지막에는 귀족 처녀와 행복한 결혼에 성공한다. 하지만『수업시대』가『젊은 베르터의 고뇌』의 연장선상에 있고 빌헬름이 베르터의 형제와 같다고 볼 수 있는 이유는, 빌헬름도 베르터처럼 시민사회와 갈등을 빚고 있으며 시민사회가 요구하는 질서와 가치를 부정하고 예술세계에서 자아의 완성과 더 높은 정신세계로의 진입을 추구하기 때문이다. 더 나아가『수업시대』의 중요한 주제인 사회와 자연의 대립, 이성만능주의 비판, 자아실현과 자기완성을 둘러싼 개인과 사회의 갈등 등은 모두『젊은 베르터의 고뇌』에서도 집중적으로 다뤄진다. 그만큼 이 두 작품의 공통점은 뚜렷하다.

『수업시대』에는 두 개의 세계, 즉 시민세계와 예술세계가 각기 다른 담론을 통해 대립적으로 제시된다. 시민사회와 자본주의의 담론은 빌헬름의 할아버지와 아버지, 그리고 친구 베르너를 통해 제시된다. 이 세계가 표방하는 가치 질서는 '유용성' '이익' '자본' '효율성' '이성적 활동' '무한한 소유' '향락' 등으로 요약된다. 이들 자본주의적 담론은 빌헬름 집안의 인물들을 통해 반복해서 표출된다.

빌헬름의 할아버지는 상업을 통해 부를 축적한 후 유화, 스케치, 동판화와 골동품 등의 예술품을 수집했다. 이를테면 이제 막 자본을 축적한 시민계급이 귀족의 생활과 취미를 모방하는 단계가 빌헬름의 할아버지 모습이다. 자본주의가 지배적 질서가 되어가고 있지만 여전히 전통이나 문화, 예술 등의 무형적 가치가 존중받던 시기에 흔히 일어나는 현상이다. 그러나 다음 세대인 빌헬름의 아버지는 유산으로 받은 부친의 수집품을 모두 팔아서 친구인 베르너의 사업에 투자하는 등 재산을 "가능한 모든 방법을 동원해 증식"[5]시키려 한다. 그에게는 문화나 예술보다는 자본과 물질적 부가 더욱 중요해진 것이다.

자신의 부를 과시하는 수단도 빌헬름의 아버지 대에 이르면 문화적인 것에서 물질적인 것으로 바뀐다. 빌헬름의 아버지는 집에 충분한 공간이 있는데도 "최신 취향에 따라 완전히 다시" 더 큰 집을 짓고 여기에 당시 유행하던 사치품들을 들여놓아 부를 과시했다. 이러한 태도는 빌헬름의 할아버지와는 또다른 차원에서의 귀족 모방, 즉 "시민계급이 귀족의 전래적 사교양식을 모범으로 삼은 것"[6]이라 할 수 있다. 그런 점에서 빌헬름의 아버지는 아직은 내적 모순을 지닌 시민적 존재로 등장한다.

이에 반해 빌헬름의 아버지가 죽은 후 빌헬름의 여동생과 결혼하여 빌헬름 대신 마이스터 집안의 사업을 물려받은 베르너는 그 모순을 극복한 온전하고 철저한 시민으로 등장한다. 빌헬름 아버지의 동업자인 베르너 씨의 아들이자 빌헬름의 친구이기도 한 젊은 베르너는 사치와 과시, 불필요한 지출 등을 거부하고 모든 것을 이윤의 관점에서 파악하여 실행하는 철저한 자본주의자의 모습을 보인다. 그는 쓸데없이 크기만 한 빌헬름의 집을 팔고 그 자본을 밑천으로 투자 사업을 벌여 목돈을 마련했고, 그것을 재투자하여 계속해서 자본을 축적했다. 그에게는 자본 축적과 이윤이 그 무엇보다 중요한 삶의 목표이자 원칙이었다.

빌헬름 집안은 이렇듯 3대에 걸쳐 변화해왔지만 기본 원칙만은 변하지 않았다. 빌헬름의 아버지는 모든 것을 유용성과 이익의 관점에서 판단했다. 그렇기에 "지갑에 즉각 돈을 채워주지 않는 것"이나 "금방 재산을 안겨주지 않는 것"은 쓸모없으며, 그런 일에 몰두하는 것은 "시간 낭비"라고 여겼다.(11) 모든 것을 이익과 효율성의 관점으로 보는 아버지의 입장은 자본주의의 기본 원칙을 대변한다. 그렇기에 빌헬름의 아버지와 그의 동업자인 베르너 씨는 취향이 다르지만 "상업을 가장 고귀한 일로 생각한다는 점과, 둘 다 어떤 투자라도 이득만 가져다줄 수 있다면 거기에 지극히 큰 관심을 보인다는 점에서는 성향이 완전히 일치"(49)한다.

이 입장은 베르너 씨의 아들에 이르러 더욱 철저해진다. "나는 이 세상에서 다른 사람들의 어리석은 행동에서 이익을 취하는 것보다 더 현명한 것은 없다고 생각해."(45) 이렇게 말하는 아들 베르너는 모든 것을 이윤의 관점에서 보는 근대적 사업가의 모습으로 등장한다. 이제 오로지 이윤과 효율성, 물질적 가치의 중요성만 남은 것이다. 자본주의적 가치를 철저하게 주장하는 베르너는 빌헬름의 할아버지와 아버지의 취향을 비생산적이라 비판하기까지 한다.

> 자네가 자네 선친이나 조부님의 그 비생산적인 취미로부터는 아무것도 물려받지 않았기를 바라네. 자네 조부님은 일련의 무의미한 예술품에다 당신의 최고의 행복을 거셨지만 그것들을 아무도 그분과 함께 즐길 수가 없었어. ……집 안에 아무것도 불필요한 것을 두지 않는 거야! 가구와 가재도구가 너무 많으면 안 되지! 돈 이외에는 아무것도 집 안에 놓아둘 필요가 없어……. 그런 다음에는 매일 자기가 하고 싶은 바를 이성적으로 행하는 거야.(398)

베르너의 입을 통해 모든 가치가 돈으로 환원되는 황금만능주의적 담론이 당당하게 표출된다. 이처럼 시민사회와 자본주의의 담론을 철저하게 대표하는 베르너의 입장은 소설 진행과 함께 반복적으로 등장한다. 빌헬름이 집을 떠나 세상으로 나가기 전에 베르너는 "진정한 상인의 정신보다 더 폭넓고, 또 더 폭넓어야 마땅한 정신이 이 세상 어디에 또 있는지 모르겠어. ……복식부기가 상인에게 얼마나 이익을 주는가! 그건 인간 정신이 고안해낸 가장 아름다운 발명품 중 하나"(45-46)라고 말하며 이윤을 최고의 가치로 여기는 자본주의 정신을 찬양한다.

복식부기는 모든 수입과 지출을 대차대조표를 통해 관리한다. 복식부기에 대한 베르너의 찬양은 당시 자본주의 담론에서 이미 생산이나 물품 그 자체보다 자본과 자본을 통한 이윤 창출을 더욱 중요시하기 시작했다는 것을 보여준다. 모든 것이 이제는 숫자로 전환되어 대차대조표 위에 존재한다. 따라서 실제 물건이나 상품 자체보다 수입과 지출의 대차대조를 통한 이익이 더 중요해진 것이다. 생산 현장보다는 사무실에서의 숫자 놀음이 더 의미를 지니게 된 것이다.

이는 당시로는 꽤 극단적인 논리였지만, 오늘날 세계 경제를 좌우하고 끊임없이 위기를 불러일으키는 것이 실물경제가 아닌 금융이라는 사실을 감안하면 새삼 흥미롭다. 산업이나 생산을 통해 부가 축적되기보다 자본의 증식과 유통을 통해 오히려 더 많은 부가 축적되는 추상적이고 기형적인 경제체제가 바로 금융자본주의이기 때문이다. 화폐경제를 대변하는 베르너의 입장에서 보면 빌헬름은 "이 세상에서 가장 비현실적인 것에다 지나치게 큰 가치를 부여하고 자신의 온 영혼의 무게를 다 싣는"(47-48) 어리석은 인물이다. 이런 베르너의 태도는 변하지 않고 세월이 흘러감에 따라 더욱 완고해진다. 작품 중반쯤 빌헬름의 아버지가 돌아가시자 베르너는 빌헬름의 여동생과 결혼하여 빌헬름 집안의 사업을 이어받는다. 그런 다음 베르너는 빌헬름에게 보낸 편지에서 자기 장인의 큰 집을 팔고 그 돈으로 토지를 사서 개량하여 "몇 년 안에 3분의 1정도 오른 값으로 되팔고, 좀더 큰 토지를 매입하여 다시금 개량해서 파는 계획"(400)을 전하며 자신의 신조를 다음과 같이 피력한다.

> 요컨대 나의 낙천적인 신조는 이러하네―자기 사업을 해가며 돈을 벌고 자기 가족과 더불어 즐겁게 지낼 것, 그리고 그 밖의 다른 세상사는 그것을 이용할 수 있을 때를 제외하고는 더이상 상관하지 말 것!(399)

베르너의 신조는 철저히 개인주의적이며 비정치적이다. 자신과 가족을 위해 돈을 벌어서 즐겁고 재미있게 지내는 것이 가장 중요하고, 이익이 생기지 않는 세상일에는 신경쓸 필요가 없다는 것이 그의 신조이다. 그런 신조에 걸맞게 베르너는 편지 말미에 빌헬름에게도 이렇게 충고한다. "재미와 실익이 있다고 생각되는 곳으로 다녀보도록 하게나!"(400)

작품 후반부에 다시 등장한 베르너는 로타리오의 성에서 빌헬름을 만난다. 그는 빌헬름의 신수가 훤해졌다며 그런 훤칠한 외모를 밑천 삼아 "유산을 많이 받게 될 부유한 여자를 후리"(717)

라는 충고까지 한다. 이 충고는 베르너가 내세우는 자본주의 담론의 특징이 무엇인지를 더욱 분명하게 알려준다. 결혼이나 가정, 인간관계마저도 "상품 취급을 하고" "투자의 대상으로 생각해서 이문이나 얻을 궁리"(717)를 하는 철저한 자본가의 모습이 바로 베르너를 통해 제시되는 것이다.

이러한 베르너의 생각은 로테와의 사랑을 위해 목숨까지도 바치겠다는 베르터나, 자신을 연극의 세계로 이끈 사랑하는 여인 마리아네를 위해서라면 어떤 희생도 기꺼이 감수하겠다는 빌헬름의 격정적 사랑의 담론과는 정반대 방향을 지향한다. 베르너의 입장은 당시 시민사회에서 격정적 사랑의 담론이 유용성과 기능성을 중시하는 담론으로 어떻게 변형되어갔는가를 잘 보여준다. 이처럼 베르너가 대변하는 시민사회와 자본주의의 담론은 경제적, 정치적 관점을 넘어서서 가정과 결혼 같은 사회적 담론까지 포함하고 있다. 이러한 점에서 베르너는 당시 대두되기 시작한 자본주의와 상업을 통해 부를 축적한 시민계급의 담론을 최전선에서 대표하는 인물이다. 이 담론은 가정과 결혼, 인간관계 및 노동의 의미, 시민의 사회적 책임과 부의 축적, 인생의 목표와 행복 등 사회의 거의 모든 영역에서 새로운 패러다임이 등장하고 있음을 보여준다.

3. 예술세계와 정신세계의 대항담론

마이스터 집안의 남자들이 표방하는 시민사회와 자본주의 담론은 공교롭게도 집안의 일원인 빌헬름에 의해 비판적으로 조명된다. 빌헬름은 시민계급의 일원이지만 시민사회를 벗어나 연극과 예술의 세계로 들어가기를 꿈꾸는 존재로 등장함으로써 자신의 집안과 대척점에 서게 된다. 빌헬름은 어린 시절 인형극 무대 세트를 크리스마스 선물로 받았는데, 이를 계기로 인형극에 심취하여 자신이 살고 있는 세계와는 다른 세계가 존재함을 알게 되었다. 이후 그는 그 세계를 동경하다 마침내 연극의 세계로 뛰어든다.

그런 점에서 빌헬름 역시 베르터처럼 기존 질서에 대립되는 담론을 표방하는 인물로 등장한다. 빌헬름이 대표하는 담론은 주관성, 예술세계, 내면, 정신적 가치, 행복, 격정적 사랑 등으로 시민계급이나 자본주의 사회가 강조하는 담론과는 상반된다. 빌헬름은 소설의 시작부터 시민사회를 대표하는 그의 아버지와 대립한다. 작품 서두에 빌헬름의 어머니는 아버지가 단단히 화가 나서 빌헬름이 "매일 극장에 다니는 것을 곧 금지하실 것"이라며 "연극도 좋지만 시간을 그런 식으로 낭비해야 한다면 그게 다 무슨 소용"(11)이냐는 아버지의 의견을 전달한다. 이에 대한 빌헬름의 반론은 단호하다.

> 도대체, 우리 지갑에 즉각 돈을 채워주지 않는 것, 우리에게 금방 재산을 안겨주지 않는 것은 모두 소용없는 것일까요? 전에 살던 집에도 공간은 충분하지 않았나요? 새 집을 지을 필요가 있었던가요? 아버지는 매년 장사에서 얻은 수익의 상당한 부분을 방을 꾸미는 데에 쓰시지 않습니까? 이 벽장식용 비단 융단, 이 영국제 가구들도 불필요한 것이 아닐까요? 좀 수수한 것들로 만족할 수는 없을까요? ⋯⋯그러나 극장의 막 앞에 앉아 있으면 기분이 전혀 다르지요! 좀 기다리기는 해야 하지만 곧 막이 올라갈 것을 알고 있으니까요. 막이 오르면 우리는 우리를 즐겁게 해주고 깨우쳐주며 고양시켜주는 엄청나게 다양한 사물들을 보게 되거든요.(11-12)

어머니와 나눈 이 간단한 대화를 통해 빌헬름과 그의 아버지가 중요하게 생각하는 삶의 가치가 매우 다르며 두 담론이 서로 충돌하고 있음이 분명히 드러난다. 빌헬름은 이익이나 재산, 큰 집이나 화려한 가구, 장식품 등과 같은 물질적 가치를 전혀 중요하게 생각하지 않는다. 그렇기에 큰 집을 짓고, 사치품들로 집 안을 장식하여 자신의 부를 과시하는 초기 자본가들의 전형적인 과시욕을 드러내는 아버지에 대해 빌헬름은 "좀 수수한 것들로 만족할 수는 없을까요?"라며 비판하는 것이다.

화려함과 사치, 물질적 과시를 드러내는 부유한 시민계급의 취미를 비판하면서 빌헬름이 대안으로 제시하는 것은 베르너가 추구하는 자본의 축적이나 효율성, 향락이 아니라 수수하고 소박한 생활이다. 빌헬름에게 중요한 가치는 물질적 풍요가 아니라 형이상학적 개념인 행복이다. 그는 끊임없이 자신을 행복하게 해주는 가치가 무엇인가를 질문한다. 그렇기에 이 작품의 주요 부분에는 다른 어떤 단어보다 행복이라는 단어가 많이 등장한다. 빌헬름이 넓은 세상으로 나가려는 궁극적 목적 또한 아버지의 집에서는 "행복과 만족"을 찾기 어렵기 때문이다. 그래서 그는 "넓은 세상에서 행복과 만족을 찾아 나서고자"(43) 한다. 빌헬름이 생각하는 최고의 행복은 자연의 내적 풍요로움에서 나오는 것이다. 그래서 그는 "우리가 최고라고 생각하는 행복, 즉 자연의 내적 풍요로움으로부터 넘쳐흐르는 그 행복"(290)은 귀족이나 부유한 자본가가 아니라 "거의 아무것도, 혹은 전혀 아무것도 소유하고 있지 않은 우리 가난한 사람들에게만 우정의 행복을 듬뿍 맛볼 수 있는 특전이 주어져 있는 것"(290)이라고 말한다.

안빈낙도와 소박한 삶, 정신적 풍요를 강조하는 빌헬름의 주장은 베르너가 지향하는 물질만능주의의 경제적 담론과는 정반대 방향에 놓여 있다. 그렇기에 빌헬름은 연극무대를 떠나 시민세계에서 서기나 징수원 자리라도 얻고자 하는 극단 동료 멜리나에게 "자네는 오직 정신에 의해서만 발견되고 이해되며 수행되는 전체, 즉 초점에서 함께 만나 타오르는 전체를 느끼지 못하고 있어"(68)라고 비판한다.

정신세계와 내면세계를 풍요롭게 만들어주며 빌헬름에게 행복감을 가져다주는 세계는 바로 연극무대이다. 빌헬름은 아버지의 세계와 극장의 연극무대, 즉 예술의 세계를 대비시킨다. 빌헬름은 아버지의 세계에서 기쁨을 느끼지 못하는 반면 예술세계에서는 즐거움뿐 아니라 깨우침을 얻고 정신적 고양을 가능하게 해주는 다양한 경험을 할 수 있다고 주장한다. 그의 궁극적 목적은 예술을 통한 자기완성이다.

> 독일에서는 일반 교양, 아니 개인적 교양이란 것은 오직 귀족만이 갖출 수 있네. 시민계급으로 태어난 자는 업적을 낼 수 있고, 또 최고로 애를 쓴다면, 자기의 정신을 수련시킬 수는 있겠지. 그러나 그가 아무리 발버둥을 친다 해도 자신의 개성만은 잃어버리지 않을 수 없어…… 자네도 알다시피, 이 모든 것을 나는 단지 무대 위에서만 찾을 수 있고, 내가 마음대로 활동하고 나 자신을 갈고 닦을 수 있는 것은 오로지 이 연극적 분위기 속에서뿐이라네. 무대 위에서라면 교양인은 마치 상류계급에서처럼 인격적으로 아주 찬연히 빛을 발할 수 있거든!(290-291)

빌헬름이 대변하는 예술세계는 단순히 시민세계의 의무로부터의 도피나 여가 시간의 즐거움을 얻기 위한 취미가 아니라 자신을 완성시키고 진정한 행복을 가져다줄 수 있는 길이자 가치

가 된다. 그런 점에서 빌헬름의 언술은 베르너의 담론에 대한 강력한 대항담론으로 작용한다.[7]

두 세계 간의 갈등은 어린 시절 빌헬름이 상상한 비극 문학의 여신과 상업을 의인화한 여신의 대비를 통해서도 드러난다. 빌헬름이 쓴 시에 등장하는 상업의 여신은 까탈스럽고 신경질적이다.

> 허리띠에는 실 감는 막대기를 차고 옆구리에는 열쇠 꾸러미를 드리우고, 콧등에 안경을 올려놓은 그 늙은 주부…… 항상 부지런하지만 언제나 불안하게 서성이고 걸핏하면 싸우려 들고 살림에 알뜰하고 좀스럽고 남에게 까다롭게 구는 여자였지요.(39)

빌헬름은 상인 수업을 받는 자신의 처지를 "그런 여자의 채찍질 아래에 몸을 굽히고 땀에 젖은 얼굴로 하루하루를 노예처럼 벌어먹고 살아야 하는 사람의 상황"으로 묘사한다.(39) 상업의 여신과 대비되는 시의 여신은 "훌륭한 몸매에다 그 성품과 거동으로도 이미 그녀가 자유의 딸임을 알 수"(39) 있을 정도로 완전히 다른 모습이다.

물론 빌헬름은 이러한 이분법적 논리를 나중에 "현실세계의 제반 사정과 일상생활에 대해 종전보다 더 유심히 관찰"한 결과 "많은 직종의 생업과 경제적 수요를 중개하는 인물이 되어 대륙의 깊은 산간벽지에 이르기까지 생활과 활동을 전파하는 데 일익을 담당하는 것이 정말 유쾌하고 유용한 일이 될 수 있겠다는 사실"(380)을 느꼈다고 말함으로써 극복하고 있는 듯 보인다.

"한쪽 여신이 더이상 그 당시처럼 그렇게 초라해 보이지 않고, 다른 쪽 여신은 더이상 그렇게 찬연해 보이지 않는구나!"라며 상업에 대한 일방적 거부감을 어느 정도 누그러뜨리고 있기 때문이다. 하지만 이어지는 구절에서 결국은 "너 자신을 잘 관찰해보자면, 네게 영업과 직업과 소유에 대한 애착심을 불러일으키고 있는 것은 단지 외적인 사정들에 지나지 않는다. 그러나 선과 미를 지향하면서 네 자신 속에 들어 있는 온갖 육체적, 정신적 소질을 점점 더 계발시키고 도야해가고자 하는 소망을 불러일으키고 그것을 키워나가고 있는 것은 네 깊숙한 내심의 욕구인 것이다"(381)라며 깊숙한 내면의 욕구를 따르는 것이 가장 중요하다는 결론에 이른다는 점에서 빌헬름이 중요하게 생각하는 삶의 가치와 지향점은 그리 크게 변하지 않았음을 알 수 있다. 노예적 삶과 자유로운 삶, 물질적 가치와 정신적 가치가 여전히 대립적으로 나타나기 때문이다.

빌헬름에게는 물질적 부나 안락함이 아니라 정신적 고양과 자유, 여유로움이 행복을 가져다주는 원천이다. 그렇기에 빌헬름은 부지런히 일해 곡식을 모으는 개미가 아니라 아름다움을 지향하는 베짱이의 길을 추구한다. 빌헬름이 강조하는 소박한 삶과 정신적 가치, 예술을 통한 자유, '선과 미'를 지향하며 내면의 욕구를 따르는 삶 등은 자본주의가 내세우는 효율성과 물질만능주의의 담론과는 대척점에 서 있다. 이러한 빌헬름의 태도는 흥미롭게도 베르터가 추구한 생태주의적 가치와 일맥상통한다.

베르너가 당시 부상하던 자본주의의 최첨단 담론을 대변하고 있다면, 빌헬름이 주장하는 정신주의적 담론은 유럽의 정신사

속에 유유히 흐르고 있는 스토아학파와 기독교의 금욕주의적 전통과 연결되어 있다. 소박한 삶과 정신적 가치를 강조하는 전통은 스토아학파 이래로 수도자들의 기본 입장이었고, 성서를 통해 지속적으로 전파된 복음 역시 물질적 가치보다는 정신적 가치를 강조하기 때문이다. 그중 대표적인 구절이 "사람은 빵으로만 사는 것이 아니"라는 예수의 말씀이다. "그 뒤에 예수께서 성령의 인도로 광야에 나가 악마에게 유혹을 받으셨다. 사십 주야를 단식하시고 나서 몹시 시장하셨을 때에 유혹하는 자가 와서 '당신이 하느님의 아들이거든 이 돌더러 빵이 되라고 해보시오' 하고 말하였다. 예수께서는 '성서에 사람이 빵으로만 사는 것이 아니라 하느님의 입에서 나오는 모든 말씀으로 살리라 하지 않았느냐?' 하고 대답하셨다."(마태오의 복음서 4장 1-4절)[8]

『수업시대』가 배경으로 하는 시기는 독일에서 근대와 전근대, 봉건사회와 시민사회, 농업경제와 자본주의 경제가 서로 맞물려 담론 투쟁을 벌이던 시대이다. 이 담론 투쟁의 장에서 빌헬름이 대변하는 예술과 내면세계, 자유와 정신적 행복의 담론은 물질적 가치를 우선하는 자본주의적 담론에 밀려 점차 사라져가고 있었던 것이 당시 현실이다. 하지만 이런 시대적 추세에도 불구하고 작품의 화자가 빌헬름의 입장을 시대착오적인 것으로 보지 않고 어느 면에서는 상당한 동조감을 갖고 묘사하고 있는 점에 주목할 만하다.

빌헬름의 입장은 그가 실제로 연극세계로 뛰어들어 많은 경험을 한 다음 그 세계를 떠나 '탑 사회'의 일원이 된 후에도 크게 변하지 않는다. 연극세계에서 자아실현의 목표를 달성할 수 없음을 깨닫고 연극세계를 떠나 '탑 사회'로 들어가지만, 진정한 행복을 추구하고 자아를 완성하고자 하는 삶의 목표 자체는 포기하지 않았기 때문이다. 빌헬름이 연극세계를 떠난 또다른 이유는 연극계마저 자본의 논리에 빠져드는 모습을 목도했기 때문이다. 배우들은 예술을 돈벌이의 방편으로 삼을 뿐이고, 극단을 운영하는 연출가도 예술보다는 돈벌이를 더 중요하게 생각하고 있었다. 연극을 자신의 사명으로까지 여겼던 동료 라에스테스마저 황금만능주의에 물들어가는 것을 빌헬름은 쓸쓸히 지켜봐야 했다.

> 라에스테스는 금화들이 든 지갑을 꺼내더니 금화를 헤아리고 계산을 했다. 그러고는 빌헬름에게 확언하기를 이 세상에서 제일 근사한 것은 사람이 자기가 부자가 되어가는 중이라는 것을 확인할 때이며 또 부자가 되고 나면 아무런 방해나 제지를 받지 않게 되어 좋다는 것이었다.(691)

그렇기에 빌헬름의 기본 입장에서 보면 아버지의 죽음 이후 자신의 신조에 따라 집안일을 처리한 베르너를 못마땅해 하는 것은 당연하다. 화자는 베르너의 편지가 빌헬름에게 "여러 가지 의미에서 마음에 들지 않"았고, 베르너가 "시민생활의 행복에 관해 그에게 그려 보인 이상도 그에게는 전혀 매력적이지 않았으며, 오히려 그는 어떤 내밀한 반항정신에 이끌려 급격히 정반대 방향으로 치닫게 되었"다고 묘사한다. 그래서 베르너에 대한 빌헬름의 비판은 좀더 직설적이다.

자네의 존재방식과 사고방식은 무한한 소유와 가볍고 즐거운 향락을 목표로 하고 있네…… 거기서는 내 흥미를 끄는 것이라곤 아무것도 발견할 수 없다네.(400-401)

"재미와 실익"을 우선시하고 모든 것을 이윤의 관점에서 바라보는 베르너의 입장에 대해 빌헬름은 여전히 비판적이며, 그보다는 자아를 고양시키고 진정한 기쁨을 주는 일을 하는 것이 더 중요하다는 입장을 견지한다. 작품 말미에 테레제와의 결혼이 무산될 상황에 처하자 빌헬름은 자신의 아들과 세상 편력에 나설 계획을 세운다. "자, 내 아들아! 가자, 내 친구야! 우리 될 수 있는 대로 실용적 목적을 두지 말고 이 세상을 돌아다니면서 한번 놀아보자꾸나!"(821) 이렇게 실용적 목적을 거부하고 행복을 강조한 것 또한 그의 기본 입장이 크게 변하지 않았음을 보여준다.

빌헬름의 비판과 문제제기는 베르너 개인을 향한다기보다는 당시 자본주의의 대표자들에 대한 비판이라 할 수 있다. 두 개의 담론이 치열하게 대립하는 담론 투쟁의 장에서 새로운 가치를 대변하는 베르너의 자본주의적 담론은 상당 부분 아이러니와 부정적 관점에서 묘사되기 때문이다. 자신의 신조에 따라 사업가로 성공하고 많은 부를 축적한 베르너는 풍채 좋고 혈색 좋은 자본가가 아니라 "우울증 환자"의 모습으로 묘사된다. 작품 말미에 빌헬름과 베르너는 오랜만에 다시 만난다. 빌헬름은 오랜 세월이 흐른 후에 다시 만난 성공한 사업가 베르너를 다음과 같이 묘사한다.

그러나 베르너, 그 선량한 남자는 진보했다기보다는 오히려 퇴보한 것같이 보였다. 그는 전보다 몸이 훨씬 더 여위었고, 뾰족한 얼굴은 더욱 날카로워 보였으며 코는 더 길어진 것 같았다. 이마와 정수리에는 머리카락이 많이 빠져버렸고 음성은 높고 날카로워져 새된 소리가 났다. 움푹 팬 가슴, 앞으로 튀어나온 양 어깨, 혈색이 없는 두 뺨은 그가 열심히 일하는 우울증 환자라는 사실을 의심할 나위 없이 잘 드러내주고 있었다.(716)

빌헬름 집안의 사업을 물려받아 상당한 재산을 축적한 베르너의 모습을 창백한 우울증 환자로 묘사한다는 것은 그가 추구해온 삶이 결코 바람직하지 못했음을 말해준다. 그렇기에 빌헬름은 당시의 시대정신을 구현하는 가장 진보적인 활동을 하면서 시대를 이끌어가는 베르너를 오히려 퇴보했다고 평가하는 것이다. 진보와 발전, 성공과 부유함을 강조하는 베르너를 두고 오히려 퇴보했다고 말하는 것은 무엇이 진정한 진보와 발전인가에 대한 문제제기에 다름 아니다. 반면에 빌헬름의 모습은 베르너와는 아주 대조적으로 묘사된다. 베르너 스스로가 빌헬름을 보고 "키가 더 커지고 몸이 더 튼튼해졌으며 자세도 더 꼿꼿해졌고 전보다 교양이 더 있어 보이고 거동을 보아도 보다 더 호감을 준다"(716)고 말한다.

자네의 두 눈은 더 깊숙해졌고 이마도 더 넓어졌으며 코는 더 섬세하게, 입은 더 매력적으로 되었어. 모든 것이 다 서로 잘 어울리고 전체적으로 균형이 잡혀 있잖아! 정말이지 게으름 피운 것이 이렇게 잘된

결과를 낳은 것이군그래! 그런데 이 불쌍한 나란 인간은……(717)

베르너가 보기에 빌헬름이 그동안 "시간을 낭비하고 내가 짐작하는 대로 아무것도 얻은 것이 없"지만 "자신의 행운을 개척해나갈 능력과 필연성을 지닌 근사한 인물로 성장한 것"은 역설적이다. 죽어라 일만 한 베르너는 우울증 환자처럼 창백해졌는데, 시민계급의 질서에서 벗어나 '게으르게' 세상을 방랑하며 '시간을 낭비'하고 자신의 내면을 닦아온 빌헬름이 오히려 한층 조화롭고 균형 잡힌 모습을 지니게 된 것은 결국 어느 쪽의 삶이 더 바람직했는지를 명시적으로 드러낸 것이라 할 수 있다. 이를 통해 자본주의 담론이 내세우는 가치들과는 전혀 다른 '게으름' '자기완성' '물질적 가난과 정신적 풍요' 등의 대안적 가치가 새롭게 부각된다.

빌헬름이 비판하는 베르너의 태도, 즉 무한한 소유와 향락을 추구하며 자신에게 이익을 가져오지 않는 것에는 무관심한 삶의 방식은 우리 현대인들에게 결코 낯설지 않다. 모두가 함께 나누며 잘사는 세상이 아니라 개인의 능력과 노력에 따라 그 성과를 독점하고, 그것을 자신과 가족의 즐거움을 위해 쓰는 것을 당연시하며 모든 것을 금전가치로 환산하는 오늘날 현대인의 모습이 베르너에게서 그대로 보이는 것이다. 빌헬름은 베르너의 입장을 '무한한 소유와 가볍고 즐거운 향락'으로 정리하는데, 자본주의적 욕망을 이보다 더 분명히 드러내는 말이 또 있을까? 정신없이 돌아가는 현대 자본주의 사회에서 우리 모두가 추구하는 바가 바로 그런 소유와 향락 아닌가?

빌헬름은 베르너에게 "행복과 환락을 향해 치달리고 있는 세상 사람들을 보라구! 그들의 소망, 노력, 돈은 쉴 새 없이 무엇인가를 뒤쫓고 있지"(107)라고 비판한다. 이에 맞서 빌헬름이 내세우는 대안적 가치는 진정한 행복이다. 그런데 진정한 행복은 물질적 재화의 소유에 있지 않고 "시인이 이미 자연으로부터 얻은 것, 즉 이 세상을 즐기는 일, 다른 사람 속에서 자기 자신을 공감하는 일, 그리고 종종 화합이 안 되는 많은 사물들과 조화를 이루며 함께 살아가는 일"(107-108)을 통해 비로소 얻을 수 있다고 빌헬름은 말한다.

흥미롭게도 빌헬름이 내세우는 가치는 오늘날 생태주의에서 말하는 대안적 가치와 상당 부분 일치한다. 특히 다른 사람이나 사물과의 공감을 통한 소통, 나와 다른 타자를 인정하고 함께 살아가는 공존의 원칙 등은 생태주의의 핵심 가치다. 심층생태론의 창시자인 노르웨이 철학자 아르네 네스[Arne Næss]가 조지 세션스[George Sessions]와 함께 1984년에 발표한 심층생태론의 8개 기본 원칙 중 제1원칙은 바로 모든 생명의 고유한 가치에 대한 인정이다. "지구상에 있는 인간과 인간 이외의 생명의 건강과 번영은 그 자체로 내재적 가치를 지닌다. 이 가치는 인간 이외의 세계가 인간의 목적에 유용한가 아닌가 하는 것과는 별개의 것이다."[9] 타인의 아픔을 함께 느끼고, 모든 생명체의 존귀함을 인정하며 함께 살아가는 길만이 지금 우리가 직면한 지구 생태계의 위기를 극복할 수 있다는 것이 생태주의의 주장인데, 괴테는 빌헬름을 통해 그러한 가치를 일찌감치 선취해서 제시하고 있다.

자본주의가 정착되기 이전에는 자본 축적이나 더 많은 임금을 받으려는 생각이 그리 많지 않았다. 그런데 자본주의가 본격화되면서 사람들은 더 많은 일을 하고 더 많은 돈을 벌기 위해 시간을 투자하고 급기야는 노동과 시간의 노예처럼 변해갔다. 괴테는 『수업시대』에서 베르너라는 인물을 통해 이런 현실을 비판적으로 조명한다. 근대와 자본주의 담론이 점차 주도권을 쥐기 시작하던 초기에 괴테는 이미 그 문제점을 파악하고 그에 대한 우려의 목소리를 제기했던 것이다.

『수업시대』 출간 1년 뒤인 1797년에 고향 프랑크푸르트를 방문한 괴테는 실러에게 다음과 같은 편지를 썼다. "내게는 대도시의 대중이 지내는 상황이 정말이지 아주 이상하게 느껴졌습니다. 그들은 돈을 벌고 소비하느라 지속적인 도취상태에 빠져 살고 있습니다. 우리가 분위기라 부르는 것은 생겨나지도 이야기되지도 않습니다."[10] 괴테의 이러한 비판은 지금도 여전히 유효하다. 현대 자본주의 사회가 지닌 문제는 상당 부분 괴테의 시대에 시작된 근대 자본주의에 그 뿌리가 닿아 있기 때문이다.

브라질의 해방신학자 레오나르두 보프 Leonardo Boff는 "생태적 위기는 우리의 생활 체제, 사회 모델, 발전 모델이 근본적으로 위기에 빠졌음을 보여"[11]주기에 이와는 근본적으로 다른 대안 질서를 마련해야 한다고 주장한 바 있다. 모든 분야에서의 근본적 변화가 필요한 오늘날 『수업시대』에서 빌헬름을 통해 제시되는 대안적 가치들은 새롭게 주목할 필요가 있다. 왜냐하면 『수업시대』에는 자본주의 담론에 맞선 빌헬름의 대항담론뿐 아니라 근대의 이념과 이성까지 문제삼고 이를 넘어서는 새로운 대안 모델이 제시되어 있기 때문이다.

진정한 행복은 물질적 풍요나 자본 축적을 위한 노동이 아니라 빈둥거리는 여유로움과 수수하고 소박한 것에 만족할 줄 아는 생활방식에서 나온다. 『수업시대』는 물질적 가치와 이윤만을 쫓는 자본주의와 모든 것을 이성과 합리성의 잣대로 평가하는 근대의 이념에 맞서 신화와 예술, 자연세계를 대변하는 빌헬름과 미뇽, 하프 타는 노인의 대항담론을 내세움으로써 대안적 가능성을 모색하고 있다.

4. 근대의 이념과 이성의 대변자: '탑 사회'

괴테가 살던 시대는 계몽주의와 함께 근대가 시작된 시기다. 신이 세계의 중심에서 밀려나고 인간이 그 자리를 대신 차지하여 개인과 주체가 전면에 나선 휴머니즘의 시기였다. 인간의 이성과 사회 자체가 무한히 진보한다는 역사철학이 바로 이 시대의 중심 이념이었으며, 이성을 중심으로 한 진보와 발전 개념이 주도 이념이 된 시대가 바로 근대다. 이 근대의 이념은 작품 속에서 빌헬름을 인도하는 '탑 사회'를 통해 여러 모습으로 등장한다. '탑 사회'는 개혁적 귀족인 로타리오가 중심이 되어 만든 단체로 개인의 발전과 사회의 개혁을 공동 목표로 삼아 활동을 펼친다.

　'탑 사회'의 일원으로 받아들여진 빌헬름은 이성과 활동, 유용성의 세계로 진입하게 된다. 그러나 빌헬름은 소설의 마지막까지 '탑 사회'에 완전히 동화되지 않고 거리를 유지한다. 자신을

'탑 사회'의 일원으로 받아들여주고 '수업시대'가 끝났다는 증명서를 수여한 엄숙한 의식에 대해 빌헬름은 "그러나 그랬다고 해서 우리가 전보다 더 현명해진 것도 아니란 말씀입니다"(789)라며 거리를 두고 평가한다. 빌헬름은 수업시대를 수료했다는 '탑 사회'의 인정에도 불구하고 여전히 자신은 어떻게 해야 할지 모르겠다고 말하는 것이다. "그렇다면 저의 경우엔 당신들이 매우 빨리 수료를 시켜줬군요. ……바로 그 순간 이래로 저는 제 능력, 제 소망, 제 의무를 조금도 모르고 있거든요."(791-792)

또한 작품의 여러 대목에서 '탑 사회'는 비판적으로 서술되고 있기도 하다. '이성의 알레고리'인 '탑 사회'가 내세우는 가치를 새롭고 완전하며 긍정적인 가치로만 평가하지는 않는 것이다. 수업시대를 무사히 완수했다는 증서를 받고 '탑 사회'의 일원이 되었지만 여전히 무엇을 해야 할지 모른다는 빌헬름의 고백은 '탑 사회'가 표방하는 이념이나 방향에 대한 문제제기라 할 수 있다. 여기에다 '탑 사회'가 지향하는 목적 역시 보편성을 지니고 있는가에 대한 회의까지 더해진다. "우리 유서 깊은 탑으로부터 한 인간 공동체가 세상으로 나가서 세계 각처로 전파되고 세계 각처의 사람들이 이 공동체에 가입할 수 있도록 하자"(813)는 것이 '탑 사회'의 원대한 포부이다. 그래서 '탑 사회'의 구성원들은 각자 지역과 나라를 선택한 다음 그곳으로 진출해 새로운 공동체를 건설하려고 한다.

그런데 그런 계획의 바탕에는 경제적 이유가 숨어 있다. 심지어는 혁명이라도 일어나 자신들의 재산을 잃게 되더라도 살아갈 수 있는 방편을 마련하기 위해서라고 말하기까지 한다. 이쯤에서는 '탑 사회'의 지향점이 무엇인가에 대한 회의가 생겨난다.

> 그리고 이제 거의 어디서나 재산 소유가 더이상 확실히 안전하지 않
> 다는 것쯤은 알아차릴 수 있습니다. 오늘날은 단지 한 곳에만 재산을
> 갖고 있고 단지 한 장소에만 자신의 돈을 믿고 맡기는 것은 바람직하
> 지 않습니다. ……국가 혁명이 일어나 구성원들 중 누군가가 자기 영
> 지나 재산을 완전히 잃게 되는 비상시국에도 살아나갈 수 있는 길을
> 우리끼리 서로 담보해두자는 것이지요.(813)

이러한 입장은 '탑 사회'가 내세우는 이성과 효율성의 가치와
인간중심주의라는 휴머니즘의 이상에 대한 거리두기로 이어진
다. 이성과 역사를 두 축으로 삼아 새로운 시대를 만들어나간다
는 인간중심주의는 '탑 사회'의 창시자인 로타리오의 외종조부
를 통해 드러난다. 근대론자의 전형인 그에게 세계는 "거대한 바
위덩어리"이고, 그것은 인간이라는 "건축가" 앞에 던져져 있는
재료일 뿐이다. 이제 세계는 신화적 신비와 성스러움을 지닌 주
체가 아니라 이성적 인간이 정복하여 자신의 관점에 따라 마음
껏 변형시킬 수 있는 작업의 대상이 된 것이다. "인간의 개념에
는 신성의 개념과 모순되는 점이 없다"(572)는 그의 말에서 알
수 있듯 이제 인간이 신의 자리를 넘겨받아 조물주의 역할을 수
행한다.

이러한 인본주의와 인간중심주의는 한편으론 기술과 문명의
발전을 이루었지만, 다른 한편으론 자연을 무자비하게 착취하고
이어 효율성과 합리성의 이름으로 인간 역시 노동과 세계로부터

소외시킴으로써 현대 세계의 위기를 불러왔다. 괴테는 근대의 시작점에 서 있었기에 이러한 근대의 결말을 알 수는 없었지만, 오로지 이성 만능과 인간중심주의로 치닫는 동시대의 현상을 긍정적으로만 바라볼 수는 없었다. 그렇기에 로타리오의 외종조부가 사회개혁을 실천하고자 한 선구적 귀족이라는 점에서는 긍정적 평가를 내리면서도, 그가 철저하게 실용적이고 합리적인 입장을 지니고 있다는 점에 대해서는 비판적이고 아이러니한 시각을 보인다. 로타리오의 외종조부는 "자신이 원하는 바를 분명히 알고서 끊임없이 전진하며, 자신의 목적을 위한 수단들을 알고서 그것들을 휘어잡아 이용할 줄 아는 사람"(573)을 높이 평가한다고 말한다. 이처럼 뚜렷한 목적을 설정하고 이를 위한 수단까지 휘어잡아 앞으로 전진하는 인간의 모습은 '탑 사회'가 표방하는 활동하는 인간의 이념과 일치한다. 이러한 입장은 "인간에게 처음이자 마지막인 것은 활동"(748)이라는 말에서 좀더 분명하게 드러난다. 그런데 이러한 입장에서 보면 활동하지 않는 사람은 문제적 인간이 된다. 그렇기에 그가 자신의 조카를 '아름다운 영혼'이라 지칭하면서도, 그녀가 외부 세계와의 관계를 끊고 자신의 내면으로 침잠하여 종교적인 세계에서 살아가는 것을 못마땅하게 생각한 것은 당연하다.

　자기 외종조부의 유산과 이념을 물려받아 '탑 사회'를 주도하는 로타리오와 신부, 야르노 역시 이성과 유용성을 중심 가치로 삼는다는 점에서 근대의 대변자로 등장한다. 야르노는 로타리오에 대해 "통찰력"과 "활동"이 결합되어 있고, "항상 진보하고" 있다며 찬양하는데, 이를 통해 제시되는 인간상은 바로 근대의 주체가 모범으로 선전하는 이상적 인간상이다. "'활동'과 '진보'를 키워드로 해서 역사와 세계를 점유, 지배하는 자의 상"[12]이 바로 로타리오다. 이성으로 무장하고 부지런한 활동을 통해 끊임없이 진보해나감으로써 역사와 세계를 개척하고 마침내 주인으로 우뚝 선, 활동하는 인간의 모습은 파우스트적 인간상과 닮아 있다. 그런데 그런 파우스트가 비판적으로 해석되듯 로타리오도 상당 부분 회의적 시각으로 묘사된다. 특히 로타리오가 여성 관계에 있어 많은 문제를 지닌 인물로 서술됨으로써 '탑 사회'를 이끄는 주도적 인물에 대한 유보적 태도가 드러난다.

'탑 사회'를 대표하는 여성인 테레제에 대한 묘사 역시 양가적이다. 작품 말미에 로타리오와 결혼하는 테레제는 이성과 질서, 원칙을 대표하는 인물로 등장한다. 그녀의 성격을 특징짓는 개념은 '분별력' '질서' '훈육' '명령'이다. 세상을 철저하게 이성적으로 분석하고 모든 것을 질서에 맞추어 정돈하는 테레제에게 감정이나 무질서, 혼돈은 부정적 영역에 속한다. 집 안을 한 치의 흐트러짐 없이 정돈해놓는 그녀는 결혼이나 사랑의 열정마저도 이성과 선의, 신뢰의 대상으로 바꿔놓는다. 테레제는 원래 로타리오와 결혼하려고 했다. 하지만 로타리오는 자신이 전에 사귀던 여성이 테레제의 어머니라는 것을 알고는 결혼을 포기한다. 그 와중에 빌헬름이 나타나 테레제가 자신의 아들 펠릭스의 어머니 역할을 잘할 수 있을 것 같다며 청혼하자 그녀는 그의 청혼을 받아들이며 다음과 같이 말한다.

우리는 이성과 낙천적인 용기와 선의를 통하여 그런 변화를 참아낼 수 있을 거예요. 우리를 함께 맺어주는 것이 열정이 아니라 애정과 신뢰인 까닭에 우리는 다른 수많은 짝들보다 위험 요소가 적은 한 쌍입니다.(763)

사랑과 결혼마저도 이성과 신뢰를 통해 이루려는 이러한 태도는 그전에 야르노가 테레제에게는 "믿음, 사랑, 소망이라는 세 가지 미덕조차도 전혀 없다"고 말하며 "믿음 대신에 분별력"을 "사랑 대신에 끈기, 소망 대신에 신뢰"를 갖고 있다고 평한 것과 일맥상통한다.(765) 이런 입장에서 빌헬름의 청혼을 받아들였던 테레제는 로타리오가 사귀었던 여성이 자신의 친어머니가 아닌 것으로 밝혀지자 빌헬름과 헤어지고 로타리오와 결혼한다. 로타리오와 테레제의 결합은 이성과 질서, 훈육과 명령의 결합을 의미한다. 그러니 로타리오와 테레제의 대화가 늘 경제 쪽으로 귀결되는 것은 당연하다.

모든 사안에 대해 대화가 이루어졌지만 우리의 대화는 어느 정도까지는 결국 늘 경제 쪽으로 기울어졌다고 말씀드릴 수 있겠습니다. ……우리 인간은 자신의 정력과 시간과 돈의 철저한 응용을 통해, 그리고 대수롭지 않게 보이는 수단들을 통해 얼마나 엄청난 효과를 거둘 수 있는지에 관해서 많은 대화가 오갔던 것입니다.(650)

두 사람의 주요 관심사가 경제와 유용성이라는 사실은 나중에 '탑 사회'가 베르너와 동업관계를 맺어 토지를 사들이고 그것을 개발하여 이윤을 남기는 사업에 뛰어드는 일과 자연스럽게 연결된다. 근대를 대표하는 '탑 사회'와 자본주의를 대변하는 베르너의 동업을 가능케 한 것은 동일한 경제적 담론이다. '탑 사회'와 베르너는 질서를 자신들의 이익을 지켜줄 보호 조치로 여기며, 유용성과 경제를 중요시한다는 점에서 입장을 같이한다. 『수업시대』에서 상업자본주의의 대표자인 베르너가 상당히 부정적으로 서술되는 점에 비추어볼 때, 그런 베르너와 아무런 망설임 없이 동업하는 '탑 사회'의 인물들에 대한 서술자의 관점도 유보적일 수밖에 없다. 결국 이들이 표방하는 이성과 질서, 효용성과 행동의 강조는 비판적 조명을 받는다. '탑 사회'의 이상이 지닌 문제점은 그들의 반대편에 위치한 미뇽과 하프 타는 노인의 운명을 통해 좀더 분명하게 드러난다.

생태주의자
괴테

5. 몰락해가는 시적 세계의 대표자:
미뇽과 하프 타는 노인

'탑 사회'를 추동하는 이념이 기본적으로는 근대와 자본주의의 담론과 맞닿아 있기에 빌헬름이 거기에 완전히 동조하지 못하고 비판적 거리를 두고 있는 데 반해, 미뇽이나 하프 타는 노인은 처음부터 '탑 사회'의 대척점에 있는 인물로 등장한다. 이들은 "산문적 세계에서 몰락해가는 시적 세계를 대표하는 인물"[13]로 근대와 자본주의 사회에서 배제와 제거의 대상이 되는 인물이다.

빌헬름이 서커스단에서 처음 만난 미뇽은 비이성과 자연, 내면의 세계를 대표하는 자연적 존재로 그려진다. 미뇽이 대변하는 세계는 자연과 감성, 예술, 환상, 꿈, 동경의 세계다. 자본주의적 이념과는 정반대 특성을 내재화한 인물이 바로 미뇽이다. 빌헬름이 미뇽을 처음 보자마자 그녀에게 이끌려 결국은 서커스단에

미뇽의 노래(Johann Heinrich Ramberg, 1801)

서 그녀를 해방시켜 자신이 돌봐주게 되는 것도 미뇽이 지닌 그런 특성 때문이다.

미뇽은 처음부터 여자아이인지 남자아이인지 구분하기 어려운 모호하고 신비로운 존재로 등장한다. 그런 미뇽에 대해 빌헬름은 "비밀에 가득차 있는" "신비스러운 존재"(141)라고 표현한다. 미뇽이 대변하는 가치는 이성이나 문화, 교양과 대비되는 원초적 자연과 본능이다.

『젊은 베르터의 고뇌』에서도 문화와 자연의 대립관계가 제시된 바 있지만, 미뇽은 베르터보다 더욱 철저하게 자연을 대표한다. 미뇽은 합리적 언어를 구사할 수 없지만 대신 다른 능력을 지니고 있다. 풍부한 감정으로 아름답고 신비로운 노래를 부를 수 있고, 눈을 감고 달걀 사이를 돌아다니면서 춤을 출 수 있다.

해가 지면 자고, 해가 뜨면 일어나는 등 지극히 자연의 순리에 맞는 생활리듬을 갖고 있으며 침대보다는 맨바닥에서 잠을 자고, 이성적 언어보다는 몸짓과 노래로 자신의 생각을 표현한다. 나무를 기어오르고 껑충껑충 뛰는 등 동물처럼 행동하기도 한다. 빌헬름이 펠릭스의 친아버지라는 사실을 미리 알아차린 것처럼 예지력도 지니고 있다.

죽기 전에 미뇽은 자연 속에서 뛰어노는 새와 동물들과 일체감을 느끼면서 이 자연의 세계를 동경한다. 이는 미뇽이 본능적으로 자연과 하나가 된 존재임을 말해주는 것이다. 더욱 흥미로운 것은 미뇽이 남자와 여자, 인간과 동물의 특징을 모두 지닌 복합적 존재로 등장한다는 사실이다.[14] 그렇기에 '탑 사회'가 강조하는 이성이나 교양, 질서, 합리성의 관점에서 보면 미뇽은 괴상하기 짝이 없는 어둡고 불가사의한 존재가 된다. 이성은 모든 것을 명확하게 구분하고 정의내리며 설명해야 하는데, 미뇽이 지닌 복합적 특징과 다름을 이성으로는 설명할 수 없기 때문이다. 그런 점에서 미뇽의 "모습과 존재 그리고 등장 방식은 차이와 미결정성이 드러나는 무대"이기에, 미뇽은 이를테면 "이질성의 총체"[15]라 할 수 있다. 그런데 '탑 사회' 사람들은 이런 미뇽의 다름과 이질성을 인정하지 않고 거기에서 비정상적이며 병적인 것, 즉 치료하고 훈육하여 바른 길로 인도해야 할 존재만을 본다.

'탑 사회' 사람들의 입장은 미뇽을 테레제에게 보내 교육을 시키려는 데서 잘 드러난다. 이들에게 미뇽은 비이성적이고 비합리적이며 이해하거나 설명할 수 없는 존재, 즉 무의미한 존재다. 그렇기에 로타리오가 미뇽을 "그 묘한 여자애"(669)라고 부르거나 야르노가 "덜떨어진 아이"라 칭하는 것도 당연하다. 이러한 관점에서 보면 미뇽은 교육을 통해 언어를 되찾아주고 질서를 가르치며, 올바른 길로 이끌어주어야 할 존재가 된다.

빌헬름이 유랑극단에서 활동하던 시절 만난 하프 타는 노인의 경우도 마찬가지다. 하프 하나를 들고 세상을 떠도는 노인은 외부 세계에 전혀 관심을 갖지 않고 오로지 자신의 내면으로만 침잠한다. 이런 그를 '탑 사회'는 비정상적 존재, 광인으로 간주한다. 그래서 그를 시골 목사에게 보내, 의사가 정기적으로 방문하여 치료하도록 조치한다. 카를 슐레히타가 말하듯, 하프 타는 노인에게서 보이는 "모든 낯설고 불안하며 운명적인 것들이 병리학자의 새로운 관점"에서 의학적 담론으로 새롭게 해석됨으로써 "지금까지는 불행이나 운명이었던 것이 질병"이 되어버린 것이다.[16]

이성적 인간인 의사의 눈에 하프 타는 노인은 불행한 운명을 짊어진 가련한 예술가가 아니라 치료를 요하는 정신병자일 뿐이다. 처음 소설에 등장할 때 하프 타는 노인은 마치 현자와 같은 모습으로 나타나 연주와 노래로써 청중의 감동을 이끌어냈으며, 빌헬름과의 대화에서는 "비슷한 감정들을 자극하고, 상상력에 넓은 신천지를 열어주는 그런 공명음으로 화답"(184)한다. 여기에 비추어보면 그를 바라보는 '탑 사회'의 시각이 얼마나 편향적인지 알 수 있다. 그렇기에 의사가 하프 타는 노인에게 내린 처방은 활동적 삶, 정확한 질서, 그리고 하루 일과를 정해서 그것을 잘 지키고 자신이 다른 사람과 다르지 않은 존재라는 인식을 가지라는 요구이다. 예술가인 노인에게 개별성과 특수성을 포기하라는 처방을 내린 것이다.

그런데 문제는 미뇽이나 하프 타는 노인에 대한 '탑 사회'의 처방이 결국 성공하지 못했다는 것이다. 빌헬름이 '탑 사회'의 일원으로 받아들여진 후 테레제에게 맡겨진 미뇽은 점점 쇠약해진다. 훈육과 질서, 명령을 기본으로 하는 테레제의 교육 그룹에서 미뇽은 존재의 압박감을 느낄 수밖에 없었을 것이다. 그래서 빌헬름이 찾아가자 미뇽은 그와 함께 지낼 수 있게 해달라고 간청한다.

> "마이스터씨!" 하고 미뇽이 말했다. "저를 계속 데리고 있어주세요. 그것이 저의 건강에 좋을 거예요. 괴롭기도 하겠지만 말이에요. ……제 교양은 이 정도로 충분한걸요."(698)

자신은 이미 충분히 성장했으며 더이상의 교양이 필요 없다는 미뇽의 태도는 교양을 통한 인성과 자아 완성이라는 '탑 사회'의 이상과 정면으로 충돌한다. 미뇽은 더 나아가 "이성은 산인해요. 마음이 더 나아요"(699)라는 유명한 말을 통해 근대와 계몽주의의 근본 이념이자 '탑 사회'의 이상인 이성을 전면적으로 비판하고 마음과 감성, 자연을 강조한다. 이성과 질서, 규칙에 대한 비판은 하프 타는 노인을 통해서도 제기된다.

> 당신들의 수도원 회랑에 울려퍼지는 메아리에다 묻지 말아요! 당신들의 곰팡이 슨 양피지나 비뚤어지고 변덕스러운 규칙에다 묻지 마시고, 자연에다, 즉 당신들의 가슴에다 물어보시오! 그러면 자

연은 당신들이 정작 두려워해야 할 것이 무엇인지 가르쳐줄 것입니
다.(841)

미뇽과 하프 타는 노인은 이성과 규칙 대신 본성과 자연을 쫓
는 존재이며, 이성으로 파악될 수 없는 다른 존재, 즉 타자이기에
근대사회에서는 설 자리가 없다. 이성과 질서, 효율성과 합리성,
분명한 목적과 그 목적을 달성할 수단의 확보가 강조되는 사회
에서 그들은 제대로 살아갈 수 없기 때문이다. 미뇽은 세상의 제
약과 한계에서 벗어나 자유롭게 날아다니고 싶어하지만 자신의
간절한 소망을 실현시킬 수 없다. 미뇽은 신화와 자연의 세계에
속하지만 그 세계는 이미 이성과 합리성을 전면으로 내세운 근
대에 의해 부정되고 도태되고 있었기 때문이다.

미뇽이 끝내 자신의 날개를 펼칠 수 없었던 것은 당연하다. 이
성의 시대가 이미 도래했기 때문이다. 미뇽은 테레제가 빌헬름
의 청혼을 받아들이면서 그에게 키스를 하는 순간 "왼손을 가슴
께로 가져가더니 오른팔을 쭈욱 내뻗으며 비명을 지르고는 나탈
리에의 발치에 죽은 듯이 쓰러"져 죽음을 맞이한다.(783) 테레
제는 나중에 로타리오와 결혼하여 '탑 사회'의 안주인이 되는 여
성이다. 로타리오와 함께 '탑 사회'의 질서와 이성을 대변하는 테
레제와 빌헬름이 연결되려고 하는 것을 목격한 미뇽이 죽음에
이르는 상황은 결국 이성에 의해 배제되고 마침내는 존재를 잃
게 되는 자연의 운명을 상징적으로 보여준다고 할 수 있다. 하프
타는 노인도 '탑 사회'를 창시한 로타리오의 외종조부 집에서 스
스로 목숨을 끊는데, 이 역시 근대사회로 이행하는 과도기에 벌

어지는 자연과 감성, 시적 세계의 희생과 배제를 보여주는 알레고리다.

이처럼 미뇽과 하프 타는 노인은 근대세계를 지탱하는 이성에 의해 배제되고 희생되는 존재다. 이를 통해 "절대적 질서와 밝음, 합목적적 행동 등과 같은 자신들의 원칙만을 고수할 뿐 낯선 것의 공존을 받아들이려 하지"[17] 않는 '탑 사회'의 문제점이 드러난다. 질서와 훈육, 교육으로 미뇽과 하프 타는 노인을 계도하려 했던 '탑 사회'의 시도가 실패한 것은 다른 한편으로 이성과 계몽의 한계를 보여준다. 인간의 이성적 능력으로 모든 문제를 해결할 수 있으리라 여겼던 계몽주의와 근대의 이상이 실현되기 어려운 과도한 외침임을 괴테는 간파하고 있었던 것이다.

그렇다고 해서 괴테가 미뇽과 하프 타는 노인이 대변하는 감성과 예술, 자연의 세계를 새로운 시대를 주도할 대안적 가치로 그리고 있지는 않다. 그들의 과도한 주관성과 극단적 삶의 방식은 몰락할 수밖에 없으며 근대사회에서는 설 자리가 없음을 분명히 인식했기 때문이다. 그들이 대변하는 '시적 세계'는 격변하는 근대세계를 주도하기에는 너무도 비현실적이고 과거 지향적이어서 새로운 시대를 잉태하지 못하고 소멸해버린다.

그렇다면 남는 가능성은 이 양극단을 통합하여 새로운 대안적 가치를 만들어내는 일이다. 괴테는 두 대립적 가치를 한 인물 속에 융합함으로써 대립을 극복할 수 있는 방안을 성찰한다. 그 인물이 바로 나탈리에다. 나탈리에를 통해 괴테가 제시하는 대안은 낯선 것, 이질적인 것과의 공존, 더 나아가 다양한 것들의 수용과 통합을 통해 제3의 새로운 정체성을 만들어내는 것이다.

6. 대립적 가치의 융합: 나탈리에

빌헬름이 '탑 사회'로부터 받은 수업증서에는 흥미롭게도 다음
과 같은 구절이 나온다. "모든 힘들이 다 합쳐야 세계"가 되기에
서로 충돌하는 이 힘들을 "뻗어나가게 해주고 갈고닦아"주어야
한다는 것이다.

이 모든 것들이, 아니 이 이상의 것들이 인간에게는 들어 있어서 뻗
어나가게 해주고 갈고닦아주기를 기다리고 있는 것이다. 그러나 이
런 힘들이 한 인간 속에 다 들어 있는 것이 아니라 많은 인간들 속에
분산되어 있는 것이다. 어떤 소질이든 중요하며, 모두 잘 뻗어나가도
록 도와주어야 한다. 어떤 사람은 아름다움만을 촉진하고 다른 사람
은 유용성만을 촉진하지만 이 두 사람이 함께 모여야 비로소 한 인간
이 되는 것이다. 유용성의 촉진은 저절로 이루어지는데 대중이 스스

로 그것을 생산해내는 까닭이다. 그리고 이 유용성 없이는 아무도 살아갈 수가 없다. 그러나 아름다움은 촉진되지 않으면 안 된다. 왜냐하면 그것을 표현할 수 있는 자는 적은데 많은 사람들이 그것을 필요로 하기 때문이다.(795~796)

괴테의 시대에 이르러 유용성이 새로운 지배 가치로 등장하며, 비실용적이고 비이성적인 것들이 본격적으로 배제되기 시작했다. 그런데 이 인용문은 "아름다움을 촉진하는" 사람과 "유용성을 촉진하는" 사람이 함께 모여야 "비로소 한 인간"이 되며, 지금은 너나없이 유용성을 추구하는 상황이기에 아름다움을 추구하고 그것을 촉진하는 일이 더욱 필요하다는 주장을 담고 있다. 아름다움이란 우리에게 꼭 필요한데 그것을 표현할 사람이 많지 않으므로 아름다움을 표현하는 사람들을 애써서 지원하고 촉진해야 한다는 것이다.

이렇게 보면 빌헬름이 시민사회에서 벗어나 연극에 투신한 것도 쓸데없는 일이 아니었으며, 신화적 인물인 미뇽과 하프 타는 노인의 삶 역시 비록 비현실적이지만 나름대로의 의미를 지닌다. 실용적 측면에서 쓸모가 없다고 해서 그런 사람들을 배제하거나 유용성을 만들어내는 존재로 바꾸려 하지 않고, 그들이 아름다움을 계속 만들어낼 수 있도록 지원하는 것이 필요하다. 이는 타자 혹은 낯선 존재의 배제나 제거가 아니라 그들의 다름을 인정하고 더불어 사는 '공존의 원리'를 강조한 괴테의 기본 입장과 일맥상통한다. 괴테가 말하는 '공존의 원리'란 타자를 자신의 기준에 맞추거나 자신과 다른 이질적 존재라고 배제하지 않고 각자의 '고유성을 지닌' 있는 그대로의 존재로 이해하고 받아들이는 것을 의미하기 때문이다.

앞의 인용문에는 또하나의 흥미로운 주장이 나온다. 유용성과 아름다움이 한 인간 안에 통합되어 있다면 그것이 가장 바람직한 상태라는 것이다. 『수업시대』에는 이 두 가치가 한 인물 속에 통합되어 나타나는데, 바로 로타리오의 누이동생인 나탈리에다. 나탈리에의 내면은 '아름다운 영혼'이라 불리는 그녀의 이모와 일치하고 세상과의 관계는 '탑 사회'의 이념에 맞닿아 있다. 말하자면 양극단 중 하나를 선택한 것이 아니라 양자를 조율하고 통합한 새로운 유형의 인물이 나탈리에인 것이다.

기본적으로 나탈리에는 일찍 세상을 떠난 어머니 대신 어린 시절 자신을 길러준 이모와 성향이 비슷하다. 이모의 이야기는 『수업시대』 제6권에 '아름다운 영혼의 고백'이라는 제목으로 따로 다뤄진다. 이 '아름다운 영혼의 고백'은 어린 시절의 병마와 좌절된 사랑을 겪으며 점차 외부세계에서 눈을 돌리고 자신의 내면으로 침잠해 마침내는 자신의 온 존재를 신에게 의탁한 채 살아온 여인의 자전적 기록이다.

나탈리에의 이모도 하프 타는 노인처럼 외부세계에 대한 관심을 접고 자신의 내면으로만 침잠한 인물이다. 모든 물질적이고 세속적인 것을 초월하여 오로지 정신적인 것만을 추구하는 '아름다운 영혼'의 정적이고 '명상적인 삶$^{vita\ contemplativa}$'은 행동과 '활동하는 삶$^{vita\ activa}$'을 강조하는 '탑 사회'와 대립될 수밖에 없다. 그렇기에 '탑 사회'를 창시한 로타리오의 외종조부는 위험하다는 이유로 그 아름다운 영혼에게서 로타리오와 나탈리에를 떼어놓는다.

그런데도 나탈리에의 이모가 '아름다운 영혼'이라 불린 것은 빌헬름이 그녀의 수기를 읽고 "삶의 순수성"에 공감하고 감동했다고 말했듯 그녀가 미뇽이나 하프 타는 노인 같은 순수함을 지녔기 때문이다. 삶의 순수성, 고귀, 우아, 고결함을 특징으로 하는 '아름다운 영혼'은 재산의 소유나 물질적 가치, 사회적 명예 등에 초연하고 나중에는 자신의 욕망마저도 초월할 수 있었다. 그렇기에 자신의 본능대로 생활해도 세상의 도덕이나 법과 아무런 갈등이 없는 그런 초월의 경지에 도달했다.

> 저는 계명을 거의 기억하고 있지 않으며 법의 형태를 띠고 저에게 나타나는 것은 더이상 아무것도 없습니다. 저를 다스리고 언제나 올바르게 인도하는 것은 본능입니다. 저는 자유로이 제 의향을 따르고 있지만, 조금도 속박감이나 후회를 느끼지 않습니다.(594-595)

자신의 온 존재를 신에게 내맡겼지만 종교의 교리나 계명에 얽매이지 않고 자유롭게 행동하는 '아름다운 영혼'은 자신의 본능마저도 초월하여 평안과 자유를 느낀다. 나탈리에는 이모의 이러한 면모를 그대로 물려받았다. 빌헬름이 나탈리에의 집에 걸려 있는 '아름다운 영혼'의 초상화를 보고 처음에 나탈리에라고 착각했을 정도로 나탈리에는 외모뿐 아니라 품성도 자신의 이모를 닮았다. '고귀한' '고상한' '부드러운' '평온한' 등의 형용사로 묘사되는 나탈리에 역시 돈의 가치나 재산 축적 등에 별로 관심이 없다.

두 사람 모두 다른 사람의 눈을 의식하거나 세속적 관습에 얽매이지 않고 자신의 생각과 신념을 따르는 독자성을 지니고 있다. 또한 이웃에 대한 박애심이 있고 물질적 가치에 초연한 도덕적이고 정신적인 인물이라는 점에서도 공통점을 지닌다. 그러나 '아름다운 영혼'이 철저히 내면으로 침잠하여 신과의 정신적 합일을 지향한 반면, 나탈리에는 내면과 함께 외부에도 눈을 돌려 어려운 사람들을 도와주는 이타적 삶을 실천한다. 그녀는 어릴 적부터 "동정심이 많고 친절하고 인정이 많았"(746)으며 결핍된 삶을 살아가는 사람들을 보면 "그 결핍을 보충해주고 싶은 억제하기 힘든 욕구"를 느껴 그들에게 기꺼이 도움의 손길을 내미는 순수한 영혼의 소유자이다.

> 누더기를 걸친 가난한 사람을 보면 저의 머릿속에는 가족들의 장롱 속에 걸려 있던 남아도는 옷들이 떠올랐습니다. 세심한 보살핌을 받지 못하고 야위어가는 아이들을 보면 부유하고 편안한 나머지 권태롭게 보이던 이 댁 저 댁의 부인들이 생각났습니다. 많은 사람들이 비좁은 공간에 갇혀 있는 것을 보면 저는 이 사람들을 그 많은 저택이나 궁성의 넓은 방에 묵도록 해야 할 것이라고 생각했습니다.(757-758)

나탈리에의 선한 영혼은 이처럼 외부세계로 연결되어 있다. 세상 도처에 존재하는 힘들고 아프고 가난한 사람들을 외면하지 않고 그들에게 필요한 결핍을 보완해주려는 나탈리에는 선하고 고귀한 영혼이라는 점에서 자기 이모를 닮았지만, 직접적인 행동으로 그 선함을 드러낸다는 점에서 차이를 보인다. 그런 의미에서 나탈리에는 세속화된 '아름다운 영혼'이라 할 수 있다.

나탈리에의 입장은 세상의 불공평을 직시하고 그 부당함을 자신의 방식으로 바로잡으려 한다는 점에서 개인과 가정이라는 사적 영역을 넘어 사회정치적 의미를 지닌다. 한쪽에서는 장롱 속에 옷이 남아돌고 음식이 넘쳐나는데, 다른 쪽에서는 누더기밖에 걸칠 것이 없고 먹을 것이 없어 야위어가는 현실의 불공평함을 인지하고 그것을 바로잡으려 노력하는 것 자체가 불공정한 사회에 대한 문제제기일 수 있기 때문이다. 귀족과 평민, 부자들과 가난한 자들의 차이를 문제삼는 것도 평등주의적 사상의 단초를 보여준다.

나탈리에의 말과 행동에 담긴 기본 입장은 신분의 차이나 빈부 격차가 없는 사회, 모두가 함께 서로 도우며 살아가는 평등한 사회의 이상과 일치한다. 작품 말미에 나탈리에는 귀족이라는 신분을 뛰어넘어 시민계급 출신의 빌헬름과 결혼하는데, 이 또한 자기 신념의 실천으로 볼 수 있다.

나탈리에가 보여주는 이웃 사랑, 힘들고 약한 이들에 대한 관심과 애정, 그리고 따뜻한 연민의 마음은 기본적으로 "가장 순수한 형태의 기독교"[18]가 발현된 모습이라 할 수 있다. 나탈리에가 종교적 도그마에 얽매이지 않고 거기에서 해방되어 기독교의 가장 순수한 교리인 이웃 사랑을 실천하고 있기 때문이다.

나탈리에는 "돈이 결핍을 보충해줄 수 있는 수단이라는 것을 처음에는 몰랐다가 나중에야 간신히 알게 되었"(758)을 정도로 돈에 대해 무관심했으며, 그녀의 모든 자선 행위는 현물로 이루어졌다. 자본주의의 핵심인 돈의 가치에 무심한 데서 나탈리에가 당시의 시대적 조류와는 다른 가치를 추구하고 있음을 알 수 있다. 그런 면에서 그녀의 행동은 기독교적 사랑의 실천을 넘어서서 물질주의와 개인주의를 부추기는 자본주의에 대한 대안으로 충분히 기능할 수 있다. 모든 것을 돈으로 환산하는, 즉 상품의 교환가치만 따지는 자본주의적 방식이 아니라 각각의 물건이 지니는 고유한 가치를 중요시하는 전통적 방식을 재조명하고 있기 때문이다.

다른 한편 나탈리에는 자기 이모처럼 자신의 욕망이나 본능을 순화함으로써 욕망에 휘둘리지 않는 지극히 고귀하고 평온한 삶을 살아간다. 그래서 그녀는 외종조부로부터 "본능과 이성을 완전히 일치시킬 수" 있는 "천복을 누리는 사람"으로 칭송받는다.

> 나탈리에는 육체가 아직 지상에 머물고 있을 때 이미 천복을 누리는 사람으로 칭송받을 만하다. 네 본성은 세상이 원하고 요구하는 것 이외에는 아무것도 요구하지 않으니까 말이야.(776)

이런 나탈리에를 두고 오빠인 로타리오는 "진정으로 아름다운 영혼"이라 일컬으며 "온 인류가 그 모습을 보고 기뻐할 수 있는"(876) 살아 있는 본보기라고 칭송한다. 나탈리에 안에서 정신과 물질, 개인과 사회, 감정과 이성, 욕망과 의무가 조화를 이루고 있기 때문이다. 빌헬름이 "자아와 세계의 조화"를 "자신의 삶의 목표"로 삼아 노력했건만 "하고 싶은 것과 해야만 하는 것, 할 수 있는 것과 해도 되는 것 사이의 일치"[19]를 이루지 못하고 모순 속에서 살아가는 것과는 달리, 나탈리에는 자신의 개인적 발전과 이상적 생각을 포기하지 않고도 사회와 조화를 이루며 살아갈 수 있는 존재로 등장한다. 그런 점에서 나탈리에는 이 소설에서 실현 가능한 최종 목표라 할 수 있는 인물일 뿐 아니라 인류가 도달해야 할 인간상의 모범을 보여준다.[20]

이처럼 나탈리에가 모범적 인간상을 대표할 수 있는 이유는 "무에서 창조된 고상한 유토피아적 인물", 즉 허구적이고 비현실적인 인물이 아니라 "작품에 등장하는 다른 여성들의 여러 요소가 통합된"[21] 인물이기 때문이다. 그동안 여러 연구자들은 나탈리에를 환자인 미뇽과 건강한 연극배우 필리네의 변증법적 종합으로 보거나, 이성적 인물인 테레제와 정신적 존재인 '아름다운 영혼'의 특징이 좀더 높은 단계로 결합된 존재로 보거나, '아름다운 영혼'의 정신이 새로운 방식으로 육화된 상태 또는 나탈리에의 여동생인 백작 부인과 테레제로 대표되는 '아름다운 가상'과 '진실한 존재'가 행복하게 결합된 상태라고 해석해왔다.

이는 그만큼 나탈리에 속에 서로 다른 여러 인물의 특징이 총합되어 있음을 말해준다. 작품에 등장하는 여러 상이한 인물들의 장점이 그녀 안에서 승화되고 결합됨으로써 나탈리에는 이들 현실적 인물을 넘어서는 이상적 존재가 된 것이다. 이는 괴테의 사상과 작품을 관통하는 중심 개념인 '대립과 고양의 원칙', 즉 대립하는 사물이나 존재가 서로 결합함으로써 고양되어 제3의 새로운 것을 만들어낸다는 원칙과 연결된다.

괴테는 자연에 대한 관찰을 통해 이 원칙을 발전시켰다. 괴테는 식물의 형성 원칙을 '수축과 팽창'의 관점에서 설명한다. 식물이 자라나 형태를 갖추는 데에는 수축과 이완의 상호작용으로 일어나는 고양이 중요한 역할을 한다. 고양은 양적 차원에서뿐 아니라 질적 차원에서도 이루어진다. 고양은 대립을 전제로 한다. 일단 양극단이 존재하고 그것이 처음에는 서로 대립하다가 합쳐져 제3의 것을 만들어냄으로써 고양이 가능하기 때문이다.

이러한 생각의 바탕에는 모든 것이 상호연관 속에 있으며 모든 살아 있는 것들은 끊임없이 변화하며 모습을 바꾼다는 괴테의 생태주의적 세계관이 놓여 있다. 이러한 상호작용을 괴테는 숨을 들이쉬고 내쉬는 것에서도 발견한다.

> 그리하여 들숨은 이미 날숨을 전제로 하며 그 역도 마찬가지이고, 또한 모든 수축도 팽창을 전제로 한다. 그것은 또한 색채 현상에서도 표현되는 생의 영원한 공식이다.[22]

> 결합된 것을 둘로 나누고, 둘로 나누어진 것을 결합하는 것이 바로 자연의 삶이다. 이것이 바로 우리가 살아가고 움직이고 존재하는 세계에서의 영원한 수축과 확장, 영원한 통합과 분리, 들이쉬고 내쉬는 것이다.[23]

괴테는 이런 세계관을 "그냥 존재하는 것은 없다. 이미 완성되어 있는 것도 없다. 모든 것은 항상 생성 속에서 존재한다. 변화의 영원한 물결 속에는 그 어떤 정지도 없다"[24]라고 정리했다. 이러한 성찰을 통해 괴테는 자신의 삶의 원칙이자 문학의 원칙인 '고양과 대립의 원칙'을 다음과 같이 정의했다.

무엇이든 현상으로 모습을 드러내기 위해서는 분리되어야만 한다. 그런데 분리된 것은 서로를 다시 찾게 마련이다. 그리하여 서로를 다시 찾게 되면 좀더 높은 의미에서 서로 결합한다. 이때 분리된 것은 우선 스스로 고양되었으므로, 이렇게 고양된 것들이 서로 결합하게 되면 제3의 것, 새로운 것, 좀더 고귀한 것, 기대하지 않았던 것이 생겨나게 된다.[25]

나탈리에가 인간이 도달할 수 있는 최고 경지에 오른 존재로 등장하는 것은 분리해서 존재하던 여러 요소가 그녀 안에서 결합되어 새롭고 높은 단계로 고양되었기 때문이다. 작품 속 여러 인물에 편재해 있던 이상적 인간의 특징들이 나탈리에라는 인물 안에서 재통합되어 새로운 모습을 띠게 된 것이다. 그런 점에서 나탈리에는 괴테가 생각하는 이상적 인물이라 할 수 있다.

나탈리에라는 인물은 오늘날의 관점에서 새롭게 주목할 필요가 있다. 나탈리에는 돈이나 부의 축적에 큰 가치를 두지 않고 다른 이들과 함께 나누는 삶을 실천하며, 힘들고 어려운 사람들을 연민과 애정을 갖고 돌봐준다. 또 아이들을 따뜻한 모성애로 대하고, 자신의 욕망에 따라 하고 싶은 일을 하면서도 사회의 관습이나 도덕, 법과 전혀 충돌하지 않는다. 나탈리에의 이러한 정신적 경지는 오늘날 무한한 욕망을 부추기는 상품사회와 물질적 가치를 최고로 여기는 물질만능주의 시대에 새삼 되새겨야 할 대안적 삶의 태도라 할 수 있다.

'아름다운 영혼'이나 나탈리에가 실천한 욕망의 순화는 흥미롭게도 공자가 말하는 종심從心(일흔 살을 달리 이르는 말)의 경지와 맞닿아 있다. 『논어』의 「위정편爲政篇」에서 공자는 "나이 일흔에 마음이 하고자 하는 대로 하여도 법도를 넘어서거나 어긋나지 않았다七十而從心所欲不踰矩"라고 함으로써 인간이 이승에서 도달할 수 있는 최고의 단계를 설명한 바 있는데, 『수업시대』의 두 여성 인물 역시 그와 비슷한 삶의 방식을 지향하고 있는 것이다. 동서양의 지혜가 만나는 흥미로운 지점이다.

　　인본주의와 이성을 전면에 내세운 근대와 모든 것을 경제적 담론으로 치환하는 자본주의 이념이 거대한 흐름을 형성하기 시작한 시기에 괴테는 20년에 걸쳐 『수업시대』를 완성했다. 괴테는 거대한 파도처럼 밀려오는 근대의 가치들을 전적으로 무시할 수도, 전적으로 수용할 수도 없었다. 대신에 그는 무서운 기세로 떠오르는 새 시대와 급속도로 사라져가는 옛 시대를 작품 속에 함께 기록함으로써 시대의 흐름과 정면으로 대결했다. 베르터는 옛 시대의 가치들을 끝까지 견지하며 몰락해갔지만, 『수업시대』의 주인공 빌헬름은 베르터와 같은 입장에서 출발하여 결국은 이성의 세계인 '탑 사회'로 들어감으로써 새 출발의 바탕을 마련했다. 그러나 빌헬름이 '탑 사회'의 일원이 되었다고 해서 완전히 그 세계에 동화되었다거나 근대의 이념을 자기 것으로 받아들였다고 말할 수는 없다. 마지막까지도 빌헬름은 '탑 사회'에 대해 비판적 거리를 유지했고 근대와 자본주의 이념과는 다른 길을 가고자 했기 때문이다.[26]

　　괴테가 『수업시대』에서 새 시대를 열어나가는 개혁적 인물들과 함께 자연과 신화의 세계를 대표하는 인물들을 대립적으로 제시하여 서로 불화를 겪게 한 것은 모두가 나름대로의 존재 가치를 지닌다는 그의 기본적 입장과 연결되어 있다. 미뇽과 하프 타는 노인의 모습과 생각, 그리고 삶의 방식을 자세히 그려 보여줌으로써 괴테는 이성에 의해 배제되는 이들의 목소리를 복원하려 했다. 미뇽과 하프 타는 노인은 시대의 흐름 앞에서 자신들의 가치를 관철시키지 못하고 몰락할 수밖에 없었다. 그러나 괴테는 이들의 몰락이 시대적 흐름에서 어쩔 수 없는 현상이라고 파악하면서도, 이들을 근대와 이성의 대변자인 '탑 사회'와 대립시킴으로써 그 시대의 문제를 성찰하고 있다.

괴테가 생각하는 진정한 조화란 타자를 자신에게 맞추도록 함으로써 동일성을 만들어내는 것이 아니라 각자 개성을 유지하면서 함께 소통하며 공존하는 것이다. 타자의 고유성을 인정하고 그 바탕 위에서 소통한다는 이런 입장은 타자의 다름을 통해 자기 스스로를 변화시키는 것으로까지 확장될 수 있다. 양극단의 통합을 통해 제3의 것, 새로운 것, 예기치 않은 것이 생겨나기 때문이다. 타자와 담을 쌓고 살거나, 타자의 다름을 배격하고 제거하거나, 타자를 자신의 질서에 억지로 끼워 맞추지 않고, 타자의 다름을 통해 스스로의 변화를 모색하는 태도, 그것이 괴테가 강조하는 바람직한 삶의 태도이다. 이는 다문화, 다인종, 다종교 사회인 오늘날의 현대 사회에 무엇보다도 필요한 자세라 할 수 있다.

대안적 가치로서의 여성성:
『친화력』

1. 『친화력』과 생태페미니즘

『친화력 *Die Wahlverwandtschaften*』은 괴테의 소설 중에서 가장 뛰어나고 동시에 가장 수수께끼 같은 작품이라 평가된다. 이 작품은 『빌헬름 마이스터의 수업시대』를 발표한 지 13년 만인 1809년에 출간되었다.

그사이 유럽은 격동의 세월을 겪었다. 프랑스혁명 이후 수립된 공화정이 무너지고 나폴레옹이 황제로 즉위했으며, 오스트리아와 프로이센은 프랑스에 맞서 전쟁을 벌여 독일 땅이 전쟁터가 되었다. 바이마르에 있던 괴테도 이 전쟁을 피해가지 못했다. 1806년 10월 14일 예나-아우어슈테트 전투에서 프로이센군과 작센군을 격파한 프랑스군은 바이마르로 진격했는데, 그날 밤 술 취한 프랑스 병사들이 괴테의 집에 들이닥쳤다. 그때 온몸을 던져 괴테를 위험에서 구해준 이는 괴테와 18년간 동거하고 있던 크리스티아네 불피우스^{Christiane Vulpius}였다.

괴테가 이탈리아 여행에서 돌아온 직후인 1788년부터 동거를 시작한 불피우스는 가난한 평민 출신의 여성으로, 괴테와의 사이에 여러 명의 자식을 낳았지만 정식 결혼은 하지 않은 상태였다. 그날 밤 가까스로 위기를 모면한 괴테는 사건 발생 닷새 후인 10월 19일에 오랜 동거 상황을 청산하고 불피우스와 전격적으로 결혼했다. 이 뒤늦은 결혼은 그로부터 3년 후에 나온 『친화력』에도 영향을 미쳤다. 『친화력』은 결혼과 사랑에 대한 이야기이기 때문이다.

'친화력', 또는 이 작품의 독일어 제목을 직역한 표현인 '선택적 친화성'은 원래 화학 개념이다. 괴테는 스웨덴 화학자 토르베른 베리만^{Torbern Bergman}의 연구를 통해 이 개념을 알게 되었다. 친화력은 물질들 사이의 화학적 반응을 표시하는 개념이다. 서로 친화적인 두 물질의 결합체인 AB에 제3의 물질 C를 첨가할 경우, 이 C가 A에 좀더 친화력이 강하다면 A는 B와 분리되어 C와 친화적으로 결합한다.

괴테는 화학물질들이 이렇게 결합하고 분리하는 모델을 소설 속 네 인물 간의 이끌림과 사랑에 적용해보고자 했다. 에두아르트와 샤를로테는 젊은 시절 서로 사랑했으나 집안의 반대로 헤어져 다른 사람과 결혼했다가, 배우자와 사별한 후 다시 만나 재혼하여 가정을 꾸린다. 이 중년 부부 사이에 샤를로테의 친구 딸인 오틸리에와 에두아르트의 친구인 대위가 등장하면서 네 사람 사이에 친화력의 작용이 일어난다.

처음에는 화학실험에서처럼 에두아르트와 샤를로테 사이에

오틸리에와 대위가 끼어들자 좀더 친화력이 강한 에두아르트와 오틸리에, 샤를로테와 대위가 급속도로 가까워진다. 그러나 소설의 진행은 화학실험처럼 그렇게 친화성의 강도에 따라서만 전개되진 않는다. 친화력이 강한 샤를로테와 대위는 서로를 강하게 원하지만 결국은 결합을 포기하고 이성적으로 관계를 마무리한다. 반면에 많은 어려움과 장애에도 불구하고 에두아르트와 오틸리에는 서로에 대한 사랑을 포기하지 않는다.

그러나 샤를로테의 허락으로 두 사람이 마침내 결합할 수 있는 상황이 되자 정작 오틸리에는 에두아르트와의 결합을 단념하고 만다. 오틸리에는 에두아르트를 여전히 사랑하지만, 자신의 실수로 에두아르트와 샤를로테의 아들 오토를 호수에 빠트려 죽게 한 것을 속죄하고자 에두아르트를 단념하고 스스로 죽음을 선택한다.

괴테가 자연과학에서 빌려온 이 친화력이란 원리는 소설에서 드러나듯 인간 세계에서는 비슷하면서도 다르게 작동한다. 이 소설은 단순한 사랑 이야기가 아니라 인간의 심리, 결혼이라는 사회적 제도, 여성의 사회적 지위, 인간 주체의 문제 등 다양한 주제가 함께 녹아들어가 있다. 그렇기에 『친화력』은 독일 문학사에서 가장 다양한 해석이 이루어진 작품 중 하나로 꼽힌다.

그러나 생태주의적 관점에서 이 소설을 분석한 연구는 거의 없다. 여성해방의 관점에서 접근한 엘리자베트 보아Elizabeth Boa와 잉게보르크 드레비츠Ingeborg Drewitz의 연구,[1] 이 소설을 사회소설, 좀더 정확히 말해 "성별의 문제를 다룬 소설"[2]이라 평가한 니콜 그로초비나Nicole Grochowina의 연구가 있었고, 느림과 속도의 관점에서 분석한 만프레트 오스텐의 연구도 있었지만, 생태주의, 더 나아가 생태페미니즘Ecofeminism의 시각에서 분석한 연구는 거의 없었다. 하지만 『친화력』은 상당 부분 생태페미니즘적 문제의식을 담고 있는 작품이다.

'생태페미니즘'이라는 용어는 프랑스 여성학자 프랑수아즈 도본Françoise d'Eaubonne이 1974년에 펴낸 『페미니즘이냐 죽음이냐*le feminisme ou la mort*』라는 저서에서 처음 사용했다. 도본은 현대사회의 환경오염, 생태계 파괴, 여성에 대한 억압 등 전 지구적 문제들의 원인이 남성중심적 가부장제에 있음을 지적하고 남성과 여성, 인간과 자연의 새로운 관계 수립을 요구했다. 생태론과 페미니즘을 결합한 생태페미니즘은 자연 파괴와 여성 억압을 밀접하게 연관된 문제로 보고 자연 해방과 여성 해방을 동시에 추구하는데, 이후 여러 갈래로 분화하여 자유주의적, 문화적, 사회주의적 생태페미니즘 등이 생겨났다.

생태페미니즘은 가부장제를 모든 문제의 원인으로 파악한다. 그러나 생태페미니즘이 비판하는 가부장제는 단순히 남성중심주의만을 뜻하는 것이 아니라 이 남성중심주의가 가져온 이분법적 사고와 거기에서 기인하는 모든 착취와 억압, 지배의 틀을 의미한다. 캐런 워런Karen J. Warren이 생태페미니즘에 대해 "여성과 자연의 관계를 분석하여 성차별은 물론이고 인종차별, 계급차별, 연령차별, 민족중심주의, 제국주의, 식민주의 등 모든 사회적 지배체제 사이의 복잡한 상호관계를 포함한다"[3]라고 밝힌 것처럼, 생태페미니즘은 계급 질서와 지배 질서의 바탕 위에서 성립된 모든 권력 구조 관계를 부정한다.

생태페미니즘은 정복과 억압, 지배의 관계를 보살핌, 연민, 비폭력과 같은 새로운 가치들로 대체해야 한다고 주장함으로써 인간과 인간, 인간과 자연의 조화와 균형을 추구한다. 이에 따라 생태페미니즘은 남성중심주의가 낳은 이분법적 사고를 비판하고 생물적 다양성과 문화적 다양성, 그리고 모든 존재의 상호 연관성 및 조화로운 공존을 모든 생명의 기반이자 행복의 원천으로 본다. 또한 모든 생명이 협력과 상호 보살핌, 사랑을 통해 유지되기 위해서는 새로운 가치 체계와 사회를 만들어야 한다고 주장한다.

생태페미니즘을 제창한 도본은 여성들이 지구를 구하기 위한 생태혁명을 이끌 것을 주장했는데, 이러한 근본 인식은 괴테의 『친화력』에도 녹아 있다. 『친화력』은 남성과 여성의 관계를 근본적으로 성찰하고 있으며, 기존의 가부장적 틀을 전복한다는 점에서 생태페미니즘 관점으로 분석이 가능하다. 더 나아가 『친화력』에는 생태페미니즘이 가부장적 가치에 대한 대안으로 제시하는 사랑, 보살핌, 공감, 연민 등의 가치가 새롭게 조명되고 있기도 하다.

2. 여성해방의 메시지

『친화력』에 나오는 남녀관계는 전통적 가부장제 사회에서의 남녀관계와는 사뭇 다르다. 소설에 등장하는 여러 인물을 전체적으로 보면 남자보다는 여자들이 훨씬 더 긍정적으로 그려져 있다. 이는 가부장적 질서 속의 부부관계와는 다른 모습을 보여주는 에두아르트와 샤를로테의 경우에 더욱 명확히 드러난다. "한참 좋을 때의 부유한 남작"[4]인 에두아르트가 철없는 중년 남성으로 등장하는 데 비해, 그의 부인 샤를로테는 오히려 집안의 중심으로서 가장 역할을 하고 있다.

작품의 실질적 주인공인 오틸리에는 자기극복을 통해 주체적 인물로 거듭나고 죽은 후에는 성녀의 위치로까지 고양되며, 샤를로테의 딸 루치아네는 모든 것을 자기주도적으로 처리하는 모습을 보여준다. 이처럼 『친화력』은 다분히 여성해방적 측면을 지니고 있다.

괴테가 창조한 인물이나 작품은 종종 완전히 상반된 해석을 불러일으킨다. 그중에서도 매우 모순적이고 복합적인 작품인 『친화력』의 경우 여성 문제와 관련하여 많은 상반된 해석을 낳았다. 성담론이라는 문맥에서 『친화력』을 분석한 엘리자베트 보아는 이 작품을 페미니즘적이라고 할 수 있을지에 대해 양가적 태도를 보인다. 그녀는 우선 이 작품이 남성과 여성에 대한 봉건적인 성적 규정을 답습하고 있기에 페미니즘적 관점에서 보면 문제가 있다고 진단한다.

> 페미니즘적 관점에서 본다면 이 소설 속의 문명 비판이 남성과 여성의 양극화된 특징, 즉 억눌린 본능이 (자기)파괴적 형태로 드러나는 문화 담지자인 남성과, 자연에 사로잡혀 있고 신경질적 노이로제에 빠져 있는 여성이라는 성적 특징을 비판적으로 부숴버리는 대신에 그것을 단순히 반복하고 있다는 위험이 잔존한다.[5]

보아의 문제제기는 오틸리에가 "이피게니에나 나탈리에처럼 이른바 이상화된 여성성이 현현"한 것이라거나, "남성들의 머릿속에서 탄생한 순전한 이념"[6]이라는 다른 비평가들의 비판과 맥을 같이한다. 오틸리에는 남성들의 머릿속에서 만들어진 비현실적이고 이상적인 인물로, "여성성에 관한 전통적 해석, 즉 여성은 비이성적이고 자연에 가까우며, 구상화하는 능력이 부족하다고 보는 관점과 관련"[7]이 있다는 것이다.

또한 보아는 자신의 의사를 당당히 표출하고 배우자 선택에 있어서도 주도적인 역할을 하며, 모든 일을 주체적으로 행하는 "해방된 여성" 루치아네를 서술자가 유독 "혐오스럽고 부정적인 인물로 폄하"하고 있는데, 이 점이 이 작품을 반여성해방적이라고 보게 하는 빌미를 제공한다고 설명한다.[8]

이런 관점으로 보면 오틸리에가 아기 오토를 호수에 빠트려 숨지게 한 것도 문제가 된다. 오틸리에는 호숫가에서 에두아르트와 재회한 뒤 호수를 가로질러 서둘러 집으로 돌아가려다 그만 사고를 일으킨다. 에두아르트와의 행복한 결합을 꿈꾸며 기쁨에 차 있던 오틸리에는 왼손에 책을 든 채 어설프게 아기를 안고 오른손으로는 노를 잡고 배에 오르는 바람에 균형을 잡지 못하고 그만 오토를 물에 빠트린다. 오토의 죽음을 어쩔 수 없는 운명적 사건이나 불행한 사고로 보아 오틸리에에게 책임을 물을 수 없다는 해석이 많기는 하지만, 이 사건을 오틸리에의 부주의에서 기인한 명백한 과실로 보고 그녀의 행위를 비판적으로 보는 관점도 분명히 존재한다.

특히 법학자인 우베 디더리히센Uwe Diederichsen의 견해가 흥미로운데, 그는 오토의 죽음 장면을 괴테가 마치 법원 판결문처럼 사실관계에 따라 건조하게 묘사하고 있음을 지적한다. 소설 속의 이 장면은 다음과 같이 서술된다.

> 그녀는 배에 올라타 노를 잡고 배를 밀어본다. ……왼팔에 아기를 안고, 왼손에는 책을, 오른손에는 노를 든 채 그녀도 흔들거리며 배 안으로 넘어진다. 그 순간 노가 그녀의 손을 벗어나 한쪽으로 물에 빠진다. 그녀가 몸을 지탱하고자 하는 순간 아기와 책이 다른 한쪽으로

오틸리에와 아기 오토(Wilhelm von Kaulbach, 1864년경)

물에 빠진다. 그녀가 아기의 옷을 붙잡았지만 불안한 자세는 그녀 스
스로 서 있기도 어렵게 한다. 아무것도 들지 않은 오른손만으로 몸을
돌려 일어서기에는 역부족이다. 어렵사리 아기를 물에서 건져내지만
아기의 눈은 이미 감겨 있고, 호흡은 중단된 뒤였다.(277)

디더리히센에 따르면, 법률가이기도 했던 괴테는 이 사건이 오
틸리에의 부주의와 과실에서 발생한 것이므로 형사법상 유죄(과
실치사)라는 사실을 인지하고 있었고 그렇기에 위와 같이 건조

하게 서술했으리라고 본다.[9] 그러나 디더리히센의 해석은 사고 장면 이후 이어지는 묘사가 다시금 오틸리에의 감정 깊숙이 들어가고—"바로 그 순간 정신이 바짝 들었지만 그녀의 고통은 그만큼 더 컸다"(277)—독자들의 감정이입을 유도하는 감성적 표현으로 연결된다는 점을 간과한 것이다.

> 그녀는 배 안에서 무릎을 꿇은 채…… 아기를 양손으로 치켜들었다. 눈물 젖은 시선으로 그녀는 하늘을 쳐다보며 도와달라고 외친다. 그 연약한 가슴은, 아무 곳에서도 찾을 수 없는 가장 위대한 소망이 하늘로부터 성취되기를 희구하고 있는 것이었다.(278)

마지막 장면의 묘사—"그녀는, 이미 하나씩 떠서 반짝이기 시작하고 있는 별들을 향해 구원을 빌었고, 그것은 전혀 헛된 일은 아니었다. 부드러운 바람이 일어 나룻배를 플라타너스 나무들이 있는 곳으로 밀어내주는 것이었다"(278)—를 보면 서술자는 이 비극적 사건을 오히려 오틸리에의 간절함과 진실한 마음이 하늘에 닿은 것처럼 그리고 있음을 알 수 있다. 물론 오토가 죽음에서 깨어나지 못함으로써 하늘의 뜻이 진정 무엇이었는가 하는 의문이 남긴 하지만, 그래도 오토의 죽음을 바라보는 오틸리에의 경건하고 순수하며 간절한 태도는 상당히 긍정적으로 그려지고 있다.

이와는 다른 관점에서 오토의 죽음에 대한 오틸리에의 책임을 "위협적인 여성해방을 차단하기 위해 여성에게 죄를 뒤집어씌운 것"[10]이라고 보는 견해도 있다. 왜냐하면 오토의 죽음은 "독서와

생태주의자
괴테

고삐 풀린 욕망 때문에 자신에게 주어진 여성적 규정에서 벗어 난 여인의 죄를 나타내는 방증"[11]으로 비칠 수 있기 때문이다. 독 서하는 여성, 즉 교양을 쌓아 지식인의 반열로 올라서려는 여성 과 더이상 자신의 욕망을 제어하지 않고 자유롭게 방출하는 여 성이라는 두 가지 일탈을 감행하는 오틸리에에게 죄를 물음으 로써, 전통적인 여성의 역할을 복원하려는 반여성해방적 시도로 볼 수 있다는 것이다.

이는 당연히 정치적으로도 확대 해석되어 "가부장적 질서와 개인의 자율성을 침해하는 사랑의 친화력은 신분질서와 함께 사 회적 정체성의 기반을 위협하는 정치적 사건에 대한 상징적 묘 사"[12]로 볼 수 있다는 주장으로 이어진다. 가부장적 질서나 가정 의 질서를 무너뜨리는 행위를 부정적으로 보는 관점에는 기존의 신분질서를 옹호하는 복고적 태도가 그 바탕에 깔려 있다는 것 이다. 이는 괴테가 에두아르트를 통해 당시 귀족들의 무책임하 고 무절제한 생활태도와 함께 사랑의 가치를 절대적으로 내세우 며 결혼제도를 부정하려는 낭만주의자들을 문제삼고 있다는 해 석과 연결된다. 에두아르트는 그의 시대와 그의 신분이 낳은 산 물이자 희생자로서 "전통적인 형식과 사회질서가 붕괴되고 완 전한 자유와 무조건적인 의지를 위해 질주하는 시대상을 나타낸 인물"[13]이라는 것이다.

이러한 관점에서 본다면 『친화력』은 여성해방적이기는커녕 오 히려 복고주의적이고 보수반동적이며 여성혐오적 담론이 표출 된 작품이 된다. 그러나 여러 가지 반여성해방적 해석 가능성을 소개한 후 엘리자베트 보아는 여기에 이의를 제기한다. 그러한 해석은 "완전히 비변증법적",[14] 즉 도식적이고 일면적인 해석일 뿐이라는 것이다.

『친화력』은 작품 자체가 매우 복합적이고 주인공들의 행위도 다양한 측면에서 해석될 수 있다. 또한 괴테 자신은 온갖 교조주의적이고 경직된 태도에 대해 거부감을 지닌 인물이었다. 보아는 『친화력』에 일정 부분 반여성해방적 해석의 여지가 있지만, 적어도 오틸리에라는 인물 속에는 분명 여성해방적 특징이 들어 있다고 인정한다. "여성이 욕망이라는 폭발적 힘의 담지자로서 소설의 플롯에서 한때 베르터가 차지했던 자리를 차지했다는 것 자체가 이미 해방적"이며, 결연한 결심과 "엄청난 의지력"으로 죽음을 맞이한다는 것도 우유부단한 에두아르트에 비하면 훨씬 주체적이라는 것이다.[15]

일찍이 『친화력』의 여성 인물들이 해방적 측면을 지니고 있다고 주장한 학자는 잉게보르크 드레비츠이다. 드레비츠는 작품 속에서 여성들이 해방되고, 보살피며, 스스로를 인식해가는 과정에 주목했다. 『친화력』에 등장하는 여성 인물들을 자세히 살펴보면 분명 그런 측면이 도드라져 보인다. 예를 들어 에두아르트와 샤를로테 부부의 경우에는 부인인 샤를로테가 거의 가장 역할을 한다. 남편과 아내 역할의 역전은 작품 서두에서 이미 공간과 시간 상징을 통해 드러난다. 즉 에두아르트는 작은 정원에서 꽃과 나무를 가꾸는 일에 몰두하는 반면, 샤를로테는 성 건너편의 사방이 탁 트인 언덕 위에 집을 짓고 그곳으로 올라가는 길을 뚫는데 그런 두 사람의 관심사나 행동은 전통적으로 규정된 남녀 성 역할과는 사뭇 다르다. 또한 에두아르트의 정원은 "인공적 장식성과 폐쇄성을 특징으로 하는 바로크식 정원으로 구시대의 모델인 반면 샤를로테가 일구는 공원은 자연경관을 살리고 탁 트인 전망을 가진 영국식 정원의 진취적인 모델이라는 시간적 격차"[16]를 갖는다. 남편과 아내의 역할 전도는 집안일을 지휘하고 소작인들을 관리하는 일까지도 샤를로테가 담당하는 데서도 드러난다. 심지어 샤를로테는 스스로 농장을 운영해보겠다는 계획도 지니고 있다.

이처럼 에두아르트의 성에서 집안의 모든 일을 최종적으로 결정하는 인물은 바로 샤를로테이며, 그녀는 집안일뿐 아니라 건축 공사의 재정까지도 담당한다. 언덕 위에 집을 짓고 그곳으로 향하는 새로운 길을 내자는 에두아르트와 대위의 제안에 대해 샤를로테는 "이런 것은 그녀의 관할"임을 밝히며 지출과 관련된 일은 자신이 통제하겠다고 분명히 한다. "회계는 제가 맡겠어요. 제가 청구서들을 지불하고 스스로 회계를 처리하겠어요."(67)

에두아르트와 샤를로테의 입장과 태도의 차이는 행동에서도 드러난다. 에두아르트가 오틸리에와 사랑에 빠져 분별력을 잃고 급기야는 자신의 운을 시험해보기 위해 전쟁터에 뛰어드는 유아적 행동을 보이는 데 비해, 샤를로테는 대위에 대한 사랑의 감정을 성찰과 숙고를 통해 극복하고 본연의 자세로 돌아옴으로써 감정적으로도 더욱 성숙한 면모를 보여준다.

확실히 작품의 서술자는 에두아르트를 비판적으로 묘사할 때가 많다. 부유한 부모 밑에서 응석받이로 자라 "무언가 포기하는 일에 익숙지 않다"는 언급처럼 그의 절제할 줄 모르는 성격을 서술자는 비판한다. 에두아르트가 이렇듯 부정적으로 그려지는 반면, 샤를로테는 "천성적으로 절제심이 있는"(321) 존재로 그려진다. 그녀는 대위에 대한 사랑의 감정을 극복하는 "체념"의 과정을 통해 "내면적으로 다시 태어났음을 느끼"(326)는데, 이는 그녀 역시 오틸리에와 마찬가지로 점차 성장해가는 존재임을 말해준다. 작품 속 남성 인물들인 에두아르트나 대위, 전직 목사인 미틀러, 에두아르트의 성을 방문하는 백작 등은 사건이 진행되고 시간이 흘러가도 성장하지 않고 그대로인 반면, 샤를로테나 오틸리에 같은 여성 주인공은 계속해서 성장하여 작품 말미에는 상당한 인식 수준에 도달하는 것으로 그려지는 것이다.

또한 샤를로테는 집안일이나 다른 중요한 논의에서 언제나 사람들이 그녀에게 최종결정을 문의하는, 집안의 어른 같은 인물로 등장한다. 그런 점에서 그녀는 심사숙고하는 영혼이라 할 수 있다. 이를 통해 『친화력』은 가부장제가 규정해놓은 집안의 주인인 남편과 그에 복종하는 아내라는 기존의 성역할을 전복하여 가장의 역할을 하는 여성, 주체적으로 문제를 해결하는 여성을 부각시킴으로써 성역할에 있어서 새로운 관점을 드러낸다. 남편과 아내의 역할 전도는 정도의 차이는 있지만 샤를로테의 딸 루치아네 부부에게서도 나타난다. 루치아네는 이 소설에서 다른 여성 인물들에 비해 매우 부정적으로 묘사되지만, 남편과의 관계에서 주도적 위치에 있다는 점에서는 샤를로테와 동일하다. 모든 일을 계획하고 실행하며 요구하는 존재는 언제나 루치아네이다. 그에 비해 남편은 아내의 명령에 따라 움직이고 아내를 수행하는 집사와 같은 인물로 등장한다.

『친화력』의 핵심 인물인 오틸리에 역시 그 어느 남성보다도 뛰어난 모습을 보여준다. 그녀는 기숙학교 시절 그곳의 딱딱한 규범에 맞지 않아 어려움을 겪지만 샤를로테 곁으로 돌아오면서부터는 집안일을 완벽히 이해하고 주도적으로 행동함으로써 자신의 능력을 십분 발휘한다. 오틸리에는 작품 속에서 점점 성장하여 독자적 주체로 우뚝 서게 되고, 마지막에는 자신의 죽음마저 스스로 선택하며, 죽은 다음에는 성녀의 반열에 오른다.[17] 자신의 사랑의 감정과 욕망을 숨기거나 억누르지 않고 당당하게 발현시킨 점에서, 또 소설 말미에 에두아르트와의 결합을 통해 자신이 그토록 원했던 사랑을 완성할 기회가 왔지만 자신의 상황을 점검하고 성찰한 후 독자적인 결정에 따라 그 기회를 결연히 거부하고 굶어죽는 죽음을 선택하여 그것을 끝까지 밀고나갔다는 점에서 오틸리에는 다른 어떤 남성 주인공보다도 주체적인 존재라 할 수 있다.

　기숙학교의 여교장은 매우 교조적이며 성과주의에 경도된 인물로 작품에서 루치아네처럼 상당히 부정적으로 묘사되지만, 그럼에도 여성이 교장 자리를 맡고 있다는 점은 주목을 요한다. 여성이 자신의 교육 이념에 따라 교육기관을 운영한다는 사실 자체가 남성중심주의적 사회질서가 균열되고 있음을 말해주기 때문이다. 여성의 사회활동이 미약하고 더 나아가 여성이 한 기관의 책임자를 맡는 일이 매우 드물었던 19세기 초반에 직업인으로서의 여성을 그린 것은 그 자체로 이미 남성의 활동공간을 공적 영역으로, 여성은 사적 공간인 가정으로 고정시켜놓은 남녀 성별에 따른 역할 분담의 질서를 혼란시키는 장치로 작동하기 때문이다.

이렇듯 『친화력』에 등장하는 여성들은 전통적 성역할의 틀을 전복시킨 주체적이고 해방적인 면모를 보인다. 더 나아가 가부장제 사회에서 당연하게 여겨지던 성에 따른 능력의 차이, 즉 남성이 여성보다 우월하다는 인식을 여성 주인공의 입을 통해 반박함으로써 성평등주의적 담론을 제기한다. 샤를로테는 남성이 여성보다 탁월하다는 주장에 다음과 같이 대꾸한다.

> 하지만 남자들이 우리보다 탁월한 장점을 갖고 있다는 말을 인정하지 않기 위해서라도 우리 여자들끼리 뭉치고 힘을 합해야겠어요.(219)

여성이 남성에 비해 결코 뒤떨어진 존재가 아니라는 인식을 넘어 샤를로테는 여성들이 함께 힘을 모아 불합리한 상황을 개선해야 한다고 주장하는 것이다. 비록 샤를로테가 여성운동과는 관계없는 인물이지만, 여성의 인권과 권익을 위해 여성들이 함께 뭉쳐야 한다는 주장은 초기 여성운동의 인식과 궤를 같이한다. 샤를로테는 남성의 우월성을 부정하는 데 그치지 않고 여성이 더 현명하다고 말한다. "남자들은 개별적인 것과 현재 당면한 것만 생각"하는 반면 여자들은 "삶에서 전체적인 연관성을 생각한다"(245)는 것이다. 이는 에두아르트와 샤를로테의 역전된 관계를 통해 증명된다. 사랑에 빠진 사춘기 소년처럼 전체적인 연관성을 전혀 고려하지 않고 오로지 사랑에만 매달리는 에두아르트와 삶을 전체적으로 조망하는 샤를로테의 대비를 통해 여성의 현명함이 부각되고 있기 때문이다.

오틸리에는 에두아르트만큼 열정적인 사랑의 감정을 지니고 있지만 사랑만 생각하지 않고 스스로의 행동을 성찰하면서 주변 상황과 인물들을 모두 고려한 결정을 내린다는 점에서 우월한 면모를 보인다. 에두아르트가 사랑 때문에 집을 나가자 샤를로테는 오틸리에에게 다음과 같이 말하며 여성의 절제가 바람직한 지혜임을 분명히 한다. "남자들이 미완성으로 남겨둔 일을 우리가 기쁘고 밝은 마음으로 착수하자꾸나. 그래서 격정적이고 성급한 존재인 남자들이 파괴하고자 하는 것을 우리들의 절제로 보존하고 발전시켜 그들이 돌아올 날에 대비하여 가장 아름다운 순간을 준비하자꾸나."(139)

이렇게 보면 『친화력』이 여성 우월주의적 입장을 표명하는 것처럼 해석될 수 있지만 소설 전체로 보면 그렇지만은 않다. 예컨대 이 소설에는 여성만이 아니라 남성 등장인물 중에서도 전체적인 삶의 연관성을 파악할 줄 아는 능력을 가진 경우가 있다. 또한 주체적이고 유능하지만 많은 문제를 지닌 루치아네를 서술자는 상당히 비판적으로 그리고 있고 여교장에 대해서도 마찬가지다.

반면에 긍정적으로 그려지는 남성 인물도 여럿 등장하는데, 오틸리에의 가능성을 일찍 간파하고 그녀를 물심양면으로 도와주는 기숙학교의 보조교사, 합리적이고 유능하며 감정을 절제할 줄 아는 이성적 인물인 대위, 에두아르트의 장원에 와서 교회당을 재정비하는 젊고 신실한 건축기사가 그런 경우이다.

이처럼 『친화력』은 무능한 남성 대신에 여성이 주도권을 잡아야 한다거나 여성이 우월적 지위를 갖는 새로운 질서의 도입을 주장하는 것이 아니라, 가부장적이며 위계적인 관계를 문제삼되 남녀가 공존하고 협력하는 새로운 관계로 나아가야 함을 역설한다고 볼 수 있다. 이는 오늘날의 시각에서 보면 여성의 생물학적 특징이나 여성성을 우월한 것으로 여기던 초기의 급진적 생태페미니즘을 비판하고 남성과 여성의 화해와 공존을 지향하는 문화 구성적 페미니즘의 주장과 연결된다고 할 수 있다.

초기의 급진적 페미니스트들은 남성과 여성을 극단적으로 대립시키고 여성의 우월성을 신화화함으로써 기존의 남녀 관계를 역전시키려 했지만, 결과적으로는 위치만 바뀌었을 뿐 남녀간 위계질서를 재구성하는 우를 범했다. 이에 반해 문화구성적 페미니즘은 남녀간 차이를 성에 고유한 본질적 차이가 아니라 문화적, 사회적으로 구성된 산물로 봄으로써 남녀간 공존을 위한 중요한 전기를 마련했다. 이 시각에 따르면, 생명을 잉태하고 돌보며 가정을 꾸려나가야 하는 여성들에게 형성된 특징인 여성성이 바람직한 사회를 위한 대안적 가치가 되어야 하는 것은 분명하지만, 이 여성성은 여성에게만 생래적으로 주어진 것이 아니라 문화적, 사회적 구성물이므로 남성도 후천적으로 습득할 수 있다. 따라서 남성과 여성을 대립적 존재로 바라볼 필요가 없는 것이다.

프랑스혁명 이후 시작된 사회질서의 격변은 여성문제에도 커다란 변화를 가져오는 동력이 되었다. 여성도 남성과 똑같은 권리를 누려야 한다는 주장과 시민으로서 여성의 사회적 위치를 법으로 보장받기 위한 운동, 그리고 직업세계로 진출하려는 투쟁을 통해 여성들은 경제적 독립을 확보하기 시작했고 "성에 대한 침묵을 깨고 새로운 도덕을 요구"했다.[18] 이러한 페미니즘적 움직임은 『친화력』에도 명백히 드러나 있다. 1895년에 독일 여성운동가 아니타 아욱스푸르크 Anita Augspurg는 "여성문제는 상당 부분 경제적 문제이지만, 더 나아가서는 필시 문화적 문제이다. ……그리고 무엇보다도 법의 문제이다"[19]라고 천명했는데, 『친화력』에는 여성의 법적 지위에 대한 논쟁은 빠져 있지만 나머지 두 영역에서의 논의가 제시되어 있다. 이런 점에서도 『친화력』은 19세기의 여성운동과 연결된다.

『친화력』은 가부장제 아래에서 억압받는 여성이나 집안에서 가정을 돌보고 아이를 키우는 역할에만 머물러 있던 종속된 여성이 아니라, 주체적이고 활동적이며 때로는 남성보다도 우월한 활동을 펼치는 여성이 많이 등장한다는 점에서 그 자체로 여성해방적이다. 또한 기존의 남녀 성역할이 전도되는 과도기적 격변의 상황을 일찌감치 보여준다는 점도 주목할 만하다.

물론 그렇다고 해서 이 작품이 가부장제 자체의 전복이나 궁극적인 여성해방으로 이어지지는 않는다. 그럼에도 불구하고 『친화력』에는 유아적이거나 꽉 막힌, 또는 집사형 남성들이 많이 등장하는 반면, 주체적이고 현명하며 여러 면에서 유능한 면모를 지닌 여성들이 그와 대비를 이룬다. 이런 점에서 이 소설은 "이제부터 여성이 새로운 사회질서를 기획하는 주체가 되어야 한다는 당위적 요청까지 함축"[20]하고 있다고 할 수 있다.

3장
대안적 가치로서의
여성성

3. 봉건적 결혼제도에 대한 문제제기

이 소설이 담고 있는 여성해방적 특징은 봉건적 결혼제도에 대한 비판에서도 찾아볼 수 있다. 에두아르트와 샤를로테는 젊은 시절 연인 사이였지만 집안의 반대에 부딪혀 맺어지지 못했다. 결국 에두아르트는 부유한 연상의 여인과 결혼하고, 샤를로테 또한 사랑하지도 않는 다른 남자와 정략결혼을 한다. 어릴 때부터 에두아르트를 잘 알고 있었던 백작은 에두아르트의 성을 방문하여 이야기를 나누면서 이러한 정략결혼에 대해 "결혼을 하고서도 부부가 각자의 길을 가는 의례적인 결합"이자 "혐오스러운 부류의 결혼"(96)이라 비판한다.

　루치아네의 결혼도 사랑을 바탕으로 했다기보다는 서로의 필요성에 따른 정략결혼으로 작품 안에서 부정적으로 묘사된다. 루치아네에게는 마음껏 사치를 부릴 정도의 재력을 지닌 "매우 부유한 남작"이 필요했고, 모든 것을 갖춘 남작에게 유일하게 부족한 것은 "온 세상이 부러워할 만한 완벽한 여인을 소유"(179)하는 일이었다. 따라서 두 사람의 결혼에 사랑 이야기가 스며들 여지는 없다.

에두아르트와 오틸리에, 대위와 샤를로테의 사랑 이야기가 중심인『친화력』에서 아무런 사랑 이야기도 없는 부지아네의 결혼이 상대적으로 빈약해 보이는 것은 당연하다. 이런 정략결혼은 당시 귀족들에게는 당연하게 여겨졌지만, 이를 문제삼고 사랑을 기반으로 한 결혼을 주장한다는 점에서 이 소설은 새로운 가치 질서를 내세운다고 볼 수 있다.

『친화력』에는 결혼에 관한 두 개의 담론이 대립하는데, 바로 미틀러와 백작의 결혼관이다. 전직 목사인 미틀러는 백작과 그의 여자친구인 남작부인이 온다는 말을 듣자 "나는 그자들과 한 지붕 아래 머무르기 싫소"(88)라고 말하며 자리를 뜬다. 백작과 남작부인은 서로 사랑하는 사이지만 백작부인이 이혼을 해주지 않는 바람에 새로 결혼할 수가 없다. 그런데도 두 사람은 함께 여행을 함으로써 자신들의 관계를 공공연하게 드러낸다. 한번 결혼하면 절대 갈라설 수 없다는 전통적인 기독교식 결혼관을 가진 미틀러는 이들의 태도를 지극히 부정적으로 바라볼 수밖에 없다.

부부관계를 침해하는 자, 말이나 행동으로 윤리 사회의 바탕을 해치는 자는 내가 가만두지 않겠소. ……결혼이란 모든 문명의 시작이자 정점이오. 결혼은 거친 자들을 온화하게 해주잖소. ……결혼을 하면 갈라서서는 안 되는 법이오. 왜냐하면 결혼이란 그토록 많은 행복을 가져다주는 것이기에, 그에 비하면 하나하나의 불행은 아무것도 아니라오.(89)

절대로 이혼을 허락하지 않는 미틀러와 이혼을 원하지만 배우자와 교회가 허락하지 않아 괴로움을 겪는 백작은 완전한 대척점에 서 있다. 백작은 세상 모든 일이 변화하고 있는데 부부관계만 "결단코 영원히 지속되어야 한다"(92)는 생각은 문제가 있다면서 친구의 말을 빌려 자유로운 결혼과 이혼을 주장한다.

새로운 법안을 제안하길 좋아하는 제 친구는 모든 부부관계가 5년 계약으로 완결되어야 한다고 주장합니다. 그가 말하길, 다섯은 아름답고 성스러운 홀수이며, 이 기간은 서로를 알고 두어 명의 아이를 낳고 다시 갈라서기에, 그리고 이게 가장 좋은 것인데, 서로가 다시 화해하기에 충분한 시간이라는 겁니다.(92)

일종의 계약결혼을 주장하는 백작의 입장은 결혼이란 사랑을 바탕으로 하며, 서로에 대한 애정이 식는다면 갈라서는 것이 당연하다는 주장으로 발전한다. 백작은 친구의 다른 제안, 즉 "부부관계란 쌍방이, 또는 그중 어느 한쪽이 세 번 결혼을 한 경우에만 이혼할 수 없도록 해야 한다"(93)는 의견을 전하며 이런 특수한 경우만 아니라면 자유롭게 이혼해야 한다는 주장을 펼친다.

백작의 주장에 대해 서술자는 "스스로 남작부인과의 결혼을 열렬히 원하지만 그의 부인과의 이혼을 가로막고 있는 어려움들 때문에 그는 아예 모든 결혼에 대해 반감을 갖게 된 것"(93)이라고 비판적 평가를 내린다. 또한 샤를로테 역시 "벌을 받아 마땅하거나 용납하기 어려운 상황을 마치 일상적이고 평범한 것인 양, 나아가서는 찬미할 만한 것인 양 취급하는, 지나치게 분방한 대화만큼 위험스러운 것은 없다"(92)라고 하며 불편해 한다. 그런 말들이 "부부관계를 해치는 것들"(93)이라고 보기 때문이다.

미틀러나 백작의 결혼관 모두 부정적으로 그려진 것은 이들이 극단적 입장을 대변하고 있기 때문이다. 괴테는 봉건적 결혼관에 대해 비판적이지만 그렇다고 사랑만을 내세우는 낭만적 결혼관에 동의하지도 않았다. 결혼에 대해 괴테는 긍정과 부정의 입장을 동시에 지니고 있었기 때문이다. 베르너 슈반[Werner Schwan]에 따르면, 괴테는 결혼이 "품위와 권위의 제도로서 도달할 만한 가치가 있는 목표이자 평가할 만한 제도"이며 "측정하기 힘든 가치"를 갖고 있지만 동시에 "부자연스러운" 제도라는 점도 인정했다.[21]

긍정과 부정의 태도 중에서 괴테가 어느 쪽으로 좀더 기울었는지 섣불리 단정할 수는 없다. 하지만 18년의 동거생활 끝에 불피우스와 결혼한 괴테 자신의 결혼 이력이나, 여러 문건에서 드러나는 결혼 제도에 대한 '회의적' 태도, 그리고 어느 한곳에 매이기 싫어하는 그의 자유로운 정신에 비추어볼 때 부정적 태도에 좀더 가까운 듯하다. 그런 점에서 다음과 같은 백작의 말은 비록 역설적이기는 하지만 괴테의 심중이 어느 정도 담겨 있다고 할 수 있다. "사실 결혼이라는 것은 유감스럽게도―다소 심

한 표현이더라도 이해해주기 바랍니다─뭔가 어리석은 면을 가지고 있지요."(96)

엘리자베트 보아 역시 괴테가 결혼에 대해 실제 "삶에서나 작품에서나 회의적"이었다고 본다. 그렇기에 샤를로테는 백작을 비판하면서도 다른 한편으로는 그의 말에 "심오한 도덕적 의미"(92)를 부여할 수 있다고 인정한다. 그녀 역시 정략결혼의 피해자였기에 그런 입장에 동의하는 것은 당연하다. 백작의 결혼담론이 지니는 과격성에 비판적이면서도 작품에 등장하는 정략결혼의 예들을 모두 부정적으로 서술한다는 점에서 『친화력』은 기존의 결혼제도에 대한 심각한 문제제기와 함께 새로운 결혼제도의 필요성을 제기한다고 봐야 할 것이다.

세상 모든 일이 변하고 있다는 백작의 말은 1800년경 독일 사회에서 오랜 동안 견고히 지속되었던 기존 가치가 흔들리고 새로운 가치들이 등장하기 시작했음을 알려준다. 나폴레옹의 독일 침공으로 시작된 변화는 "수백 년간 전승되어온 질서와 가치, 그리고 사람들의 정서를 문제시하기"[22] 시작했다. 실제로 당시 여성들은 사회에 진출하여 저술 활동을 하거나 교사 등으로 일하며 스스로 돈을 벌기 시작했고 이를 '자기규정적 삶의 표현'으로 이해하는 등 새로운 변화가 나타났다. 이런 관점에서 보면 이혼 역시 여성을 가둬두었던 가정의 울타리를 해체하는 사건, 즉 기존의 가치를 흔드는 표현이라는 사회적 의미를 지니게 된다.

사랑이 아니라 다른 필요에 의해 어쩔 수 없이 선택해야 하는 정략결혼에 대한 비판은 비판으로만 그치지 않고 오틸리에가 실제로 이를 거부하는 사건을 통해 실천으로 이어진다는 점도 주

친화력의 장면들(Hans Meid, 1932)

목해야 할 부분이다. 자신의 실수로 오토가 죽은 후 상심에 빠진 오틸리에에겐 자신에게 호감을 보이는 기숙학교 보조교사와 결혼함으로써 어려운 상황에서 벗어나고 생활의 안정을 기약할 수 있는 기회가 찾아온다. 하지만 그녀는 이 기회를 포기하고 스스로 죽음을 맞는다. 그런 점에서 오틸리에가 당면 상황에서 벗어나기 위한 방편이자 앞으로의 삶을 위한 경제적 필요에 따른 결혼, 즉 사랑 없는 정략결혼을 선택하지 않은 것은 그 자체로 해방적이라 할 수 있다. 이를 통해 오틸리에는 다른 사람의 반응이나 기대에 맞추어 행동하는 것에서 벗어나 자신의 판단에 독립성을 부여한 주체적 인물로 거듭난다.

『친화력』에서 강조되는 여성들의 우월한 위치나 주체적 활동, 그리고 기존의 정략결혼에 대한 비판 등은 최근의 페미니즘 관점에서 보면 기대에 못 미치거나 궁극적인 여성해방에 이르지 못하는 것이 사실이다. 하지만 괴테가 『친화력』에서 남성 주인공보다는 여성들을 좀더 긍정적으로 묘사한 것은 그의 다른 작품 속 여주인공들, 즉 『타우리스의 이피게니아』의 이피게니아, 『빌헬름 마이스터의 수업시대』의 나탈리에, 『파우스트』의 그레트헨이 이상적 인간상으로 그려진 것과 일맥상통한다.

결국 괴테는 세상을 구원하고 세상을 아름답게 만들며, 궁극적으로 인간적인 사회를 구현할 존재는 남성보다 여성이라고 보았다고 할 수 있다. 이는 여성들이 지닌 여성성, 즉 돌봄, 공감, 연민, 사랑의 능력을 중요하게 생각했기 때문이다. 바로 이 지점에서 『친화력』을 생태페미니즘의 시각으로 바라볼 가능성이 열린다.

4. 세상을 구원할 새로운 가치:
공감과 연민, 사랑과 돌봄

생태페미니즘은 새로운 사회를 위해 필요한 가치를 여성성에서 찾는다. 모든 것을 이분화하고 위계질서로 나누며 타자를 배제하고 억압하는 가부장적 질서를 대체할 대안적 가치로 생태페미니즘은 돌봄, 공감, 연민 등의 여성적 가치를 강조하는데, 흥미롭게도 『친화력』에서 오틸리에는 바로 이러한 특성을 내면화한 존재로 등장한다.

오틸리에는 이 소설 속에서 "처음부터, 그리고 아마도 마지막까지 수수께끼"[23] 같은 인물로 남아 있다. 하지만 괴테가 즐겨 사용한 '간접적이고 지나가는 듯한 방식'으로 여러 일화와 묘사를 통해 오틸리에의 성격과 특징이 윤곽을 드러낸다. 오틸리에 성격의 주요한 특징은 느림과 조용함, 세심한 배려, 세상 모든 것에 대한 공감과 연민이다. 오틸리에는 많은 면에서 자연과 매우 가

까운 존재이다. 여러 차례 "착하고 순수한 아이"로 불리듯 그녀
는 소박하고 자연스러운 특징을 내면화하고 있다.

　오틸리에는 에두아르트의 성에서 정원사와 함께 정원과 온실
을 세심하게 가꾸어 온갖 꽃과 나무로 그득하게 만들어놓았는
데, 이 또한 그녀가 자연과 매우 가까운 존재이며 자연을 잘 이
해하고 있음을 보여주는 사례다. 오틸리에는 자신의 일기에 보
조교사와의 대화를 언급하며 인간이 맺고 있는 자연과의 관계를
다음과 같이 설명한다.

> 우리는 우리 주위에서 꽃을 피우고 녹음을 만들고, 열매를 맺는 나무
> 들, 우리가 지나가는 길에 서 있는 모든 관목들, 우리가 밟고 지나가
> 는 모든 풀과 진실한 관계를 맺고 있습니다.(227)

　풀과 꽃, 나무와 진실한 관계를 맺고 있는 오틸리에는 "식물세
계와 영혼적으로 가까운" 존재이며, 그녀가 아주 천천히 자신을
찾아가며 발전하는 과정은 "식물의 유기적 성장"과 닮아 있다.[24]
그렇기에 오틸리에는 아주 천천히, 그러나 "한결같은 발걸음으
로 느릿느릿 앞을 향해 나아간다."(38)

　그러나 오틸리에의 이러한 자연친화적 특성은 효율과 진보, 속
도를 강조하는 근대적 인간의 관점에서는 미숙하고 무능하게 여
겨질 수밖에 없다. 기숙학교의 여교장은 오틸리에가 미숙하고
무능하기에 "발전도 없고, 어떤 능력도 솜씨도 보이지 않는" 뒤
처진 학생이라고 비판한다. 오틸리에의 동급생들은 모든 일을
기계적으로 빠르게 암기하고 습득하는 데 비해 그녀의 배움 속

도가 매우 느리기 때문이다. 보조교사의 표현처럼 다른 학생들은 "모든 것을, 서로 연관관계가 없는 것도 쉽게 이해하고, 쉽게 외우며 편하게 다시 써먹는"(38) 데 비해 오틸리에는 연관관계가 없으면 이해하지 못한다.

오틸리에는 "아무리 쉬운 일이라도 그 전후관계를 알지 못하는 일 앞에서는 무능하고 답답하게 서" 있지만 "연결고리를 찾아 분명하게 해주면 아무리 어려운 것이라도 이해"한다.(38) 그녀에게는 무엇보다 사물과 일의 연관관계가 중요하기 때문에 총체적이고 유기적인 것은 아무리 복잡해도 쉽게 이해하지만, 단편적이고 순간적이고 즉흥적이거나 빠른 것은 받아들이지 못하는 것이다. 그렇기에 오틸리에는 동급생들에 비해 뒤처질 수밖에 없다.

그런데 오틸리에의 동급생들이 가진 능력은 주어진 것을 암기하고 그것을 아무 데나 기계적으로 적용하는 계산적, 도구적 이성에 다름 아니다. 앞뒤 문맥이나 전체적 연관성을 전혀 고려하지 않고 모든 지식을 기계적으로 암기하고 적용하는 암기식 교육 현장이 기숙학교이고 그런 근대적 교육의 희생자가 바로 오틸리에이다. 오틸리에는 "빠른 속도의 수업을 들으면 아무것도 배우는 것이 없"(38)기 때문이다. 그렇기에 오틸리에가 "실용적 지식을 갖춘 주체를 양산하는 현대적 규율기관 중 하나"[25]인 기숙학교의 이념이나 교육방식, 속도에 적응할 수 없는 것은 당연하다.

하지만 오틸리에는 앞에서부터 순서에 따라 차례차례 일어난 일, 즉 '전후관계'를 따져 알 수 있는 일은 다른 누구보다 쉽게 파악한다. 이러한 오틸리에의 능력은 기숙학교를 떠나 에두아르트의 성에 오면서 빛을 발하는데, 여기서는 근대의 효율성과 속도, 동급생들의 약삭빠름이나 기계적 암기 방식과 대비되는 오틸리에의 느림이 세상과 사물을 바라보는 바람직한 태도로 제시된다. 이러한 대립 구도의 바탕에는 근대와 함께 시작된 서두름과 속도에 대한 괴테의 근본적 회의가 놓여 있다. 괴테는 근대가 지닌 근본 문제를 빠름과 속도의 증가, 그리고 그로 인한 성급함의 대두로 보았고, 이에 대해 비판과 우려의 시각을 나타냈다. 괴테의 비판은『친화력』에서 기숙학교의 교육 문제를 넘어서서 근대의 정신과 생활방식을 체화한 인물인 미틀러와 루치아네를 통해 좀더 분명하게 드러난다.

특히 이성적 계몽주의자인 미틀러는 속도와 조급함의 대표자, 즉 '악마적 성급함'의 대변자로 등장한다. 소설에 처음 등장하는 순간부터 미틀러는 말을 타고 성급하게 에두아르트의 성으로 "뛰어들어와서"는 급하게 에두아르트를 찾으며 소리친다. "무슨 골치 아픈 일이 없느냐고! 내 말 들려? 자 빨리빨리!"(24) 에두아르트가 근처의 새 집터에 있다는 말을 듣고 미틀러는 성 안에서 기다리지 못하고 "급히 서둘러 마을을 지나 교회 마당의 정문까지 말 타고 달려와서는 그곳에 서서 친구들을 향해" 소리친다. "설마 날 놀리려는 건 아니겠지? 정말 무슨 문제가 있다면 정오까지만 여기 머무르겠소. 나를 더이상 붙잡지는 마시오. 오늘 해야 할 일들이 아직 많아요."(25) 에두아르트 부부와 식사를 하고서도 그는 "커피가 나오길 기다리지도 않은 채 말에 뛰어올라"(27) 가버릴 정도로 성급하다. 그는 성급하고 참을성이 없으며 모든 일을 서두른다.

루치아네 역시 성으로 뛰어들어온다거나, 어느 한곳에 진중히 머물지 못하고 여기저기 메뚜기처럼 옮겨다니고 초조해 한다는 점에서 미틀러와 유사하다. 흥미롭게도 루치아네의 이름 자체가 '악마Luzifer'를 연상시키며 '제멋대로의 고집'을 대변한다. 이러한 성급함과 속도는 그들의 불안과 공감 능력 부족, 그리고 자기만 아는 이기적 태도로 이어진다. 모든 것을 부정하고 비판하는 루치아네의 태도에는 '오만'이 깃들어 있고, '이기적 변덕'이 그녀의 행동을 부추긴다. 이러한 행동은 생명을 북돋기는커녕 삶과 생명을 갉아먹는 반생태적 결과를 초래한다.

> 오틸리에가 정원과 온실을 얼마나 잘 보살피고 있는가 하는 이야기가 나왔을 때 그녀는, 지금이 한겨울이라는 건 생각지도 않고, 꽃이나 열매를 볼 수 없으니 이상하다고 조롱을 할 뿐만 아니라, 그때부터 나뭇잎들과 가지, 그 밖에 무엇이든 싹이 나기만 하면 모조리 갖고 오게 하여 매일 방과 식탁을 치장하는 데 허비함으로써, 오틸리에와 정원사는 내년에, 어쩌면 더 오랫동안 그들의 희망이 망가져버리리라는 것을 예감하곤 적지 않게 마음이 아팠다.(193)

오틸리에는 새로운 생명을 키워내고 돌보는 생태적 존재이지만, 루치아네는 생명을 허투루 소비하고 파괴하는 반생명적 존재이다. 루치아네의 성급함과 속도는 과도한 욕망과 소비로 드러나며 이는 현대인의 생활방식을 떠올리게 한다.

루치아네의 허영과 사치는 그녀가 샤를로테를 방문하면서 짐을 잔뜩 싸가지고 온 것만으로도 모자라 도착한 후에도 많은 짐이 추가로 배달되는 데서 정점을 이룬다. 서술자는 "옷을 끝도 없이 갈아입을 작정"인 듯 그녀의 짐 속에는 엄청난 옷들이 들어 있어서 그녀는 "하루에 세 번 네 번 옷을 갈아"(182)입는다고 말한다. 사치와 물질적 풍요를 대변하는 루치아네에 비해 오틸리에는 검소함과 절제, 검약의 가치를 보여준다. 기숙학교 교장의 편지에서 보듯, 그녀는 샤를로테가 돈과 물건들을 보내줘도 "돈은 건드리지도 않고, 다른 물건들에도 손대지 않은 채 그대로" 두거나 "먹고 마시는 것에도 매우 절제"한다.(36)

루치아네와 오틸리에의 대비는 루치아네가 샤를로테를 방문해 머무는 동안 공연한 그림역할극과 그녀가 떠난 후 오틸리에가 참여하여 크리스마스에 공연된 그림역할극에서 더욱 확연해진다. 루치아네는 명화의 장면을 무대에서 그대로 재현하는 이 연극을 위해 상당한 비용을 지출했을 뿐 아니라 자신의 의상을 총동원하다시피 했다. 또한 선택한 그림 역시 자신의 화려함을 돋보이게 하는 것들이었다. 그에 반해 오틸리에가 무대에 선 크리스마스의 그림역할극은 마구간의 성가족 모습으로 모든 것이 소박하고 차분하게 그려졌다.

루치아네는 결국 "매우 나쁜 평판을 남기고" 샤를로테의 성에서 떠나는데, 그렇게 된 까닭은 그녀가 "기뻐하는 사람과 더불어 기뻐하고 슬퍼하는 사람과 더불어 슬퍼하지 않고" "기뻐하는 이들의 비위를 상하게 하고 슬퍼하는 이들을 웃기는 것을 원칙으로 삼았"(207)기 때문이다. 이는 그녀의 공감 능력 부족과 자신이 늘 옳다고 확신하는 이기적 태도에서 기인하며, '오만' '이기적 변덕' '악의'가 바탕에 놓여 있었기 때문이다.

기숙학교 학생들이나 미틀러, 루치아네를 통해『친화력』은 총체성을 상실하고 부분적, 파편적 지식을 추구하며, 유용성과 능률을 앞세워 정신없이 뛰어다니는 근대인의 문제점을 드러내고 있다. 생태주의적 관점에서 보면 이러한 근대적 특성으로 인해 자연파괴는 더욱 심화되었고, 인간과 인간 사이의 소외가 일어났으며, 물질적 풍요를 위해 정신없이 살아가는 삶이 시작되었다. 성급함과 조급함의 대명사인 미틀러와 루치아네에 비해 오틸리에는 느리지만 세상과 사물을 총체적으로 파악하는 느림의 미학을 체화하고 있으며, 그런 능력은 에두아르트의 성에 오면서 꽃을 피우게 된다. 이처럼 오틸리에의 느림을 부각시킨 것은 점점 가속도가 붙어 정신없이 돌아가기 시작한 근대적 삶에 '명상적 삶'을 회복시켜 균형을 맞추려는 것이라 할 수 있다.

근대적 삶의 방식을 비판하며 제시되는 오틸리에의 특성은 사물이나 사건을 총체적으로 파악하는 것을 넘어서서 새로운 대안적 가치를 함축한다. 기숙학교 교장은 오틸리에가 소극적이고 "자의식이 결핍"돼 있으며, 다른 사람들에게 너무 봉사적 태도를 보인다고 불만을 나타내는데, 바로 그것이 대안적 가치로 전환된다.

> 그애를 나무랄 수는 없지만 그래도 그애에게 만족할 수가 없습니다. 그애는 언제나 겸손하고 남에게 호의적입니다. 그런데 이처럼 물러서는 태도, 이처럼 남에게 봉사하는 태도는 제 맘에 들지 않습니다. ……먹고 마시는 것에 굉장히 절제하는 것도 저는 결코 칭찬할 수가

없습니다.(36)

여기서 여교장이 비판하는 오틸리에의 특성, 즉 '물러서는 태도' '봉사하려는 태도' '절제의 자세'가 바로 이 소설이 드러내는 미래의 대안적 가치와 연결된다. 겸손, 친절, 절제와 같은 오틸리에의 성향은 에두아르트의 성에서 사람들에게 편안한 느낌과 조화로운 효과를 불러일으켜 모두가 오틸리에를 좋아하게 만드는 근본 요인으로 작용한다. 보조교사는 교장과는 달리 진작에 오틸리에의 잠재력을 간파하고 그녀가 "올바르고 단단한, 그리고 조만간 아름다운 생명으로 발전할, 아직은 닫혀 있는 씨앗"(37)이라 표현했는데, 실제로 소설이 진행되면서 오틸리에는 점점 자의식과 포용력을 지닌 존재로 발전한다. 오틸리에는 기숙학교를 떠나 에두아르트의 성에 도착한 지 얼마 되지 않아 모든 상황을 정확하게 파악하고 그에 따라 "집안일을 완벽하게 해내는 주인"으로 변모한다.

> 오틸리에의 심부름 솜씨는 날로 더 좋아졌다. 그 집과 사람들, 그리고 형편을 더 많이 알게 됨에 따라 그녀는 더욱 활발하게 일에 관여했고, 전보다도 더 빨리 모든 시선과 동작을 이해했으며, 말을 채 꺼내지 않고 입만 뻥긋해도 금방 알아차렸다. 그녀는 항상 침착하면서 민첩했고 주의 깊었다.(61)

기숙학교에서와는 정반대로 오틸리에가 주어진 과제를 훌륭히 해낼 수 있었던 것은 그녀가 자신의 방식으로 집안일을 처리했기 때문이다. 정렬하고 조직하는 본질에 걸맞게 그녀는 집안 일을 총체적으로 통찰하여 주도적으로 실행해낸다.

> 이제 막 이곳에 온 그녀에게 샤를로테는 집안일에 대해 그저 몇 마디 암시를 줬을 뿐이다. 그런데 오틸리에는 재빨리 모든 사정을 파악했고, 무엇보다 마음으로 느끼고 있었다. 전체를 위해서는 무엇을 해야 하며, 한 사람 한 사람을 위해서는 무엇을 각별히 해야 하는지 그녀는 이내 파악했다. 모든 것은 정확히 행해졌다. 그녀는 명령하는 것 같지도 않으면서 일을 시킬 줄 알았으며 누군가가 미처 하지 못했을 때에는 스스로 그 일을 처리하는 것이었다.(59)

여기서 흥미로운 점은 오틸리에가 전체적 사정을 이성적으로 파악할 뿐 아니라 그것을 마음으로 느끼는 능력을 지녔다는 사실이다. 머리로만 이해하는 것이 아니라 마음으로도 느끼게 된다면 사물과 사건을 총체적으로 이해할 수 있는 것이다.

전체를 인식하면서 동시에 개별적인 것도 함께 고려하며, 머리와 가슴으로 동시에 파악하는 오틸리에의 태도는 부분과 전체, 이성과 감성의 조화를 강조했던 괴테의 기본 사상과도 연결된다. 괴테는 근대 과학의 핵심 범주인 실험에 관해 다룬 글인 「객체와 주체의 매개로서의 실험」에서 다른 대상을 진정으로 인식하기 위해서는 "조용한 주의"가 필요하며, 우리가 "대상을 그 자신과 다른 것들과의 관계 속에서 관찰"할 때 비로소 "그 대상의 여러 부분들과 그 대상이 놓여 있는 여러 상황을 분명하게 이해할 수" 있다고 말한 바 있다.[26]

이러한 능력을 지닌 오틸리에는 실제로는 매우 사려 깊고 '지적'인 인물이라 할 수 있다. 사물이나 사건 또는 주변 사람들을 바라보는 오틸리에의 태도, 즉 전체를 파악하되 부분과 개체의 독자성도 소홀히 하지 않는 태도는 샤를로테에게서도 발견된다. 샤를로테는 교회 묘지의 비석들을 정리하면서 모두가 "조화를 이루게 하는 것"과 각자에게 "걸맞은 영예"를 누리게 해야 한다는 것을 기본 원칙으로 삼았다.

> 그녀는 오래된 비석들을 가능한 한 보존하면서 모든 것을 잘 정리하고 조화를 이루게 하였고, 그곳은 눈과 상상력이 즐겨 머무르고 싶어할 기분 좋은 장소가 되어 있었다. 그녀는 아주 오래된 돌일지라도 그에 걸맞은 영예를 누리게 해주었다.(24)

옛것을 보존하고 조화를 이루게 하며 개체들의 특성을 인정함으로써 서로 어울리도록 해야 한다는 것은 인간과 자연, 인간과 인간 모두가 서로의 다름을 인정하면서 함께 공생해야 한다는 생태적 원칙에 다름 아니다. 이러한 원칙은 오틸리에의 일기에도 잘 나타난다. "가장 기분 좋은 모임이란, 그 안에서 구성원 상호간에 밝은 마음이 두루 존중되는 그런 모임이다."(384)

오틸리에가 그러한 원칙을 체화한 인물이라는 점은 에두아르트가 플루트 연주를 할 때 그녀가 피아노 반주를 하는 방식에서 잘 드러난다. 에두아르트는 박자 관념이 약해서 "때로는 머뭇거리고, 때로는 서두르는" 연주를 한다. 피아노를 능숙하게 다룰 줄 아는 샤를로테는 에두아르트에 맞춰 연주를 "멈추기도 하고 함께 따르기도"(77) 하는 방식으로 반주를 하지만, 오틸리에는 에두아르트의 결함을 완전히 '자신의 것'으로 소화하여 반주를 한다.

> 오틸리에는 마치 에두아르트가 그녀에게 맞추어 반주를 하는 것처럼 느껴질 정도로 그 곡을 익히고 있는 것 같았다. 그녀는 그의 결함을 완전히 자신의 것으로 만들고 있었다. 그래서 그로부터, 사실 박자에 따라 움직이지는 않았지만 그래도 아주 쾌적하고 마음에 드는, 살아 있는 온전한 음악이 솟아나왔다. 아마 작곡가 자신도 그의 음악이 그런 식으로 사랑스럽게 변형된 것을 듣게 된다면 기뻐했을지 모른다.(78)

두 사람의 소나타 연주가 "살아 있는 온전한 음악"이 될 수 있었던 것은 오틸리에가 에두아르트의 결점, 즉 때로는 느리고 때로는 빠르게 연주하는 방식을 마치 자신의 방식인 양 내면화하여 함께 연주함으로써 유기체적 결합을 이루어냈기 때문이다.

샤를로테의 반주가 에두아르트의 결점을 오히려 두드러지게 했다면, 오틸리에의 반주는 그의 결점을 완전히 이해하고 거기에 스스로를 조화시킴으로써 온전한 음악으로 만들어준다. 두 사람이 함께, 그리고 동시에 느리고 빠르게 연주한 결과 비록 원래 곡의 박자와는 다른 음악이 되었지만 작곡가 자신도 그 '사랑스러운 변형'을 기뻐하리라 여겨질 만큼 아주 자연스러운 하모니를 이룰 수 있었다. 이러한 오틸리에의 태도는 괴테의 기본 철학, 즉 타자를 그 고유성 속에서 인정하면서 더불어 사는 상생과 조화의 원칙과 맥을 같이한다.

> 사람들이 우리에게 맞추어 조화를 이루어야 한다고 요구하는 것은
> 대단한 어리석음입니다. 나는 그렇게 해본 적이 없습니다. 나는 항
> 상 한 인간을 스스로를 위해 존재하는 개인으로만 여겨왔으며, 나
> 는…… 그를 그의 고유성 속에서 알려고 노력할 뿐, 그에게 더이상의
> 공감은 전혀 요구하지 않았습니다.[27]

다른 사람을 자신에게 끼워 맞추려 하지 않고 그의 존재를 그
대로 받아들일 때 타자와의 진정한 소통이 가능해진다. 괴테가
생각하는 진정한 조화란 타자를 자신에게 맞추도록 함으로써 동
일성을 만들어내는 것이 아니라 각자 자신들이 지닌 개성을 유
지하면서 함께 소통하며 공존하는 것이다. 괴테는 낯선 것을 대
하는 두 가지 태도를 구분한다. 하나는 낯선 것을 자신의 질서
속으로 편입시키는 태도이다.

> 결합을 지향하는 이는 자신의 조합을 해체하길 원하지 않는다. 그는
> 차라리 새로운 것을 무시하거나 옛것과 억지로 짜맞추려 든다.[28]

이러한 태도의 사람들은 자신의 질서가 좋고 절대적이라고 생
각한다. 그렇기에 자신과 다른 낯선 것을 무시하거나 배제하고
많은 경우 자신의 질서 속에 강제로 편입시키려 한다. 괴테는 낯
선 것의 새로운 면을 주목하거나 새로운 것을 통해 스스로의 변
화를 모색하지도 않는 이러한 태도를 자신이 생각하는 대안적

태도와 대비시킨다.

> 참된 질서를 추구하는 이는 자신의 조직에 맞지 않는 낯선 것이 나타
> 나자마자 그것을 배제하거나 고의로 잘못 배치하거나 하지 않고 그
> 대신 자신의 전체 구조를 바꿔버린다.[29]

이 대안적 태도는 낯선 것을 배제하지 않고 새로움을 받아들여 자신의 질서를 바꾼다. 타자의 다름과 고유성을 인정할 뿐 아니라 그것을 적극 받아들여 스스로를 변화시키는 것이다. 이를 통해 제3의 새로운 것이 생겨난다. 그것이 바로 타자와의 진정한 대화 방식이다. 괴테가 강조하는 바람직한 삶의 태도는 타자와 담을 쌓고 살거나 타자의 다름을 배격하고 제거하거나 자신에게 익숙한 질서로 억지로 짜맞추지 않고, 타자의 다름을 통해 스스로를 변화시키는 태도이다. 이런 점에서 에두아르트의 다름을 온전히 받아들임으로써 스스로를 변화시켜 새로운 음악을 만들어낸 오틸리에의 태도는 오늘날에도 유의미한 현재성을 지닌다.

오틸리에의 태도에는 상대방에 대한 배려와 공감, 그리고 물건 하나하나 세심하게 다루는 섬세함이 바탕에 놓여 있다. 오틸리에는 다른 사람의 아픔과 고통에 공감할 수 있는 능력을 지녔다. 더 나아가 주변 사람들이 무엇을 원하며 무엇을 필요로 하는지, 그들이 어떤 감정이고 어떤 상태인지를 주의 깊게 관찰하여 파악하고 그들에게 도움이 되려 노력한다. 오틸리에가 보여주는 공감 능력은 생태페미니즘의 중요한 근간이기도 하다.

오틸리에는 누군가 무엇을 떨어트리면 그가 누군지 상관 않

고 허리를 굽혀 집어주는 습관이 있었다. 이에 대해 샤를로테는 세심한 마음과 "인간적이고 선한 모습"이라 칭찬하면서도, "남자들에게 그런 식으로 몸을 낮추고 심부름을 해줄 자세를 보이는 것은 여자로서 할일이 아니다"(62)라고 비판한다. 여성은 남성의 시중을 드는 존재가 아니라는 샤를로테의 주체적 여성관이 여기에 들어 있는데, 오틸리에도 그러한 문제제기에 수긍한다. 하지만 자신이 왜 그런 태도를 보이는지 이유를 설명하기 위해 찰스1세의 일화를 소개한다.

> 영국의 찰스1세가 법정에 서게 되었을 때 그가 들고 있던 지팡이의 금단추가 바닥으로 떨어졌습니다. 그런 경우엔 으레 모든 사람들이 자기를 도와주는 데 익숙해 있었기에 그는 주위를 돌아보면서 이번에도 누군가가 자기 시중을 들어주리라 기대하고 있었습니다. 그러나 아무도 몸을 움직이는 사람이 없었지요. 그래서 그는 스스로 몸을 굽혀 그 단추를 집어올렸답니다. 그것은 저에게 퍽 가슴 아픈 일로 생각되었어요. 그래서 이것이 옳은 것인지는 모르겠지만 이 사건을 알게 된 뒤로 저는 누군가가 손에서 무엇을 떨어뜨리는 것을 보면 몸을 굽히지 않을 수가 없습니다.(62)

찰스1세의 일화에서 정치적이고 사회적인 문제를 모두 빼버리고 인간적 측면에만 주목한 오틸리에의 태도는 분명 봉건질서를 옹호한다거나 역사의 비정치화를 지향한다고 비판받을 여지가 있다. 이에 대해 게르하르트 뮐러 Gerhard Müller는 오틸리에가 "왕의 굴욕이 신성화된 질서의 파괴를 의미한다는 것을" 직감하고, "언제 어디서건 질서를 유지해야 한다는 지속적인 요구"[30]를 스스로에게 부과한 것이라고 해석한다. 더 나아가 당시 독자들은 이 대목에서 프랑스혁명 시기 루이16세의 처형을 떠올렸을 것이라고 말한다.

이러한 설명은 오틸리에의 행동을 지나치게 정치적 관점에서 바라본다는 문제가 있다. 오히려 오틸리에는 다른 많은 경우 기존 질서를 중요하게 여기지 않거나 위반하고 있음을 고려할 때 그녀가 기존 질서를 유지하려 한다거나 더 나아가 봉건적 정치 질서를 옹호한다고 보기는 어렵다. 그녀의 행동은 오히려 사회적 지위를 도외시한 순전히 인간적인 행동으로 봐야 한다.

오틸리에의 설명 중에서 주목해야 할 부분은 사형 판결을 앞둔 찰스1세를 도와주는 사람이 아무도 없는 것이 "퍽 가슴 아픈 일"로 여겨졌다는 언급이다. 오틸리에는 하루아침에 왕에서 대역죄인으로 법정에 서게 되고, 그때까지 자신을 도와주던 모든 이들이 등을 돌린 찰스1세의 고립무원 상황에 주목한 것이다. 정치적 공과를 떠나서 어려운 처지에 놓은 한 인간을 도와주는 사람이 아무도 없다는 것이 얼마나 힘들고 쓸쓸한 일일지 오틸리에는 마음속 깊이 공감하고 인간적 연민을 느낀다.

찰스1세를 왕이 아니라 도움을 필요로 하는 한 인간, 예를 들어 성서의 착한 사마리아인 이야기에 나오듯 강도를 당해 어려운 처지에 처한 사람이라고 생각한다면 오틸리에의 행동은 지극히 자연스러운 인간적 행동이다. 공감이란 다른 이의 고통과 슬픔, 기쁨을 함께 느끼는 것이며, 연민은 그러한 공감을 바탕으로 다른 이의 처지에 대해 진심으로 동정하는 것이다.

공감 능력을 지닌 오틸리에는 다른 사람들이 어려움에 처했을 때 외면하지 않고 나서서 돕는다. 이때 중요한 것은 오틸리에가 신분의 높고 낮음, 나이의 많고 적음, 상대가 남자인가 여자인가를 따지지 않고 모두를 똑같이 대한다는 것이다. 오틸리에의 이런 자세는 기숙학교 때부터 눈에 띄었다. 기숙학교 교장의 편지에 나오듯 그녀는 "심부름하는 아가씨들이 뭔가 챙기지 못한 빈틈을 메우기 위해 스스로 나서서 돕는"(37) 것을 마다하지 않았다.

오틸리에의 태도는 신분질서나 사회의 계급질서를 인정하지 않고 오로지 휴머니즘의 원칙에 바탕을 두었다는 점에서 민주적이고 진보적인 특징을 지닌다. 그런데 이 진보적 태도는 기존 질서를 뒤엎는 혁명적 방식으로 나타나지 않고 매우 부드러운 방식, 즉 공감과 겸손과 사랑의 태도를 통해 발현된다. 여기서 오틸리에의 세번째 대안적 가치인 사랑이 제시된다. 오틸리에가 모든 사람의 아픔을 함께하려 노력하는 이면에는 공손함과 더불어 사랑의 마음이 자리하고 있기 때문이다. 오틸리에는 자신의 일기에서 다음과 같이 밝힌다.

> 가슴에서 우러나는 공손함이 있다. 그것은 사랑과 유사하다. 사랑으로부터 가장 편안하게 외적 행동의 공손함이 나오는 것이다. 자발적으로 남에게 종속되는 것은 가장 아름다운 상태이다. 그런데 그것이 어떻게 사랑 없이 가능하겠는가…… 다른 사람의 탁월함에 맞서 자신을 구해줄 수 있는 수단은 사랑 외에는 없다.(205)

그녀의 일기는 여기저기에서 보거나 들은 것을 옮겨놓은 것이 대부분이지만, 영국 왕실 함대의 모든 밧줄 속에 붉은 실이 전체를 관통하게 되어 있듯 "오틸리에의 일기에는 애정과 애착의 실이 관통하고 있어서 그것이 모든 것을 연결하고 전체를 특징짓고"(169) 있다. 그렇기에 오틸리에가 사랑을 강조한 것은 중요한 의미가 있다.

오틸리에는 "가슴에서 우러나는 공손함"을 강조한다. 이 공손함은 건축기사의 생각을 빌려 서술자가 밝히고 있듯, 아기 예수가 탄생할 때 "처음엔 목자들이 곧이어 동방박사들이 외견상 천민이던 성모 마리아와 아기에 대해 지녔던 경건함"(211)과 연결된다. 건축기사는 샤를로테와 오틸리에가 있는 성을 떠나기 전에 명화의 장면을 재현하는 그림역할극을 준비하는데, 그 대상으로 예수 탄생 그림을 골랐다. 원래 이런 연극 전통 자체가 예수 탄생 그림을 재현하면서 시작된 것이었다. 이 재현 작업에서 건축기사는 오틸리에에게 성모 마리아 역을 맡겼는데, 실제 공연에서 오틸리에는 조용히 서 있었지만 표정만으로도 "커다란 영광, 이루 헤아릴 수 없는 행복감과 더불어 순수한 순종, 사랑스런 겸손의 감정"을 보여주어 관객을 감동시켰다.(213)

오틸리에가 성모 마리아 역할을 맡아 순종과 겸손의 감정을 완벽히 표현한 사건은 단순한 일회성 에피소드를 넘어 오틸리에와 성모 마리아의 친연성을 말해주며, 그녀가 죽은 뒤 성녀로 고양되는 일련의 과정을 예비한다고 볼 수 있다.

마구간에서 태어난 예수와 하층계급인 마리아에게 동방박사들은 경배를 드린다. 그것은 동방박사들이 공손함과 경건함을 지니고 자발적으로 남에게 종속되기를 마다하지 않았기 때문이다. 공손함은 사랑에서 나온다. 사랑은 결국 다른 이를 있는 그대로 인정하고 포용하는 태도이다.

이런 점에서 요제피네 뮐러스^{Josephine Müllers}가 『친화력』의 기본 주제를 "존재의 완성과 구원의 원칙으로서의 영원한 사랑"[31]이라고 한 설명은 설득력이 있다. 오틸리에의 공손함과 경건함, 그리고 남을 배려하는 성격에는 사랑이 바탕을 이루고 있기 때문이다. 그녀의 사랑은 처음에는 에두아르트에 대한 열정으로 표출되지만 점차 주변 사람과 사물, 그리고 자연으로까지 확대된다. 유부남인 에두아르트에 대한 오틸리에의 사랑의 감정은 모든 관습과 도덕, 종교적 교리를 뛰어넘는다. 소설에서 이러한 사랑은 매우 따뜻한 시선으로 그려진다. 사랑의 감정 그 자체는 인간을 고양시키는 아름다운 것이기 때문이다. 에두아르트와 오틸리에, 대위와 샤를로테가 소설 초반 서로에게 애정과 끌림을 느낄 때의 상황을 서술자는 참으로 아름답게 표현한다.

> 바로 우리 친구들에게 있어서 새로 생겨나고 있는, 상호간의 호감은 매우 기분 좋게 작용하고 있었다. 서로의 감정이 활짝 열리고, 각자의 호의가 전체의 호의로 이어졌다. 저마다 행복하게 느꼈고 다른 사람의 행복을 기원했다. 그러한 상황은 사람의 마음을 넓게 열어놓음으로써 정신을 고양시키며, 그래서 우리가 행하거나 계획하는 모든 것들은 예측할 수 없는 쪽으로 방향을 잡게 되는 법이다.(70)

여기서 묘사되는 사랑의 작용은 분명 매우 긍정적이다. 마음을 터놓고 서로를 배려하며, 서로를 호의로 대하고 다른 사람의 행복을 기원하며 종국에는 정신의 고양으로까지 이어지는 공동체의 모습은 유토피아에 다름 아니다. 이 모든 것이 사랑을 통해 가능하다는 것은 지상낙원을 건설하는 데 사랑이 그 바탕을 이루어야 한다는 사실을 말해준다. 에두아르트에 대한 순수한 사랑을 통해 오틸리에는 실제로 지상낙원에 살고 있는 듯한 행복을 느끼기도 한다.

> 순결한 감정에 싸여, 가장 바라는 행복을 향해 가고 있는 오틸리에는 오로지 에두아르트만을 위해 살고 있었다. 그에 대한 사랑으로 마음은 보다 더 선해지고, 행동은 보다 명랑해졌으며, 다른 사람들에 대해서도 마음을 한층 더 열었다. 그녀는 지상의 천국 속에 살고 있었다.(120)

물론 이들이 경험하는 지상낙원은 곧 깨어지고 고통의 세계로 바뀐다. 자연스러운 사랑의 감정이 마음껏 발현되기에는 이들을 둘러싼 사회적, 도덕적, 종교적 제약이 컸기 때문이다. 샤를로테는 에두아르트와 오틸리에가 더이상 가까워지는 것을 막기 위해 오틸리에를 시내의 귀부인집으로 보내려 한다. 이를 막고자 에두아르트는 오틸리에 대신 자신이 성을 떠나겠다고 선언하고 집을 나간다. 이로써 지상의 낙원은 고통의 세계로 바뀐다.

그러나 오틸리에는 "고통과 눈물"(138) 속에서도 에두아르트에 대한 사랑을 포기하지 않고 그 사랑을 가슴속 깊이 간직한 채 다른 사람에게도 더욱 열린 마음으로 대함으로써 평화를 유지한다. 그리고 사랑의 완성은 자신의 이기심을 극복한 바탕 위에서 이루어져야 한다는 인식에 도달한다. 그래서 그녀는 이제 자신이 유모처럼 돌보게 된 아기 오토의 행복과 에두아르트의 안녕을 위해서는 지상에서 그와의 결합을 포기할 수도 있다고까지 생각한다.

> 이 모든 것에 덧붙여서 아버지와 어머니가 보는 앞에서 아기가 성장하고 그로 인해 그들이 기쁜 마음으로 새롭게 다시 결합하게 된다면 얼마나 좋을 것인가!
>
> 오틸리에는 정말로 그렇게 생각했고 전혀 다른 것을 생각지 않을 만큼 그녀의 마음은 아주 순수했다. 이 밝은 하늘 아래에서, 이 밝은 햇볕 아래에서 그녀에게는 갑자기, 자신의 사랑이 완성되기 위해서는 결코 이기적이어서는 안 된다는 생각이 분명해졌다. 그녀는 순간순간 자기가 그러한 경지에 이미 도달해 있다고 믿었다. 그녀는 오로지 사랑하는 사람의 안녕만을 빌었다. 그녀는, 만약 그 사람이 행복하게 잘 있다는 것을 알기만 한다면, 그를 단념하거나 심지어 그를 다시 만나지 않는 일도 감당할 수 있으리라고 믿었다.(238)

오틸리에가 나중에 에두아르트와의 결합을 거부한 것은 물론 오토의 죽음이 결정적 영향을 미쳤지만 에두아르트가 없는 동안 끊임없이 성찰하고 어머니처럼 오토를 돌보면서 자연스럽게 형성된 인식의 결과이기도 하다. 에두아르트가 전쟁에서 무사히 귀환한 후 호숫가에서 우연히 재회했을 때 오틸리에는 그와 결합할 수 있다는 희망에 기뻐한다. 하지만 서둘러 집으로 돌아가려고 호수를 건너다 발생한 오토의 죽음을 계기로 오틸리에는 자신의 사랑에서 모든 이기심을 제거해버린다. 자신의 사랑으로 인해 결국 오토가 죽음에 이르렀음을 깨닫고 오틸리에는 에두아르트와의 결합을 포기하고 죽음을 결심하며 그것을 실행에 옮긴다.

오토가 죽고 나서 샤를로테는 마침내 에두아르트가 줄곧 요구해온 이혼을 허락한다. 이로써 에두아르트와 결합할 수 있는 기회가 열리지만 오틸리에는 이를 결연히 거부하고 스스로 죽음을 택한다. 이는 이기심을 제거함으로써 오히려 자신의 사랑을 완성하고자 한 행위이다. 이런 오틸리에의 선택은 모든 것을 자신 위주로 처리하는 루치아네와는 정반대 입장이다. 그런 점에서 오틸리에는 사랑을 통한 인식이라는 좀더 고차원적인 질서의 형태를 대변한다고 할 수 있다. 엘리자베트 보아는 오틸리에의 죽음을 어쩔 수 없는 딜레마에서 도피한 것으로 보지만, 그보다는 "완전한 자유 속에서 에두아르트와의 사랑을 지키면서 동시에 신의 법칙을 위반하지 않는 해결책"[32]으로 선택한 것이라 보는 것이 좀더 설득력 있다. 이를 통해 오틸리에는 "사심 없는" 사랑의 경지에 도달한다.

그녀는 예전의 속박과 희생적인 자세에서 벗어났다. 스스로 후회하고 스스로 결심함으로써 그녀는 자신의 죄와 그 불행한 사고의 부담으로부터 자유로워졌다. 그녀는 이제 더이상 자신을 강요할 필요가 없었다. 그녀는 오로지 모든 것을 단념한다는 조건하에 자신의 가슴 속 깊은 곳에서 자신을 용서했다. 그리고 어떤 미래가 닥쳐올지라도

그 조건은 절대적이었다.(287)

죽기 전에 오틸리에가 다다른 경지는 흥미롭게도 앞서 살펴본 『빌헬름 마이스터의 수업시대』의 주인공 나탈리에와 그녀의 이모 '아름다운 영혼'이 도달했던 '종심의 경지'를 연상시킨다. 모든 속박과 세속적 잣대에서 벗어나 영혼의 평화와 절대적 자유를 얻게 된 것이다. 그렇기에 오틸리에는 곡기를 끊고 서서히 죽어가면서도 마음의 평정과 부드러움을 잃지 않는다. 오틸리에가 마침내 죽음을 맞이하자 그녀의 시신은 성안의 작은 교회당에 안치된다. 그런데 놀랍게도 오틸리에가 안치된 교회당을 방문한 이들에게 치유의 기적이 일어나며 점점 더 많은 이들이 교회당을 참배한다. 그 결과 오틸리에는 기적과 치유를 행하는 성녀의 반열에 올라서게 된다.

자신의 이기심을 극복한 오틸리에의 사랑은 그녀가 죽자 곧 뒤따라 죽음을 맞이한 에두아르트와 교회당 안에 나란히 안치됨으로써 비로소 완성된다. 비록 지상에서의 사랑은 이루어지지 않았지만 하늘나라에서 영원한 사랑이 이루어진 것이다. 그리고 심판의 날에 그들이 행복한 한 쌍으로 부활할 것이라는 희망의 비전으로 소설은 끝난다.

그리하여 사랑하는 두 사람은 함께 쉬고 있다. 그들의 안식처 위에는 평화가 감돌고, 둥근 천장에서는 우리에게 친숙한 밝은 천사상들이 그들을 내려다보고 있다. 그들이 언젠가 다시 함께 잠에서 깨어난다면 얼마나 정겨운 광경이겠는가.(320)

이 소설의 마지막 구절에는 두 사람의 사랑이 비록 지상의 잣대로는 비난의 대상이었고 결국은 죽음으로 끝났지만 하늘의 잣대는 다를 것이라는 암시가 담겨 있다. 물론 이 마지막 장면을 "후기 낭만주의의 복고적 이상에 대한 냉정한 비판"[33]이라거나 "기독교적이고 예수적인 것을 단지 패러디한 것"[34]이라 보는 해석도 있지만, 자세히 살펴보면 서술자가 매우 따뜻한 마음으로, 어느 정도 동정의 시선을 담아 두 연인에 대해 서술하고 있다는 것을 알 수 있다. 두 사람이 나란히 잠들어 있는 안식처 위에는 "평화가 감돌"고 있으며 밝은 분위기가 주변을 채우고 있다. 그리고 비록 접속법 2식으로 표현되었지만 언젠가 다시 함께 부활할 가능성도 제시되고 있다. 그들이 부활하여 서로를 다시 알아보게 된다면 그 "얼마나 정겨운 광경이겠는가"라는 구절은 미래의 세상에서는 그들 두 사람의 사랑이 비로소 완성될 수 있을 것임을 강하게 암시한다. 그런 점에서 이 마지막 말은 역설적이거나 비판적 표현이 아니라 긍정적 서술이라고 봐야 할 것이다.

근대의 효율성과 이기주의, 속도에 대비되는 겸손, 친절, 절제, 배려, 공감, 그리고 사심 없는 사랑은 새로운 세상을 위해 생태페미니즘이 제안하는 대안적 가치다. 이러한 가치가 실현된 세상이라면 그야말로 지상낙원 아니겠는가. 그런 세상이 아직 도래하지 않았기에 오틸리에는 죽음을 맞이할 수밖에 없었다. 이 작품이 나온 지 200년이 지난 지금도 여전히 세상은 근대적 가치가 지배하고 있으며, 그로 인해 수많은 오틸리에가 고통을 겪고 있다. 이런 상황을 바꾸기 위해서는 세상을 바라보는 관점과 타자와의 관계, 삶의 목표에 있어서 근본적인 패러다임 변화가 필

요하다. 괴테의 『친화력』은 그런 패러다임 변화의 단초를 제공하
면서 생태페미니즘의 잠재력을 선구적으로 보여준 작품이다.

4장

근대적 인간의 전형:
『파우스트』[1]

1. 파우스트에 대한 두 가지 견해

『파우스트*Faust*』는 괴테가 일생 동안 작업하여 완성한 작품인 만큼 매우 복합적이고 다의적인 의미를 담고 있다. 그래서 파우스트의 행위와 노력이 인간의 완성을 추구하고, 인간을 자연의 구속에서 해방시키려는 위대한 행위인지, 아니면 인간의 무한한 파괴 욕구에 대한 비판적 조망인지 논란이 끊이지 않았다.

평생 학문의 길을 걸어온 파우스트는 어느 날 학문의 힘으로는 우주의 본질을 구명할 수 없다는 회의에 빠진다. 그때 마침 나타난 악마 메피스토와 계약을 맺는데 그 계약 내용은 간단하다. 이승에서는 메피스토가 파우스트의 종이 되어 모든 요구를 들어주고, 대신 저승에서는 메피스토가 파우스트의 영혼을 차지한다는 내용이다. 메피스토의 도움을 받아 모든 쾌락과 행복을 누리다 지상에서 최고의 순간에 이르렀을 때 순간을 향해 "멈추

『파우스트』 영어판 속표지(그림 Willy Pogany, 1908)

어라, 너 정말 아름답구나!"라고 말하면 메피스토가 파우스트의
영혼을 거둬가게 된다.

파우스트는 악마의 도움으로 젊음을 되찾고, 그레트헨을 유혹
하여 결국 파멸하게 만든다. 또한 발푸르기스 밤의 환락에 빠지
고, 황제의 궁정에서 정치가로 활약하며, 고전적 미를 쫓아 지하
세계까지 내려가 그리스의 미인 헬레나와 결혼하여 아들까지 낳
는다. 그러다 마지막에는 황제로부터 받은 해안지대를 간척사업
을 통해 비옥한 땅으로 만들려는 작업을 하다 100살의 나이로
죽음을 맞이한다.

작품의 주인공 파우스트에 대한 평가는 극단적으로 갈린다. 한
쪽에서는 끊임없이 노력하고 행위하며 자신을 완성해가는 파우
스트의 긍정적 측면을 강조한다. 『파우스트』를 쉬지 않고 노력하

며 방황하는 인간의 위대한 행위가 그려진 인류의 서사시이며, 그러한 인간의 구원을 다룬 작품으로 평가하는 것이다. 더 나아가 파우스트가 2부에서 바다를 막아 간척지를 만들고 새로운 땅 위에 새로운 세계를 건설하려는 노력은 진보적 휴머니즘의 정수이자 인간 해방을 위한 숭고한 행위로 칭송된다. 활동하는 인간, 자신을 완성해가는 인간, 통치자의 전형으로서의 파우스트상이 만들어진 것이다.

"행위가 빈약한 시대에 행위에 대한 갈망"[2]을 표현하며, 자연의 필연성이라는 속박으로부터 인류를 해방시키고자 했던 인물로서의 파우스트는 독일적 본질의 형상화로, 인간의 모범으로 평가되기도 했다. 그래서 파우스트는 비스마르크 시대엔 독일제국의 정신을 대변하는 인물로, 나치 시대엔 '갈색 제복의 파우스트'로, 동독 시절엔 사회주의 건설의 모범으로 떠올라 그때그때 민족의 모범이자 귀감이 되었다. 1962년에 동독의 최고 지도자 발터 울브리히트 Walter Ulbricht는 「동독의 국민들에게, 전 독일 민족에게」라는 연설에서 "자유로운 땅에 자유로운 백성과 살고 싶구나"라는 파우스트의 마지막 희망이 바로 현실사회주의 국가인 동독에서 실현되었음을 선언하기도 했다.[3]

이처럼 파우스트를 독일적 영웅으로 만들고 그의 노력을 전 인류의 고귀한 정신유산으로 보려는 견해와는 달리, 파우스트의 부정적 성격을 지적하는 연구도 꾸준히 있었다. 일찍이 1933년에 빌헬름 뵘 Wilhelm Böhm이 "파우스트는 결코 최고의 윤리적 가치를 위해 노력하지 않고 언제나 정력적으로 극단적인 것을 추구한다"[4]며 파우스트를 부정적 인물상으로 평가했다. 철학자 카를

파우스트와 메피스토의 계약(Julius Nisle, 1840)

야스퍼스^{Karl Jaspers}는 괴테 탄생 200주년 기념 강연에서 "독재자 파우스트의 전체주의적 무절제"를 비판하며 『파우스트』를 "맹목적 행위가 가져온 비극"이라 지칭했다.[5] 이러한 비판적 시각은 1960년대 말 학생운동 이후 문학과 사회의 관계를 강조하는 연구에 힘입어 더욱 강화되었는데, 이후 파우스트의 행위를 자본주의의 대두와 연관지어 해석하는 연구가 잇따랐다.

파우스트는 근대적 인간을 대표하며, 근대사회의 특징을 구현하는 전형적인 인물이다. 따라서 파우스트라는 인물의 등장은 시민계급의 주도로 이루어진 산업화와 근대라는 역사적 배경과 관련이 깊다. 기술을 통한 자연의 극복, 물질적 발전과 진보를 최대의 이상으로 삼아온 근대정신이 파우스트를 "기술적 진보와 개인의 자아실현에 대한 모범상"[6]으로 삼았던 것이다.

그러나 생태 위기의 시대인 오늘날에도 이러한 이데올로기가 여전히 유효한지에 대해서는 진지하게 점검해볼 필요가 있다. 또한 파우스트의 행위와 노력에 대한 괴테 자신의 입장도 다시 살펴볼 필요가 있다. 『파우스트』에는 진보와 기술 발전에 대한 회의적 시각과 파우스트적 행위의 맹목성에 대한 괴테의 비판이 담겨 있기 때문이다. 이러한 점이 특히 잘 드러나는 곳이 『파우스트』 2부의 5막 서두를 장식하는 노부부 필레몬과 바우키스 이야기다.

2. 필레몬과 바우키스 이야기:
   신화의 세계와 근대세계의 대립과 갈등

필레몬과 바우키스는 바닷가의 작은 언덕 위 교회당 옆에 작은 오두막을 짓고 평화롭게 살고 있었다. 그러던 어느 날 파우스트가 찾아온다. 반역이 일어나 위기에 처한 황제를 구해준 대가로 해안가 땅을 하사받았기 때문이다. 파우스트는 거기에 성을 짓고 더 많은 땅을 확보하여 자신의 제국을 만들기 위해 바다를 정복하는 대규모 간척사업을 벌인다. 필레몬과 바우키스의 오두막이 자신의 땅 한가운데에 있는 것을 늘 눈에 가시처럼 여겼던 파우스트는 이들이 자신의 터전을 떠나지 않으려 하자 메피스토를 시켜 결국 죽게 만든다. 이 이야기 속에는 자연과 기술, 전통과 발전, 신화와 계몽이 첨예하게 대립하고 있다.

막이 오르면 한 나그네가 필레몬과 바우키스가 사는 오두막을 찾아온다. 그 나그네는 오래전 바다에서 조난을 당해 바닷가로 밀려왔을 때 이 부부가 구해주었던 사람이다. 오랜만에 노부부를 다시 찾아온 나그네의 눈에는 오두막과 노목이 된 보리수만이 옛날 그대로일 뿐 거칠게 위협하던 바다는 저 멀리로 밀려나고 대신 그 자리에 "푸르게 연이은 초원과 / 목장과 정원, 마을과 삼림"[7]이 펼쳐져 있다. 바로 파우스트가 간척사업을 통해 바다를 육지로 바꿔놓은 결과다.

파우스트의 간척사업을 필레몬은 나그네에게 이렇게 설명한다. "현명한 영주님의 대담한 신하들이 / 도랑을 파고 둑을 쌓아 / 바다의 세력권을 좁혀놓고는 / 그 대신 자기가 주인이 되려고 하지요."(521) 파우스트의 간척사업에 대해 필레몬은 어느 정도는 긍정적인 듯 보인다. "파도에 파도가 사납게 거품을 내며, / 그대를 무섭게 괴롭혔었지. / 이제는 천국 같은 모습으로 / 그대를 맞이하는 정원이 된 것을 보시오."(521) 그러나 필레몬의 아내 바우키스는 처음부터 매우 부정적이다. 바우키스는 "이 모든 일이 / 정상적인 게 아니"었다면서 수상한 작업이라 묘사한다. "밤이면 작은 불꽃들이 떼지어 우글대던 곳에 / 다음날엔 벌써 둑이 하나 되어 있더란 말예요. / 사람 제물을 바쳐 피를 흘린 게 틀림없어요. / 밤이면 고통에 찬 울부짖음이 들렸거든요."(522-523)

간척사업을 거의 완성해가는 파우스트는 자신의 영토 가운데에 아직 남아 있는 필레몬과 바우키스의 오두막과 교회를 손에 넣지 못해 노심초사한다. 풍요 속 빈곤을 더욱 못 견뎌하는 파우스트의 눈에 그 오두막은 "눈엣가시"처럼 여겨진다.

눈앞의 내 영토는 무한히 넓은데,

등 뒤에선 불쾌감이 나를 우롱하고,

시샘하는 종소리가 이런 생각을 불러일으킨다.

내 훌륭한 소유물도 완전치가 못하다.

저 보리수 언덕, 갈색의 오두막,

무너져가는 교회당도 내 것이 아니다.

그곳에서 쉬고자 해도

낯선 그림자들 때문에 오싹 소름이 끼친다.

저것은 눈엣가시요 발바닥의 가시로다.(524)

　파우스트는 넓은 영토를 얻었지만, 필레몬의 오두막이 자리잡은 자그만 땅을 소유하지 못한 것을 참을 수 없어한다. 언덕 위의 보리수 그늘에 앉아 자신이 이룩해놓은 업적을 보고자 하는 파우스트는 필레몬에게 "새로운 땅의 훌륭한 토지로 보상"(523)하겠다고 제안하지만 거절당한다. 그래서 교회의 종소리가 울릴 때마다 괴로워하며 어떻게 해서든 그 땅을 자신의 소유로 삼으려 한다.

이런 말 하는 것이 부끄럽지만,

저 언덕 위의 노인들을 몰아내고

보리수 그늘을 내 자리로 삼고 싶다.

내가 소유하지 못한 저 몇 그루 나무들이

세계를 차지한 보람을 망치고 있구나.

저곳에서 사면을 둘러보도록

나뭇가지 위에 발판을 만들련다.

멀리까지 시야가 터지게 해서

내가 이룬 모든 것을 바라보겠다.

현명한 뜻으로 백성을 위해

넓다란 거주지를 마련해준

인간 정신의 걸작품을

한눈에 둘러보고 싶단 말이다.(528)

결국 파우스트는 필레몬 부부를 몰아내 매립지로 강제 이주시키라고 메피스토에게 명령한다. 그러나 메피스토는 집에서 나오지 않으려는 필레몬 부부와 반항하는 나그네를 집과 함께 불태워버림으로써 모두 제거해버린다. 파우스트는 메피스토의 보고를 받고 "바꾸려고 했지, 빼앗으려던 게 아니었다"(533)라고 말하며 저주를 하지만, 보리수나무 숲이 황폐해진 언덕 위에 전망대를 세워 "한없이 먼 곳까지 볼 수 있게"(532) 할 계획을 세운다.

여기까지가 필레몬과 바우키스의 이야기다. 그런데 필레몬과 바우키스, 나그네는 우연한 존재가 아니라 그리스신화에 등장하는 인물들이다. 그러니까 괴테는 신화 속 인물들을 자신의 작품에 등장시킴으로써 신화와 관련된 상징적 의미를 부여했던 것이다. 그러나 신화를 염두에 둔 인물 설정이기는 해도 이야기의 결말은 완전히 다르다.

오비디우스의 『변신 이야기』에 나오는 필레몬과 바우키스 이야기는 다음과 같다. 제우스와 헤르메스 신이 인간으로 변장하고 지상을 돌아다니다가 마을 사람들에게 잠자리를 청했다. 그들은 인간의 모습을 하고 있었기에 가는 곳마다 거절을 당하다가 마침내 짚과 갈대로 엮은 자그만 오두막에 이르러서야 겨우 영접을 받았다. 노부부인 필레몬과 바우키스는 이들을 위해 따뜻한 목욕물을 데워주고, 부드러운 잠자리를 마련해주고, 정원에서 따온 야채를 오래 저장해두었던 고기와 함께 내놓았다. 과일과 포도주도 대접했다. 그런데 포도주 잔이 비자마자 바로 계속해서 포도주가 자동적으로 잔에 가득 차는 것이 아닌가. 이를 본 노부부는 그들이 신이라는 것을 알았다. 깜짝 놀라 대접이 변변치 못함을 사죄하며 한 마리뿐인 거위를 잡아 대접하려 했다. 그런데 거위는 노부부의 손에서 자꾸 달아나더니 결국은 신들에게로 도망을 갔다. 이를 본 신들은 거위를 살려주라면서 나그네에게 불친절한 인간들을 벌주려고 하니 자신들을 따라 산으로 올라오라고 했다. 부부가 산 위에 올라 뒤를 돌아다보니 도시의 모든 집이 홍수에 잠겨버렸다. 다만 신을 친절히 맞아들였던 필레몬의 집만 남아 있었다. 그 집은 곧 기둥이 자라나고 지붕이 번쩍이는 금으로 덮여서 신전처럼 웅장해졌다. 신들은 노부부에게 하나의 소원을 들어주겠다고 말했다. 두 사람은 상의하더니 신의 집을 가꾸는 신전지기가 되어 화목하게 살다가 한날한시에 죽고 싶다는 소원을 이야기했다. 그 소원은 이루어져서 두 사람은 신전지기로 지내다 함께 죽어서 필레몬은 참나무가 되었고, 바우키스는 부드러운 보리수나무가 되었다.

『파우스트』의 장면은 흥미롭게도 그리스신화의 이야기와 여러 면에서 유사점을 보이지만 결말은 정반대이다. 필레몬과 바우키

생태주의자
괴테

스는 『파우스트』에서도 한날한시에 죽음을 맞이하지만 그것은 신화 속 평화로운 죽음이 아니라 불에 타죽는 비참한 최후이다. 그뿐만 아니라 보리수 숲과 교회당까지 모두 불타 사라져버린 다. 나그네 역시 메피스토에 맞서 싸우다가 죽는다. 나그네를 구 해주고 따뜻이 영접해주며 자신의 자그만 보금자리에서 만족하 며 살아가는 노부부는 신화 속 인물과 조금도 다르지 않은 선하 고 경건한 인간들이다. 그렇다면 왜 선량한 노부부가 『파우스트』 에서는 신화와 전혀 다른 보상을 받은 것일까.

파우스트를 긍정적 인물로 보는 많은 연구자에게 이 장면은 늘 골칫거리였다. 파우스트가 구원받아 하늘로 올라가는 2부 5막의 서두가 살인과 피로 점철되어 있다는 사실에 혼란스러워하면서 파우스트의 행위를 변호하려 하거나, 자신이 없는 경우에는 이 장면에 대해 침묵하고 바로 파우스트의 구원으로 넘어가는 일이 많았다.

이를테면 파우스트를 적극적으로 옹호하는 쪽은 파우스트의 실수를 대의를 위한 어쩔 수 없는 행위로 파악한다. 특히 구스타 프 폰 뢰퍼Gustav von Loeper는 "가장 순수한 최상의 목적을 가지고 행위하는 인간일지라도 그가 행위하기 때문에 실수를 하고 죄를 짓게 된다는, 모든 행동이 지니는 비극이 바로 이 장면에 비교 불가능할 정도로 훌륭하게 묘사되어 있다"라고 하면서 파우스트 의 실수를 인간 존재의 일반적 성향으로 보편화시킨다.[8] 이러한 입장은 빌헬름 엠리히Wilhelm Emrich의 다음과 같은 유명한 평가로 이어져 파우스트의 죄를 경감시켜준다. "근본적으로 이 행위는 '죄'가 아니고 '운명'이다. ······여기에는 파우스트의 도덕적인 죄가 아니라 모든 통치 행위와 작업에 불가분의 관계로 연결되어 있는 세상살이의 운명이 제시되고 있다."[9]

또한 좋은 땅으로 보상해준다는 파우스트의 제안을 거절하고 낡은 오두막을 고집하는 필레몬과 바우키스가 사회 속에 존재하는 보수세력을 대변한다고 보고 이를 진보적인 파우스트와 대비시키는 평가도 있다. 파우스트가 모든 진보를 거부하고 사회발전을 가로막는 '보수적인 요소'를 몰아내라는 명령을 '인류의 대표자'로서 상징적으로 내렸다는 것이다.

이러한 관점에서 보면 "진보의 길에는…… 전투에서 발생한 무고한 희생자들의 시체가 널려 있기 마련"[10]이기 때문에 희생은 어쩔 수 없었다고 말할 수 있다. 다른 평자는 파우스트가 노인의 오두막을 소유하려는 이기주의에 빠져 있는 것은 사실이지만, 필레몬과 바우키스도 좀더 나은 판단을 하지 않고 자신의 재산을 포기하지 않으려는 이기심을 고집한다고 비판한다. 옛것을 지키려는 노인들의 옹고집과 앞을 내다보지 못하는 단견을 비판하는 것이다.[11]

또다른 견해는 파우스트가 노인들을 다른 곳으로 옮기라고 했을 뿐 죽이라고 하지는 않았다는 점을 들어 모든 죄를 악마 메피스토에게 돌리기도 한다. 이때 메피스토는 파우스트의 약점을 이용하여 죄를 짓게 만드는 "유혹자"인 셈이고, 나이가 들어 이제 "지쳐버린 파우스트"는 메피스토의 악행을 어쩔 수 없이 방치했다는 것이다.[12]

이런 식의 평가는 긍정적인 주인공으로서의 파우스트, 더 나아가 괴테를 변호하려는 노력에서 나왔다. 파우스트 비판은 곧 괴테 비판으로 여겨졌기 때문에 어떤 식으로든 파우스트에게 죄를 묻지 않으려 했던 것이다. 물론 파우스트의 행위를 긍정적으로 변호하려는 이들의 주장이 전혀 터무니없지는 않다. 간척사업에 대한 필레몬의 긍정적 언급이나 바우키스의 고집스러움, 그리고 다른 곳으로 이주시키라고 했을 따름인 파우스트의 명령에는 충분히 그 행위를 변호할 만한 요소를 포함하고 있다. 그러나 그렇게 해석하다보면 사실 전체 문맥상 필레몬과 바우키스 부부의 비극은 큰 의미가 없어지고, 괴테가 왜 이 비극을 파우스트가 죽어 하늘로 올라가는 5막의 서두에 넣었는지 이해할 수 없게 된다. 따라서 이 장면은 좀더 세밀한 분석이 필요하다.

필레몬과 바우키스 이야기 속에는 전혀 다른 두 시대가 첨예하게 대립하고 있다. 비극적 사건은 바로 그런 시대 차이에서 기인한다. 필레몬과 그의 세계는 신화의 시대를, 파우스트와 메피스토는 계몽과 기술의 근대를 대표한다. 이것은 "평화로운 옛 세계"와 "평화롭지 않은 새로운 진보적 세계"[13]의 대립이다. 이 두 시대가 첨예하게 대립하다가 마침내 신화의 시대를 구성하는 필레몬과 바우키스, 나그네, 교회당, 보리수 숲이 모두 사라져버리고, 그 대신 인간의 힘으로 자연을 정복하여 새로운 자연을 만들어내는 계몽의 시대가 완성되는 과정이 그려진다.

신화의 시대는 자연에 대한 경외감과 순응, 자족적인 삶을 특징으로 한다. 수시로 막강한 힘을 발휘하는 자연은 인간에게 두려움과 외경심을 불러일으키며, 그 힘이 의인화된 상태가 신이었다. 이 세계에서 자연의 힘을 거스른다는 것은 곧 커다란 재앙을 의미하고, 반대로 자연에 대한 존중은 그에 상응하는 보상을 받았다. 그렇기에 그리스신화에서 신을 정성껏 영접한 필레몬의 집은 신전으로 변했지만, 인간의 도리와 의무를 다하지 못한 사람들의 집은 대홍수에 잠기고 말았던 것이다.

『파우스트』에 등장하는 필레몬과 바우키스는 오랜 시간이 경과했음에도 불구하고 신화 속 인물과 거의 같은 모습을 하고 있다. 자연의 거대한 힘인 폭풍우에 밀려온 나그네를 구해주는 노부부에게 자연은 여전히 신화적 힘을 지니고 있었다. 그들은 성난 파도를 무서워하면서도 바다 옆에서 자연의 힘과 나름대로 조화를 이루려 하며, 자그만 오두막에서 교회를 보살피면서 자족적인 삶을 살아간다. 자연과의 관계나 소박한 삶에의 경도, 나그네에 대한 태도 모두에서 여전히 신화적 세계, 즉 변함없이 영원한 세계가 지속되고 있음을 확인할 수 있다. 그런데 이들의 선행과 경건한 마음은 신화의 세계에서처럼 보상을 받지 못하고 오히려 무고한 죽음을 당한다. 시대가 바뀌었기 때문이다.

한구석에 조금 남아 있는 신화의 세계를 완전히 없애버리려 하는 파우스트는 자연을 인간의 기술로 정복하고 인간을 위해 자연의 힘을 이용하려는 당시의 시대정신을 대표한다. 파우스트가 제방을 쌓아 파도의 힘을 무력화시킴으로써 자연은 더이상 무서운 존재가 아니라 인간에게 정복된 존재로 나타난다. 파우스트는 자연의 정복을 "인간 정신의 걸작품"(528)이라 표현하며 그 속에서 즐거움을 느낀다.

저 도도한 바다를 해안에서 쫓아내
축축한 바다의 경계선을 좁히고,

파도를 저 바다의 안쪽으로 밀쳐버리는

그런 값진 즐거움을 얻어보겠노라고.

나는 이 계획을 차근차근 검토해보았다.

이게 내 소망이니 과감히 진척시켜주게나!(481)

자연의 도도한 힘을 물리치기 위해 파우스트는 기술의 힘을 이용한다. "밤이면 작은 불꽃들이 떼지어 우글대"고 "활활 타는 불꽃이 바다 쪽으로 흘러들면 / 아침엔 버젓이 운하가 생긴다"(522)는 묘사는 기계에 의한 작업을 비판적으로 묘사한 것이다. 당시의 많은 문헌에서는 증기기관을 '불의 기계'라 불렀다. 이미 1780년대에 증기기관의 발명으로 산업혁명이 시작되었고, 괴테가 『파우스트』의 이 부분을 집필하던 1820년대에는 증기기관이 수공업을 대체하여 폭넓게 사용되었으며 영국에는 증기기관차까지 다니고 있었으니 이미 산업화와 문명화가 깊숙이 진행된 시점이었다.[14]

이처럼 서로 다른 두 시대, 두 세계가 첨예하게 부딪히는 과정이 바로 필레몬과 바우키스 이야기에서 펼쳐진다. 필레몬 부부는 파우스트가 이룩한 "제2의 자연이라는 기술의 기적"[15]을 인정하지 않는다. 그들은 여전히 신화의 세계에 살고 있으며 예전의 조화로운 자연관을 대변하면서 진보와 발전에 대해 결연히 반대 입장을 취한다. 그들에게는 "새로운 땅의 훌륭한 토지"(523)보다는 자신들의 소박한 세계가 더욱 중요하다. 바우키스의 기준은 물질적 풍요나 재화가 아니라 인간의 정이다. "매립지 따위를 믿어선 안 돼요. / 정든 이 언덕을 고집해야 돼요!"(523)

필레몬과 바우키스의 오두막(작가 및 연도 미상)

　이 노부부는 무엇이든 될 수 있었는데도 신전지기를 소망했던 그리스신화 속 필레몬과 바우키스의 소박하고 경건한 마음을 여전히 간직하고 있다. 그래서 기술과 문명의 시대를 대표하는 파우스트는 이들이 울리는 교회당의 종소리를 견디지 못한다. 그 종소리는 바로 옛 시대를 고집스레 주장하는 소리이기에 그것을 극복해야 비로소 새로운 시대가 완성되기 때문이다. 파우스트는 결국 무력을 사용하여 신화의 세계를 제압한다. 그렇게 해서 마침내 계몽의 시대가 완성된다.

3. 근대적 인간의 전형 파우스트

두 시대의 첨예한 대립은 파우스트로 대변되는 계몽과 기술 시대의 승리로 끝난다. 그러나 이 승리는 명백한 살인을 통해 이루어짐으로써 그 정당성에 의문이 생긴다. 즉 폭력과 살인으로 완성된 파우스트의 세계는 과연 바람직한 것일까라는 문제가 제기되는 것이다.

필레몬이 묘사한 "천국 같은 모습으로 그대를 맞이하는 정원"(521)은 말 그대로의 천국이 아니라 사실은 끔찍한 살인이 벌어지는 불의 지옥으로 드러난다. 필레몬의 말은 그러니까 액면 그대로의 진지한 표현이 아니라 괴테가 즐겨 사용하던 역설적 표현이다. 이를 통해 파우스트가 이룩한 세계의 의미가 재조명된다. 이렇게 내비친 비판적 시각은 뒤이은 장면에서도 확인할 수 있다. 파우스트는 필레몬과 바우키스를 제거하여 자신이 원하던 것을 얻었지만 곧 '근심'이라는 유령의 침입을 받아 결국 눈이 멀어 아무것도 볼 수 없게 된다. 눈먼 상태에서 파우스트는 죽은 인간의 망령인 레무르들이 자신의 무덤을 파는 소리를 들으며 그것이 간척지를 완성하기 위해 수로를 뚫는 것이라 착각하고 흐뭇해한다. "삽질하는 저 소리 정말 흐뭇하구나! / 저들은 날 위해 일하는 무리들, / 바다의 땅을 육지로 만들고 / 파도를 막는 경계를 정하며 / 바다를 튼튼한 제방으로 둘러막고 있다."(541)

메피스토는 이를 지켜보며 그들은 "수로가 아니라 무덤을 파고"(542) 있다고 혼잣말을 함으로써 독자들에게 눈먼 파우스트의 착각을 적나라하게 보여준다. 자신이 이룩해놓은 업적을 좀더 잘 살펴보기 위해서 선량한 노부부를 죽이기까지 했던 파우스트는 이렇게 곧바로 눈이 멀어 아무것도 보지 못하는 신세가 되고 만다. 일생 동안 온갖 업적을 쫓아 동분서주했던 파우스트이지만 남은 것은 결국 몸 하나 누일 무덤밖에 없다. 이 얼마나 커다란 역설인가.

이 역설을 통해 파우스트의 행위와 그가 대변하는 새로운 시대는 비판적 색조를 띠게 된다. "한평생 앞을 보지 못하"(539)는 인간의 한계와 그럼에도 불구하고 앞으로 달려나가는 '근대적 인간의 오만'이 적나라하게 드러난 것이다. 인간의 오만에 대한 비판은 곧바로 그러한 오만을 불러일으킨 시대정신을 문제삼는 것으로 이어진다. 신화의 시대를 말살한 새로운 시대에 대한 비판은 바로 그 새로운 시대를 이끌어가는 근대정신에 대한 비판이기 때문이다.

근대정신은 산업사회의 근간을 이룬다. 그것은 끊임없이 노력하고, 소유하고, 더 많은 것을 이루려는 정신이다. 파우스트는 인간이 가질 수 있는 모든 것을 소유하려 애쓰고, 인간이 알 수 있는 모든 것을 알고자 하며, 인간이 누릴 수 있는 온갖 쾌락을 추구하고, 영원히 남을 위대한 업적을 남기고 싶어한다. 악마와의 계약을 통해서라도 젊음을 되찾고, 그레트헨을 유혹하고 버리며, 목적을 위해서는 수단과 방법을 가리지 않고, 온갖 종류의 감각적 향락에 취한다.

『파우스트』 2부에서는 이러한 노력이 더욱 확대되어 황제의 궁정에서 정치가로 성공하는가 하면, 서양 최고의 미인인 헬레나를 차지하기 위해 지하세계로까지 가고, 마침내는 영주이자 사업가가 되어 자연의 힘마저 정복하기 위한 간척사업을 벌인다. 그러나 파우스트는 이 모든 것을 얻고도 결코 만족할 줄 모르고 끊임없이 다른 것을 찾아나선다. "나는 오로지 세상을 줄달음쳐 왔을 뿐이다. / 온갖 쾌락의 머리채를 붙잡았지만, / 흡족하지 않은 것은 놓아버리고, 빠져나가는 것은 내버려두었다. / 나는 오직 갈망하면서 그것을 성취했다."(536)

바로 이러한 성향 때문에 그의 "쉴 줄 모르는 노력"의 와중에는 언제나 도처에서 고통의 울부짖음이 들려온다. "사람 제물을 바쳐 피를 흘린 게 틀림없어요. / 밤이면 고통에 찬 울부짖음이 들렸거든요"(523)라는 바우키스의 말은 바다를 막아 땅을 개간하려는 작업만을 지칭하는 것이 아니라 『파우스트』 전체에 해당한다. 1부에서 파우스트는 그레트헨과의 사랑을 위해 결국은 그녀의 오빠와 어머니를 죽게 만들며, 파우스트에게 버림받은 그레트헨은 미쳐서 자기 아이를 죽이고, 감옥에 갇혀 죽음을 맞이한다. 2부에서는 필레몬과 바우키스, 나그네가 죽는 등 파우스트가 가는 곳에는 도처에서 희생과 고통의 울부짖음이 들린다.

이러한 불행은 무슨 대가를 치르더라도 자신의 목적을 달성하려는 근대적 인간인 파우스트의 자기중심적 사고에서 기인한다. 오로지 자신에게만 관심이 있고, 모든 것을 끊임없이 정복하려고 하는 인간 파우스트의 행위가 다른 사람들에게는 치명적인 위험을 불러일으킨 것이다. 이 같은 자기중심적 태도는 "자신을 역사의 주체로 끌어올리려는 노력"으로서 "근대적 진보사상의 극단화"[16]에 다름 아니다. 이와 관련하여 파우스트의 성격에 대한 괴테의 언급은 주목할 만하다.

> 파우스트라는 인물은…… 한 남자를 묘사하고 있다. 이 남자는 일반적인 지상의 제약 속에서 초조감과 불만을 느끼면서 최고의 지식을 얻는 것도, 가장 아름다운 재화를 향유하는 것도 충분치 못하다고 여긴다. 그의 열망은 조금도 만족을 모르며, 그의 정신은 온갖 방향으로 뻗어가다가 언제나 더 불행해져서 되돌아온다.
>   이러한 성향은 근대적 존재와 아주 유사해서 여러 훌륭한 이들이 이 과제의 해결책을 찾아야겠다는 필요를 느낀다.[17]

괴테의 언급 중에서 흥미로운 부분은 파우스트라는 인물 속에는 근대적 인간의 특성이 들어 있으며 그러한 성격이 많은 문제점을 내포하고 있다는 지적이다. 이제 파우스트의 지칠 줄 모르는 맹목적 성격은 찬사가 아니라 비판의 대상이 된다. 참을성 없음, 불만족, 지식과 쾌락에 대한 한없는 욕망, 채워지지 않는 갈망과 만족할 줄 모르는 태도, 불행한 의식에 사로잡혀 무작정 앞으로 달려가는 파우스트를 통해 "근대적 인물의 모습"과 "무자비한 근대적 인간의 비극"이 본보기로 제시된 것이다.[18] 지칠 줄 모르는 행위로 인해 파우스트는 결국 깊숙한 죄에 빠지고 만다. 그러나 "직선적으로 사고하고 행위하는 인간"[19]을 대표하는 파우스트는 이러한 죄에 연루되면서도 한번도 진지한 참회를 하지 않고 마지막 순간까지 신을 멀리하며 회개하지 않는다. 결국 파우스트는 "맹목적 행위란 어떤 종류의 것이든 간에 결국은 파멸하게 된다"[20]는 괴테 자신의 언급처럼 부정적 모습을 띠게 된다.

그런데 이러한 해석에 문제되는 장면이 있다. 바로 파우스트의 마지막 독백 장면이다. 파우스트는 죽기 전에 독백을 통해 자신이 해온 노력이 인간의 복지와 번영을 위한 휴머니즘적 이상 추구였다는 듯 이야기한다. 산줄기에 있는 "썩은 웅덩이의 물을 빼는" 수로 공사를 마지막으로 "수백만 명에게 땅을 마련해주는" 간척사업이 완성되어 "밖에선 성난 파도가 제방을 때린다 해도 / 여기 안쪽은 천국 같은 땅"(542)이 될 것이라고 기뻐한다. 그러면서 다음과 같은 유명한 표현과 함께 마침내 죽음을 맞이한다.

나는 이러한 군중을 지켜보며,
자유로운 땅에서 자유로운 백성과 살고 싶다.
그러면 순간을 향해 이렇게 말해도 좋으리라.
"멈추어라, 너 정말 아름답구나!"
내가 세상에 남겨놓은 흔적은

영원히 사라지지 않을 것이다—

이같이 드높은 행복을 예감하면서

지금 최고의 순간을 맛보고 있노라.(542)

"자유로운 땅에서 자유로운 백성과 함께 살고 싶다"는 파우스트의 말은 참으로 그럴듯하게 들린다. 그러나 파우스트의 고상한 말은 뒤따르는 메피스토의 언급에 의해 바로 그 효과가 반감된다. "어떤 쾌락과 행복에도 만족하지 못하고, / 변화무쌍한 형상들만 줄곧 찾아 헤매더니, / 최후의 하찮고 허망한 순간을 / 이 가련한 자는 붙잡으려 하는구나."(543)

사실 파우스트가 눈앞에 그리는 유토피아는 진정한 유토피아라기보다는 '허위의식의 표현'에 가깝다. 앞서 서술했듯, 눈이 먼 파우스트는 레무르들이 자신의 무덤을 파는 소리를 간척사업이 완성되어가는 소리로 착각하기 때문이다. 결국 그가 "최고의 순간"이라 생각한 순간은 간척사업이 완성되어 꿈에 그리던 유토피아를 실현할 수 있게 된 순간이 아니라 "하찮고 허망한 순간", 즉 허망한 죽음의 순간일 따름이다. 파우스트의 유토피아는 이처럼 잘못된 착각에 근거를 두고 있으며, 그 방법이나 목표에 있어서도 무자비하고 냉혹한 면을 지니고 있기에 결코 긍정적 유토피아라 할 수 없다. 그의 꿈은 인간의 기술로 자연을 정복하여 무력화시키는 것이다. 이 과정에서 방해가 되는 것은 가차없이 제거해버린다.

파우스트는 "자유로운 땅의 자유로운 백성"을 말하지만 그의 자유 개념은 "인간이나 자연에 대한 관용"[21]과는 전혀 관계가 없고, 다만 모든 것을 지배하고 소유하려는 욕망과 연결되어 있다. 자연뿐 아니라 모든 것을 자신의 소유로 삼으려는 '전제적 지배자'의 꿈일 따름이다.

한계를 모르는 지배자로서의 파우스트는 자신의 행위가 어떤 결과를 가져올지 보지 못한다. 그런 의미에서 그는 정신적으로도 장님이다. 따라서 파우스트의 언급은 "겉으로는 휴머니즘적 목표를 선전하나 실제로는 다만 가차없이 자신의 계획을 추구하는 기술관료의 맹목성"과 닮아 있다.[22] 결국 "부정적 유토피아의 모범상"인 파우스트상 속에는 "노력하며 방황하는 인간 존재에 대한 깊은 회의"[23]와 그러한 인간을 요구하는 시대, 즉 근대에 대한 심도 있는 비판이 들어 있는 것이다. 필레몬과 바우키스의 이야기도 이런 근대 비판의 맥락에서 이해된다. 그런 점에서 필레몬과 바우키스는 "합목적적인 계획과 현대의 기술이 야기한 모든 희생자들을 대표한다"고 볼 수 있다.[24] 카를 야스퍼스의 말처럼 괴테는 파우스트를 통해 "기술로 자연을 정복하게 될 다가오는 세계에 대한 경악"[25]을 표현했던 것이다.

『파우스트』는 구원의 이야기라기보다는 차라리 '몰락의 이야기'에 가까우며 파우스트가 꿈꾸는 세계는 바람직한 유토피아보다는 오히려 부정적 유토피아에 가깝다. 파우스트가 죽을 때 100살이었는데, 그런데도 무지와 오만을 떨쳐버리지 못했음은 결국 "최고의 나이로 죽기 직전에도 인간은 오류로부터 안전하지 못하다는 것이 모범적으로 제시된 것"[26]이다. 오늘날의 상황에 비추어볼 때 파우스트는 우리가 그렇게 해서는 안 된다는 것을 보여주는 반면교사로서의 의미를 지닌다.

4. 파우스트는 구원받았는가

생태주의자
괴테

파우스트의 죽음과 함께 작품이 끝나진 않는다. 파우스트가 지
상에서 최고의 순간을 맛보고 죽음을 맞이한 순간 그의 영혼을
가져가기로 한 계약에 따라 메피스토는 파우스트의 영혼을 지옥
으로 데려가려 한다. 하지만 천사들이 내려와 "언제나 갈망하며
애쓰는 자 / 그를 우리는 구원할 수 있다"(558)라고 노래하며 파
우스트의 영혼을 천상으로 데려간다. 파우스트가 천사에게 이끌
려 하늘나라로 올라가는 결말은 얼핏 파우스트의 노력이 결실을
맺어 구원이 이루어진 것처럼 보인다. 실제로 많은 해석자들이
이 결말에 비추어 파우스트를 긍정적 인물로 평가했다.

그러나 파우스트는 일생 동안 맹목적 행위의 충동과 모든 것
을 소유하고자 하는 탐욕에 사로잡혀 있었고, 자신이 흘리게 한
피와 고통에 대하여 마지막 순간까지 진정한 참회를 하지 않았

다. 그런 파우스트의 영혼이 갑자기 구원을 받아 하늘나라로 들어간다는 사실은 모순적이다.

이런 점에서 파우스트의 승천을 "기독교적 구원론의 의미로 해석해서는 안 된다"는 알브레히트 쇠네의 주장은 설득력이 있다. 파우스트의 승천은 "모든 이들이 다시금 하늘로 되돌아"가 거기서 단계적으로 "정화와 성숙, 완성의 과정"을 거쳐 궁극적으로 천국에 이른다는 그리스 교부 오리게네스의 가르침을 "문학적으로 변형"한 것이라 본다면, 파우스트의 구원은 그리 큰 의미를 지니지 못한다.[27]

파우스트로 대변되는 근대적 인간의 태도는 오늘날의 생태계 위기를 불러일으킨 근본 원인이기도 하다. "자연을 몰아내고 자신이 주인이 되려는 것"(521)이라는 필레몬의 말처럼 파우스트는 자연을 공동의 재화로 보지 않고 맞서 싸워야 하는 적대자로 바라본다. 자연을 정복해야 할 대상으로 보는 한 자연과의 공생은 결코 이루어질 수 없다. 기술 발전과 진보를 숭배하며 자연의 힘을 제압하고 자연의 주인이 되려는 파우스트적 노력의 결과는 오늘날 생태계 파괴로 이어졌다.

또한 파우스트는 세계 곳곳에 배를 보내 거래하며 이윤을 위해서는 다른 배들을 습격하고 물건을 약탈하는 것도 마다않는 근대 자본주의와 제국주의를 대표하는 인물이다. 파우스트의 명령을 받은 메피스토는 세계를 일주하며 무역 거래와 약탈을 일삼아 막대한 부를 마련해 돌아온다. "단 두 척의 배로 떠났던 우리가 / 스무 척이 되어 항구로 돌아왔다. / 우리가 얼마나 큰일을 했는가는 / 신고 온 짐을 보면 알 거야. 자유로운 바다에선 정신도 자유스러워지는 법, 사리분별 따위가 무슨 소용이랴! ……우선 배 세 척을 수중에 넣은 다음 / 네번째 배는 갈고리로 낚는 거지. / 그러면 다섯번째 배인들 별수 있겠어. / 힘이 곧 정의인 것을. ……전쟁과 무역과 해적질은 떼어놓을 수 없는 삼위일체인 것을."(525-526)

이런 메피스토를 감독관으로 삼아 벌인 일이 바로 간척사업이었다. 자연은 막대한 경제적 부를 가져다줄 자원이기에 악마의 힘을 빌려서라도 제압하고 정복해야 할 대상이 된 것이다. 제방과 수로 작업에 동원된 인부들에 대한 파우스트의 태도 역시 이윤과 성과만을 생각하며 노동자들을 착취하는 현대 자본가의 모습과 너무도 닮아 있다. 그래서 파우스트는 메피스토에게 인부들을 혹독하게 부릴 것을 명령한다. "될 수만 있다면, / 인부를 더 많이 긁어모아라. / 쾌락으로 격려하고 엄하게 벌을 주며. / 돈을 뿌려 달래고 쥐어짜기도 해라!"(541)

오로지 자기 자신에게만 관심이 있고 자신의 이익을 위해 다른 모든 것을 정복하고 소유하고자 매진하는 인간인 파우스트는 현대인의 전형적인 태도를 대변한다. 끊임없는 발전과 진보를 외치며 앞으로 나아가는 파우스트의 행위는 다른 사람들, 더 나아가 자연에게 커다란 위험을 초래한다. 이런 점에서 파우스트는 자연적 존재가 아니며 자연을 변형시키고 파괴하려는 존재이다.

지난 200년간 우리가 온힘을 다해 추구해온 파우스트적 노력의 결과, 이제는 성난 파도를 몰고 오는 바다로부터 우리를 지켜야 하는 게 아니라, 우리 인간으로부터 바다를 지켜야만 할 정도로 상황은 역전되었다. 자연이 한때 인간을 위협했던 것과는 비교가 안 될 정도로 인간은 자연에게 위험한 존재가 되었다. 이런 점에서 "파우스트적 꿈에 대한 도취"에서 깨어나 자연과의 새로운 관계를 맺어야 한다는 한스 요나스^{Hans Jonas}의 주장은 경청할 만하다.[28]

파우스트와는 달리 괴테는 인간도 자연의 일부이며, 따라서 인간은 사회적 존재일 뿐 아니라 '자연적인 종합존재'로서 전체와의 조화 속에서 살아야 한다는 자연관을 지니고 있었다. 또한 괴테는 모든 부분이 전체와 어울려 있으며 서로서로 영향을 주고받는 이 세계를 통괄하는 힘을 알기 위해서는 분석과 실험만이 아니라 그 실체를 통찰하는 작업이 필요하다는 생태의식을 지니고 있었다. 그렇기에 괴테는 기술 발전과 함께 산업혁명이 막 시작되던 시기에 근대인의 전형인 파우스트라는 인물을 통해 시대의 문제점을 시적으로 형상화했던 것이다.

괴테는 『파우스트』에서 근대 비판으로만 끝나지 않고 나름의 대안 역시 제시하고 있다. 그래서 작품의 마지막 장면에 파우스트의 자기중심적이고 파괴적인 세계와 대비되는 자그만 '녹색의 유토피아' 세계가 나온다. 메피스토의 손을 벗어나 파우스트의 영혼이 올라간 세계이다. 그 세계에는 은둔자들, 수도승들, 일찍 죽은 소년들, 참회하고 속죄하는 여인들, 천사들이 존재하고 있다. 인내와 자족, 공동체 의식, 그리고 궁극적으로 사랑이 지배하는 곳이다. 이 세계는 "성스러운 사랑의 보금자리"이며 "영원한 사랑의 핵심"이다. 이 세계를 이루는 바탕은 "만물을 기르고 만물을 형성하는 / 전능한 사랑의 힘"(554-555)이다. 천사들이 파우스트의 영혼을 하늘로 데려가며 "언제나 갈망하며 애쓰는 자 / 그를 우리는 구원할 수 있다"고 말하는 근거가 바로 이 사랑에 있다. "그에겐 천상으로부터 사랑의 은총이 내려졌으니 / 축복받은 무리가 그를 / 진심으로 환영하게 되리라."(558) 그렇기에 마지막에 그레트헨의 영혼이 나타나 파우스트의 영혼을 좀더 높은 곳으로 인도하게 되는 것이다.

『파우스트』 1부의 마지막에서 자신의 아이를 죽이고 감옥에 갇힌 그레트헨은 함께 도망가자는 파우스트의 제안을 거절하고 참회하며 죽음을 맞이한다. 이를 통해 그녀는 구원받는다. 그 그레트헨의 영혼이, 작품의 정확한 표현으로는 "한때 그레트헨이라 불렸던", "속죄하는 여인"(564)이 『파우스트』 2부의 마지막 장면에 다시 등장한다. 그레트헨의 영혼은 성모 마리아에게 "자신을 깨닫지 못하고, 새로운 생명도 느끼지 못하는" 파우스트의 영혼을 "가르치도록 허락해"달라고 간청한다. 그러자 성모 마리아는 "오너라! 더 높은 하늘로 올라오너라!"(565) 하고 허락한다. 이후 그레트헨이 파우스트의 영혼을 맞이하러 내려온다. 그레트헨의 사랑의 힘이 파우스트의 죄 많은 영혼을 정화시킬 수 있음을 암시하며 이 작품은 "영원히 여성적인 것이 / 우리를 이끌어 올린다"(566)라는 저 유명한 구절로 끝난다.

이것은 파우스트가 죽은 후에 곧바로 구원받은 것이 아니라 영혼들이 살고 있는 하늘에서 일정 기간 참회와 속죄의 과정을 거쳐야 비로소 더 높은 곳으로 올라갈 수 있음을 암시한다. 이렇게 참회와 속죄의 과정을 거친 후 파우스트는 구원받을 수 있을 것이다. 그 세계에는 죄 많은 여인 막달라 마리아나 창녀였던 이

성모 마리아상 앞의 그레트헨(Wilhelm von Kaulbach, 1859)

집트의 마리아의 영혼 역시 참회와 속죄를 통해 정화되어 성모 마리아 곁에 살고 있다. 성모 마리아는 "큰 죄를 지은 여인들에게도 / 가까이 다가감을 막지 않으시고 / 속죄의 공덕을 / 영원한 것으로 높여"(564)주는 존재이기 때문이다.

　사랑을 통한 치유는 흥미롭게도 괴테가 평생 매달려왔던 주제이기도 하다. 베르터는 비록 지상에서의 사랑에 실패했지만 저승에서는 로테와 결합할 수 있다는 희망을 갖고 기꺼이 죽음을 맞이한다. 여성을 통한 구원 가능성 또한 괴테의 중기 및 후기 작품에서 나탈리에, 오틸리에, 그레트헨으로 이어지며 반복해서 형상화되었다. 여성과 사랑을 통한 치유는 모든 것을 물질적 가치로 환산하는 기술산업 시대의 정신에 맞서 괴테가 내놓은 대안이다. 소유욕과 맹목적 행위가 아니라 사랑과 연대를 통해 세상은 비로소 치유될 수 있다는 결론을 괴테는 자신의 마지막 작품 『파우스트』를 통해 보여주고 있는 것이다. 그런 점에서 계몽과 기술 발전의 정신이 한계에 달한 오늘날 『파우스트』는 우리에게 새로운 의미로 다가온다.

생태주의자
괴테

5장

21세기에 되짚어보는 괴테의 자연관

1. 계몽과 기술문명에 대한 괴테의 비판

괴테의 사상은 오랜 세월에 걸쳐 다양하게 변모했고 이에 따라 그의 자연관에도 많은 변화가 있었지만, 자연을 단순한 물질이나 부분으로 환원할 수 없는 총체적이며 정신적인 존재로 보는 점에서는 일관된 태도를 보였다. 자연 자체의 힘을 인정하지 않고 그것을 말살하는 데 대한 우려와 자연 착취에 대한 반대 입장도 지속적으로 표명했다. 자연을 그 자체로 완성되고 나름의 법칙을 지니며 인간에게 아름다움을 보여주는 대상으로 보는 괴테의 유기적 자연관은 분명 생태주의를 선취하고 있다.

괴테의 자연관을 잘 보여주는 시가 1782년에 쓴 「마왕」이다.

이 늦은 밤 바람을 뚫고 말 달리는 이 누구인가?

그는 아들을 안고 있는 아버지다.

아버지가 소년을 품에 안고
팔로 꼭 잡고는 따뜻하게 감싸고 있다.

아들아, 왜 이리도 겁먹은 얼굴을 하고 있니?
아빠, 저 마왕이 보이지 않아요?
왕관을 쓰고 꼬리가 달린 저 마왕이 보이지 않아요?
애야, 그것은 띠처럼 펼쳐진 안개란다.

"사랑스런 꼬마야, 이리 오렴, 나와 함께 가자!
정말 재미있는 놀이를 내가 알려줄게.
해변에는 울긋불긋 꽃들이 가득하고
우리 어머니는 황금 옷을 잔뜩 갖고 있단다."

아빠, 아빠, 들리지 않아요?
마왕이 나직이 제게 약속하는 소리가?
아들아, 걱정 말고 가만히 있거라!
그건 마른 잎에 바람이 서걱대는 소리란다.

"착한 꼬마야, 나와 함께 가지 않으련?
내 딸들이 너를 상냥하게 돌봐줄 거야.
밤이면 둥그렇게 열을 지어
몸을 흔들며 춤추면서 노래로 너를 재워줄 거야."

아빠, 아빠, 저기 저 어스름한 곳에 서 있는

마왕의 딸들이 보이지 않나요?

얘야, 얘야, 내 눈에는 너무도 뚜렷이 보이는데,

그것은 늙은 버드나무가 어스름히 빛나는 거란다.

"나는 네가 좋다. 네 예쁜 모습에 반해버렸다.

하지만 네가 정 싫다면, 완력을 쓰는 수밖엔."

아빠, 아빠, 마왕이 나를 붙잡아요!

마왕이 나를 아프게 만들었어요!

아버지는 소름이 끼쳐 쏜살같이 말을 달린다.

신음하는 아들을 품에 안고서,

있는 힘을 다해 간신히 집에 이르렀지만

품속의 아이는 이미 숨져 있었네.[1]

이 시에는 자연에 대한 두 가지 대립되는 관점이 드러난다. 아버지는 자연의 모든 현상을 명확하고 설명 가능하며 확실한 것으로 파악한다. 자연이 실체이며 내부에 나름대로의 힘을 지니고 있음을 인정하지 않고 자연은 눈에 보이는 현상 그 자체일 뿐이라고 본다. 이에 비해 아들은 자연 현상 뒤에 숨은 마법적인 힘을 본다. 자연은 정신을 가진 존재이자 실체라고 여기는 것이다. 그래서 아들이 "왕관을 쓰고 꼬리가 달린 마왕"을 보는 반면 아버지는 "안개"밖에 보지 못하고, 마왕이 재미있는 놀이를 약속하며 나직이 속삭이는 소리를 아버지는 "마른 잎에 바람이 서걱대는 소리"일 뿐이라고 말한다. 소년은 "어스름한 곳에 서 있는 마왕의 딸들"을 보지만 아버지는 "늙은 버드나무"만 볼 따름이다.

아버지가 온힘을 다해 말을 달려 집에 도착했지만 이미 소년은 숨이 넘어간 다음이었다. 자연을 오로지 과학적으로만 파악하는 아버지와 마법적 힘을 지닌 자연의 표상인 마왕과의 대결에서 결국 마왕이 승리한 것이다. 괴테의 자연관에 비추어 이 시를 해석하면 자연의 현상만을 보고 실체를 파악하지 못하는 아버지에 대한 비판이 담겨 있음을 알 수 있다. 아버지의 태도는 자연 현상을 남김없이 기계적으로 설명 가능하다고 보는 자연과학의 객관주의적 자연관과 연결된다. 그러나 이 비판은 자연과학 전반에 대한 비판은 아니다.

괴테는 자연과학에 많은 관심이 있었고 이 방면으로 많은 연구결과를 내놓기도 했다. 괴테의 비판은 자연과학의 대상이나 방법론 전체보다는 당시 근대 자연과학에서 주도적 역할을 하고 있던 뉴턴적 방법론을 겨냥한다. 괴테는 뉴턴의 광학 이론을 강력히 비판하고 그에 맞서 『색채론_Farbenlehre_』을 발표했다. 이를 통해 괴테는 근대 자연과학의 문제점을 지양하고 새로운 자연과학을 정립하고자 했다.

게르노트 뵈메_Gernot Böhme_는 최근 괴테의 자연과학 연구에 대한 논문집을 편찬하면서 제목을 『괴테의 자연과학』이라 붙였다. '괴테와 자연과학'이 아니라 '괴테의 자연과학'이라 붙인 이유를 그는 다음과 같이 설명한다.

괴테는 동시대 과학의 발전에 지대한 관심을 갖고 있었고 그에 대해 여러 차례 언급하기도 했다. 하지만 국외자로서가 아니라 자연과학

공동체에 속하길 원하며 공통의 자연과학적 지식에 무언가 기여하길 바라는 사람으로서, 그리고 무엇보다도 자연과학적 지식을 올바른 궤도에 올려놓기를 바라는 사람으로서 그렇게 했던 것이다.[2]

괴테는 문학자로서가 아니라 과학자로서 당대 자연과학의 발전에 기여하려고 했고 실제로 다양한 분야에서 자연과학적 연구를 수행했다는 것이 뵈메의 평가이다. 또한 괴테가 『색채론』에서 그토록 집요하고 때로는 과할 정도로 뉴턴을 비판한 것도 자신의 연구를 통해 '자연 연구의 패러다임 변화'를 가져오려 했기 때문이다. 괴테는 일생 동안 스스로를 자연과학자라 여겼고 그렇게 인정받고 싶어했다.

괴테의 저술을 전체적으로 살펴봐도 자연과학 연구 내용이 상당한 비중을 차지한다. 이는 그가 과학 애호가로서 취미 삼아 자연과학 연구에 한발 걸친 것이 아니라 본격적으로 당대 자연과학 발전에 뛰어들었음을 말해준다. 괴테는 말년에 요한 페터 에커만Johann Peter Eckermann과의 대화에서 '색채'에 대한 자신의 연구가 자신의 문학작품보다 훨씬 더 중요한 내용을 담고 있다며 그 의미를 높게 평가했다.

괴테는 반복해서 말하곤 했다. "시인으로서 성취한 모든 것에 대해서 나는 아주 대단하다고 생각하지 않는다. 나와 함께 살고 있는 동시대의 뛰어난 작가들이 있고, 내 이전에는 더 뛰어난 작가들이 있었으며, 후대에도 역시 그러할 것이다. 하지만 나의 세기에서 색채론이라는 어려운 학문을 제대로 이해한 사람은 내가 유일하다. 무언가 중요한 기여를 했다는 점에서 나는 우월감을 가지고 있다."[3]

　이러한 자평은 종종 "자연과학 분야에서 괴테의 우스꽝스러운 거만함을 보여주는 증거"[4]로 여겨졌다. 괴테의 『색채론』을 긍정적으로 바라본 물리학자 카를 프리드리히 폰 바이체커 Carl Friedrich von Weizsäcker마저도 함부르크판 괴테 전집의 자연과학편 후기에서 "어떻게 이 위대하고 포괄적인 정신이 그런 오류를 범할 수 있을까?"[5]라며 괴테의 뉴턴 비판에는 문제가 있다는 입장을 보였다. 하지만 이는 바이체커가 여전히 뉴턴적 패러다임에 사로잡혀 있었기 때문이다.

　뉴턴에 의해 완성된 객관적 자연과학과 기계적 방법론은 기술의 발전을 가져왔지만, 결국은 인류 전체를 멸종의 위기로 몰아넣었고 자연생태계를 파괴함으로써 많은 문제를 야기했다. 이에 대한 문제제기와 반성은 자연과의 새로운 관계를 정립해야 한다는 인식으로 이어져, 지금까지와는 다르게 자연에 접근하고 자연을 새롭게 연구하는 방식을 모색하게 되었다.

　이런 상황에서 괴테의 자연과학은 새로운 관점을 열어준다. 괴테는 본격적인 기술문명이 막 시작되던 18세기에 "사물들의 내밀한 연관을 해체하고 고립"시키는 자연과학으로 인한 "자연과의 분열을 예감"하고 "도구적 이성이 초래할 파멸적 결과"를 내다보았기 때문이다.[6] 괴테가 『색채론』을 통해 제기한 문제는 색채에 대한 이론을 넘어서서 당시의 자연과학 전반에 문제를 제기하고 자연과학의 새로운 패러다임을 제시하고자 한 것이며, 이는 괴테의 세계관 및 자연관과 밀접한 연관성을 지니고 있다.

예나의 실러 집에 모인 괴테와 훔볼트 형제.
왼쪽부터 실러, 빌헬름 훔볼트(형), 알렉산더 훔볼트(동생), 괴테.(Andreas Müller, 1860)

2. 뉴턴적 자연과학에 대한 도전:『색채론』

괴테는 이탈리아 여행에서 돌아온 후 본격적으로 색채에 관심을 갖고 실험을 시작했다. 그때가 1790년이었다. 이후 『색채론』을 펴낸 것이 1810년이었으니 20여 년에 걸쳐 색채에 대한 관찰과 실험을 진행했던 것이다. 괴테는 다양한 방법으로 색채를 관찰하고 온갖 기구를 활용하여 색채 실험을 했는데, 그 과정과 결과를 정리한 책이 『색채론』이다. 따라서 이 책은 매우 방대하며 아주 구체적이고 자세한 실험 내용을 담고 있다. 많은 경우 개별적인 실험 내용은 지루할 정도로 길고 자세하게 서술된다. 예를 들면 이런 식이다.

겨울날 저녁에 방의 창문 안쪽에 흰색의 종이 덧문을 만들고 거기에 구멍을 낸다. 그리고 그 구멍을 통하여 어느 정도 가까이에 있는 지붕 위의 눈을 볼 수 있게 한다. 바깥은 아직 어스레하기에 방 안으로 빛이 들어온다. 그때 구멍을 통하여 보이는 눈은 종이가 촛불에 의해 황색을 띠고 있는 바람에 완전한 청색으로 나타난다. 구멍을 통해 보이는 이 눈이 여기서 역광에 의해 밝혀진 그림자, 다시 말하자면 황색 표면 위에 드리워진 회색 상의 자리를 대신 차지하고 있는 것이다.[7]

괴테는 온갖 종류의 색채 현상을 이렇게 자세히 설명한다. 그는 왜 그토록 다양한 실험을 하고 그 실험을 통해 나타나는 온갖 종류의 색채 현상을 장황하게 늘어놓았던 것일까? 어째서 괴테는 뉴턴처럼 색채에 대해 하나의 공식, 또는 하나의 결정적 실험으로 명확한 정의를 내리지 않고 다양하고 복잡한 색의 현상들을 서술한 것일까? 괴테의 『색채론』은 스스로도 밝혔듯 뉴턴의 광학 이론에 대한 도전이자 그것을 극복하기 위한 시도였다. 괴테는 집요하게 뉴턴의 이론을 비판했다. 이는 모두 색채의 다양한 현상을 총망라한 색채 이론을 정립하기 위해서였다.

『색채론』은 '원리' 편, '논쟁' 편, '역사' 편으로 구성되어 있다. 원리 편에서는 다양한 색채 현상의 분석을 통해 색의 원리를 밝히고, 논쟁 편에서는 뉴턴의 광학 이론을 거의 매 항목에 걸쳐 반박한다. 그리고 역사 편에서는 색채에 대한 역사적 고찰을 다룬다.

이 가운데 특히 원리 편이 색채론의 핵심인데 모두 6장으로 구성되어 있다. 첫 세 장에서는 괴테가 관찰하고 실험한 색채 현상을 생리색, 물리색, 화학색이라는 세 가지 특징으로 분류하고 다양한 사례와 공통 특성을 제시한다. 네번째 장인 '색의 속성에 대한 일반 견해'에서는 "이러한 현상들을 포괄하는 보편적 진술"(225)을 시도한다. 그다음 '인접 분야들과의 관계'라는 장에서는 자신이 정립한 색채론이 철학, 수학, 염색술, 생리학, 자연사, 물리학, 음향학과 어떻게 연결될 수 있는지 밝힌다. 그리고 마지막 장 '색채의 감각적, 정서적 영향'에서는 색채가 인간에게 어떠한 감각적, 정서적 영향을 주는지 분석한다. 이를 통해 괴테의 색채론은 물리적, 화학적, 생리적 색채론에서 한걸음 더 나아가 미학적, 윤리적, 상징적 색채까지도 포함하게 된다. 괴테의 색채론에 의하면 색은 물리적인 것일 뿐 아니라 감성적이고 정신적인 요소도 함께 지니고 있기 때문이다.

일단 괴테는 색의 기본 특징을 생리색, 물리색, 화학색으로 나눈다. 생리색이란 자연이 인간의 감각기관인 눈과 관계를 맺음으로써 비로소 나타나는 색, 즉 "눈의 작용과 반작용에 기인하는"(42) 색을 말한다. 예를 들어 햇빛 속에서 흰색 종이를 오래 응시한 후 어두운 색의 물체를 보면 녹색이 나타나거나, 검은색 활자가 저녁노을을 받게 되면 붉게 보이는 현상이 생리색이다. 따라서 생리색은 지극히 주관적인 색이다.

이에 비해 물리색은 좀더 객관적이다. 물리색은 "특정한 물질적 매질을 통해 생겨난 색"(85)으로, 우리 눈이나 무색 표면에 비치는 색을 말한다. 괴테는 물리색을 빛이 매질의 표면에서 반사될 때와 매질의 테두리에서 비칠 때, 그리고 반투명이나 투명의 매질을 통과할 때 드러나는 경우로 나누었다. 대표적인 것이 굴절색인데, 예를 들어 태양은 무색이지만 흐린 매질을 통과하면 황색으로 보이고, 암흑은 흐린 매질을 통과하면 청색으로 보이는 경우가 그렇다. 백단나무를 달인 액체의 경우 원래는 흐릿한 색인데 이를 어두운 나무색 잔에 넣으면 청색으로 보이고, 투명한 잔에 넣어 햇빛을 비추면 황색으로 보이는데 이 또한 물리색에 속한다.

화학색은 가장 객관적인 색으로 특정한 물체에서 유발되는, 내재적 속성을 지닌 색을 말한다. 그러나 사물에 영구히 고정된 색이 아니라 화학작용에 의해 변화하고 전이되는 색이다. 예를 들어 철이 산화작용을 통해 여러 색으로 변한다거나, 철을 불에 달구었을 때 처음에는 황색을 띠다가 온도가 점점 높아지면서 적색을 거쳐 청색을 띠는 경우가 그렇다.

이처럼 괴테는 색을 세 가지 유형으로 나누었지만 색을 바라보는 관점에는 차이가 없다. 『색채론』을 관통하는 기본 입장은 다음과 같다.

우선 『색채론』은 자연의 실제적 경험에서 출발한다. 이것이 첫 번째 원칙이다. 모든 자연 현상이 그렇듯 색채 현상 또한 다양하고 변화무쌍하기에 색의 본질을 어느 하나의 원리로 설명할 수는 없다. 다양한 사례를 분석하고 분류함으로써 색이 어떤 조건에서 나타나며 어떠한 특징을 지니는지 밝히는 것이 중요하다. 이러한 관점에서 괴테는 우리가 경험할 수 있는 거의 모든 색채 현상을 관찰한 후 그것을 분류하고 체계화하려 했다. 이것이 뉴턴과의 차이다. 괴테는 1790년 1월 궁정고문관 뷔트너에게서 빌린 프리즘을 들여다본 순간, 뉴턴 이론의 오류를 확인했고 새로운 색채 이론을 구상하게 되었다.

바로 그때 나는 완전히 하얗게 칠한 방에 있었다. 내가 뉴턴의 이론을 생각하며 프리즘을 앞에 가져갔을 때, 흰 벽 전체가 다양한 단계의 색으로 물들어 그곳에서부터 눈으로 되돌아오는 빛이 그만큼 많은 색의 빛으로 분산되리라 기대했다. 하지만 놀랍게도 프리즘을 통해서 바라본 흰 벽은 여전히 흰색으로 남아 있었고, 어둑한 부분에서만 다소 뚜렷한 색이 보였으며, 창문틀에서 가장 확연하게 색이 나타났다. 그리고 바깥의 회색빛 하늘에는 아무런 색의 흔적도 볼 수 없었다. 그래서 오래 생각할 필요도 없이, 색이 만들어지기 위해서는 경계가 필요하다는 것을 깨닫게 되었다. 나는 본능적으로 즉시 외쳤다. 뉴턴의 학설은 틀렸노라고.[8]

괴테가 프리즘을 눈에 대고 방 안을 보면서 기대했던 것은 뉴턴이 실험을 통해 보여준 일곱 색깔 무지개가 방 안의 흰색 벽 위에 선명하게 드러나는 것이었다. 하지만 흰 벽은 그냥 흰색으로 남아 있었고, 벽의 어두운 부분에 색이 조금 보였을 뿐 회색빛 하늘에도 찬란한 색은 나타나지 않았다. 이를 보고 괴테는 뉴턴의 광학 이론이 잘못되었다고 판단하고 새로운 색채 이론의 정립을 결심했다. 그의 새로운 이론은 앞의 인용문에 이미 드러나 있다. 뉴턴의 일곱 색깔 무지개는 실제 일상의 환경에서는 나타나지 않으며, 색은 경계, 즉 밝음과 어두움의 상호작용을 통해 다양하게 나타난다는 사실이다. 이는 『색채론』의 서문에 나오는 색에 대한 정의에서 좀더 분명하게 드러난다. "색은 빛의 활동, 즉 능동적 활동과 수동적 활동이다."(29) 색은 빛의 작용, 즉 빛의 능동적 작용인 밝음과 수동적 작용인 어두움을 통해 형성된다는 것이다.

여기서 우리는 뉴턴과 괴테의 자연과학 방법론에 대한 인식 차이를 발견할 수 있다. 뉴턴의 색은 일정한 조건을 갖춘 환경에서 실험을 통해 도출된 현상이고, 괴테가 대상으로 삼은 색은 일상 세계에서 실제로 경험되는 현상이다. 이 둘의 차이는 생각보다 크고 근본적이다. 뉴턴이 광학 이론을 제시하는 방법은 현재까지도 자연과학에서 통용되는 이론 도출 방법과 맞닿아 있다. 베르너 하이젠베르크 Werner Heisenberg 는 「괴테의 자연상과 기술 및 자연과학적 세계」에서 자연과학에서의 실험은 현상의 잡다함에서 '단순한 과정들'을 추려낸 다음 이 규칙적인 과정을 양적으로, 즉 수학적으로 서술하는 것이라고 정의한다. 물리학자는 실험기구를 통해 잡다한 현상을 분리하여 중요한 것을 찾아내는 추상화 작업을 한다. 이를 통해 마침내 단순한 과정이 오롯이 분명하게 드러난다. 많은 현상을 단순한 과정으로 추상화시켜 객관적 원리를 찾아내고 이를 수학적 공식으로 정리하여 제시하는 것이 자연과학의 방법론인 것이다. 이는 뉴턴의 광학 이론에 그대로 적용된다.

뉴턴은 복잡한 색채 현상을 프리즘 실험을 통해 추상화하여 빛의 원리를 찾아냈다. 세상에 존재하는 모든 빛과 색채 현상을 일일이 관찰한 것이 아니라 인위적인 실험공간을 만들어놓고 프리즘을 통해 빛을 분광시켜 색이 나타나는 원리를 밝힌 것이다. 빛을 프리즘에 통과시키면 상이한 굴절도에 의해 일곱 가지 색으로 분광되는데, 이를 모든 빛과 색의 원리로 공식화한 것이다. 프리즘 실험은 누가 하더라도 동일한 결과값을 갖기에 객관적 원리가 된다.

또한 뉴턴은 프리즘에 의해 분광된 색을 다시 볼록렌즈에 통과시키면 흰색 광선으로 합쳐진다는 원리를 실험으로 증명함으로써 흰색으로 보이는 빛은 일곱 개의 색이 혼합된 것임을 입증했다. 더 나아가 이른바 '결정적 실험crucial experiment'을 통해 빛 속에 색이 들어 있다는 것도 입증해냈다. 예를 들어 프리즘을 통과한 노란색을 다른 프리즘에 다시 통과시켰을 때 여전히 노란색으로 남아 있는 것을 근거로, 색은 매체인 프리즘에 의해 만들어지거나 변형되는 것이 아니라 빛 속에 있는 속성임을 증명한 것이다. 이를 통해 뉴턴은 색은 빛 속에 존재하는 물질이고 상이한 굴절률을 지니며, 언제나 동일한 원리를 갖는다는 사실을 밝혀냈다. 따라서 뉴턴의 광학 이론은 그의 역학처럼 보편적이며 객관적인 원리인 것이다. 여기서 중요한 것은 뉴턴의 실험에서 자연 현상인 빛이나 색은 인간 주체와는 상관없이 외부에 존재하는 객관적 현상 또는 물질일 뿐이며 수많은 현상으로 나타나지만 이들을 관통하는 원리는 하나의 수학적 공식으로 추상화시켜 설명할 수 있다는 인식이다.

이처럼 얼핏 보기에 결코 부정할 수 없는 원리에 대해 괴테는 강력히 이의를 제기한다. 실제 현실에서는 그러한 색이 언제나 나타나진 않기 때문이다. 뉴턴의 실험은 정해진 전제조건이 충족될 경우에만 그 결과를 드러낸다. 프리즘을 통해 빛을 분산시켜 색을 만들어내기 위해서는 방을 완전히 어둡게 만든 다음 지름 3mm의 작은 구멍으로 빛이 들어오도록 해야 하며, 프리즘과 벽과의 거리도 일정해야 한다. 이 조건 중에서 어느 하나라도 맞지 않으면 다양한 색은 나타나지 않는다. 구멍의 크기를 바꾸거나 프리즘과 벽면의 거리를 변화시키면 결코 일곱 색깔 무지개가 생겨나지 않는다. 바로 이 지점을 괴테는 비판하고 있다.

뉴턴의 프리즘 실험을 통해 드러난 일곱 가지 색은 수많은 색채 현상 중 하나일 뿐이다. 그것도 인공적이고 인위적으로 설정한 특정 조건하에서만 나타나는 현상이다. 따라서 그것을 빛이나 색의 본질이라 말할 수는 없다. 우리 주변과 일상에서 마주치는 색은 그보다 훨씬 다양하고 복잡하며 변화무쌍하기 때문이다.

> 그러므로 우리는 뉴턴의 방법을 상세하게 연구해보았다. 그는 단 하나의 현상, 그것도 지나치게 인공적인 것이 가미된 하나의 현상을 토대로 삼고, 이 현상을 기초로 하나의 가설을 구축하여 여기에서 수많은 다양한 현상을 설명해보려는 실수를 범하고 있다.(369)

괴테는 뉴턴이 "빛으로부터가 아니라 빛에 있어서 색을 생겨나게 하는 외적인 조건들을 성급하게 제거해버렸으며 그로 인해 자신과 다른 사람들을 거의 해명할 길 없는 오류 속으로 얽혀들게 만들"(300)었다고 비판한다. 바로 여기에 "뉴턴의 근본적 오류"(300)가 있다는 것이 괴테의 생각이다. 뉴턴은 색이 빛 속에 들어 있으며 따라서 빛에서 색이 나온다고 주장했다. 이에 대해 괴테는 "굴절만으로 색채 현상이 일어나는 것은 결코 아니"며 "빛과 그에 대응하는 요소가 함께 작용하여 색이 생겨난다"(293)고 보았다. 그렇기에 색을 나타나게 만드는 '외적 조건'

이 중요한 것이다. 외적 조건이 다양하기에 당연히 색채 현상도 변화무쌍하고 다양하게 나타난다. 이와 관련한 수많은 사례를 연구하여 색채에 대한 이론을 정립하려 한 것이 괴테의『색채론』이다.

> 우리가 확신을 가지고 제시하는 이론도 무색의 빛으로 시작하며 색채 현상들을 일으키기 위해 외적 조건들을 동원하기는 한다. 하지만 우리의 이론은 이러한 외적 조건들의 가치와 위엄을 인정한다. 우리의 이론은 색이 빛으로부터 생겨난다고 감히 주장하지 않는다. 오히려 빛과 그에 대응하는 요소가 함께 작용하여 색이 생겨나는 수많은 사례들을 보여주려고 한다.(293)

우리가 일상에서 보는 색은 이론이 아니라 실제 현상이다. 색이 무엇이며 어떻게 나타나는가를 밝히기 위해서는 여러 현상에 대한 자세한 관찰과 이해가 필요하다. 뉴턴의 이론이 추상적이고 비현실적이며 실험실 안에서나 존재하는 것이라면, 괴테는 자연의 현상들로부터 색이 어떻게 드러나는지 찾아내려 했다. "현상 자체가 이론"이기 때문이다.

> 가장 좋은 것은 모든 실제가 이미 이론임을 파악하는 것이다. 하늘의 푸름은 우리에게 색채론의 기본 법칙을 밝혀주고 있다. 우리가 현상의 뒤에서 발견할 수 있는 것은 아무것도 없다. 현상 자체가 이론이다.[9]

「객체와 주체의 매개로서의 실험」이라는 글에서 괴테는 과학 실험을 엄격하게 인과론적으로 해석하는 것에 반대의견을 표한다. 자연 현상은 하나의 원인에 결부시키기엔 너무도 복잡하다고 보았기 때문이다. "현상 뒤에 있는 것을 찾지 말라"는 괴테의 말은 그가 "색채 현상의 원인"을 밝히려 한 것이 아니라 "그것이 나타나는 조건에 더 큰 관심"[10]을 두고 있었음을 말해준다.

괴테와 뉴턴의 방법론 차이는 분명하다. 뉴턴은 실험실에서 객관적 이론을 도출하고자 한 반면, 괴테는 실제 경험과 관찰을 통해 자연 현상의 본질에 도달하고자 했다. 뉴턴에게 색이란 빛이 굴절되면서 나타나는 현상으로 언제나 같은 모습이지만, 괴테에게 색은 인간 눈의 감각과 조응함으로써 비로소 나타나는 현상이며, 따라서 상황과 조건에 따라 다양하고 변화무쌍하게 나타난다. 그렇기에 괴테는 하나의 결정적 실험이 아니라 "일련의 끊임없는 실험과 반복, 그리고 다양한 관점과 상이한 조건에서 현상을 관찰할 것"[11]을 요구했다. 괴테가 20년 동안 수많은 색채 실험을 하고 나서야 비로소 『색채론』을 펴낸 이유가 여기에 있다.

데카르트와 뉴턴 이래로 자연을 수학적 수치와 물리 공식으로 단순화하는 기계적 자연관이 점차 모든 영역에서 주도적 위치를 차지하는 것을 바라보며 괴테는 자연은 결코 그렇게 기계적으로 파악할 수 없다고 보았다. 뉴턴을 위시한 근대 자연과학자들은 인간의 주관을 배제하고 관찰과 실험을 통해 입증된 사실만이 객관적 보편성을 갖는다고 주장했다. 그렇기에 그들은 완벽한 정량화를 추구했고 모든 것을 수와 공식으로 표현하고자 했다.

그러나 경험과 체험, 관찰을 강조하는 괴테에게 세상이나 자연은 그렇게 단순한 공식으로 환원될 수 없다. 괴테는 자연을 근본적으로 파악하기 위해서는 다양한 자연 현상을 있는 그대로 관찰하는 것이 필요하다고 강조했다. 바로 이 점이 괴테가 자연과학에서의 패러다임 변화를 통해 당대 사회에 호소하고자 했던 주안점으로, 오늘날 새롭게 재조명받고 있는 관점이다.

『색채론』을 관통하는 두번째 원칙은 색채를 관계론적 관점에서 파악해야 한다는 것이다. 괴테는 "색채의 본질을 자연, 인간, 물질의 통합적 유기체"로 보고 색채를 "시각 대상과 시각 주체의 부단하고 긴밀한 감각적 운동"으로 파악함으로써 "관찰자의 감각이 색채를 지각하는 데 필수조건"임을 강조했다.[12] 괴테에게 색채는 "눈이라고 하는 감각에 대한 자연의 규칙적인 현상"이다.(41) 색채는 인간과 무관한 현상이 아니라 인간의 "눈에 속하는 것, 그리고 눈의 작용과 반작용에 기인하는 것"(42)이다. 즉 색채는 인간 외부에 독립적으로 존재하는 현상이 아니라 인간의 눈과 빛이 상호작용을 일으킴으로써 비로소 드러나는 현상이라는 것이다.

인간의 눈과 외부 사물의 상호작용을 통해 색채가 나타난다는 관계론적 사고는 색채가 빛과 암흑의 경계에서 생겨난다는 설명으로 확장된다. "색채의 생성을 위해서는 빛과 암흑, 밝음과 어둠 혹은 더 일반적인 용어를 사용하자면 빛과 빛이 없음이 요구"(43)되기 때문이다. 색채는 뉴턴의 프리즘 실험처럼 광학에 의해 발생되는 것이 아니라, 빛과 암흑, 밝음과 어둠, 투명과 불투명이 만나는 곳, 즉 물체와 공간 작용에 대한 눈의 현상이라는 것이 괴테가 밝혀낸 색채의 원리다.

색은 기본적으로 인간의 눈과 자연 현상이 작용과 반작용을 통해 생겨나는 현상이기에 인간 주체를 배제하고 색채를 연구해서는 안 된다. 뉴턴에게 자연은 인간 주체와는 상관없이 외부에 존재하는 현상 또는 물질일 뿐이며, 따라서 하나의 공식이나 원리로 설명될 수 있다. 그렇기에 자연 현상은 인간이 그것을 바라보건 바라보지 않건 상관없이 동일하게 존재한다. 인간의 주관이 배제된, 오로지 관찰과 실험을 통해서 입증되고 수학적으로 정량화된 사실만이 객관적 보편성을 얻을 수 있다는 것이 뉴턴을 위시한 근대 자연과학자들의 기본 입장이다. 이런 관점에서 괴테는 인간의 주체성을 엄격하게 분리하고 모든 것을 수학적으로 공식화함으로써 자연으로부터 인간을 소외시키는 근대 자연과학의 입장에 근본적인 문제제기를 한 것이다.

> 이것이 바로 최신 물리학의 가장 큰 문제점입니다. 실험을 인간으로부터 분리해내서는 자연을 단지 인공적인 실험기구들이 알려주는 것 속에서 인식하려 하지요.[13]

괴테는 근대 자연과학에 맞서 인간과 자연의 연관관계를 강조했다. 자연은 인간과 별개로 존재하는 현상이 아니라 인간과의 밀접한 연관 속에서 비로소 드러나는 현상, 즉 인간에게 현재 감각적으로 주어진 현상이다. 괴테에게 자연은 "우리에게 있어서의 자연 Natur für uns",[14] 즉 우리와 연결되고 우리에게 어떤 의미를 가져다주는 자연이다. 이러한 생각이 가장 잘 드러난 곳은 생리색에 대한 설명 부분이다. 괴테는 우리가 순간적으로 경험하는 주관적 느낌까지도 중요한 색채 현상으로 보고 이를 생리색으로 정의했다. 생리색은 철저하게 경험에서 도출한 주관적인 색이며, 그런 점에서 당대 자연과학과 가장 큰 차이를 지닌다. 생리색 역시 괴테의 경험에서 출발했다.

> 저녁 무렵 어느 대장간에 들어섰다가 망치 아래로 빛을 발하는 쇳덩어리를 옮기는 것을 목격했다. 나는 그것을 응시하다가 몸을 돌려 우연히 문이 열려 있는 석탄 창고 속을 보게 되었다. 그 순간 놀랄 만한 자색의 상이 눈앞에 어른거리며 나타났다. 그리고 시선을 어두운 입구로부터 밝은 판자벽 쪽으로 돌리자, 배경의 어둡고 밝음에 따라 상은 때로는 녹색으로 때로는 자색으로 되었다.(60)

이러한 경험은 누구에게나 자주 일어나는 일상적인 것이다. 하지만 괴테 이전에는 이런 경우 보이는 색을 "비본질적이고 우연적인 것", 즉 가짜색이라 하여 "착시와 시각기만"(48)으로 보았다. 그러나 괴테는 이러한 색도 시각 작용으로 나타나므로 과학적 분석이 필요하다고 보았다. 일정한 조건에서는 언제나 누구에게나 나타나는 색채 현상이기 때문이다.

우리가 어떤 대상을 한참 바라보다 벽면을 바라보면 잔상이 보이는데 벽면의 바탕색이 어떤가에 따라 다른 색으로 나타난다. 이는 색이 우리의 눈과 작용하여 나타나는 현상으로 지극히 주관적이다. 그렇기에 물리학은 이런 현상을 연구대상에서 배제한다. 하지만 이 현상은 현실세계에서 우리가 흔히 경험할 수 있고 누구에게나 동일하게 나타난다. 이를 배제한다면 색채 현상의 반쪽만 다루게 된다. 색채에 대한 종합적 이해에 도달하려면 객관적인 색뿐 아니라 주관적인 색도 함께 고려해야 한다는 것이 괴테의 입장이다.

괴테는 생리색에 대한 연구를 통해 색채 현상은 외부에 존재하는 사실이 아니라 우리 눈과의 상호작용을 통해 나타나는 경험이라는 중요한 원칙을 발전시켰다. 뉴턴의 광학은 인간이 어떻게 빛을 느끼고 받아들이는가 하는 '빛의 지각'에 대한 이론을 제시하지 못한다. 왜냐하면 빛의 지각은 판단을 포함하고 있기에 물리학의 대상 영역이나 방법론을 벗어나기 때문이다. 그런 현상을 다루지 못하는 자연과학은 현실을 불완전하고 불충분하게 설명할 수밖에 없으며, 따라서 현실과 삶을 제대로 이해할 수 없는 것도 당연하다. 괴테는 이런 도그마를 피하고 현실과의 교류를 활성화해야 한다고 주장한다. 따라서 근대 자연과학이 대상으로 삼은 현실과 괴테의 현실이 다르다는 하이젠베르크의 평가는 올바른 것이다.

> 확실한 법칙에 따라 움직이며 의미 없는 우연처럼 보이는 곳에서도 우리를 결속시켜주는 이 객관적 현실에 다른 현실이 대비되고 있다. 이 다른 현실은 매우 중요하며 우리에게 무언가를 말해준다.[15]

그러나 하이젠베르크는 괴테의 현실이 뉴턴의 현실과 대비되는 현실이 아니라 뉴턴의 현실을 포함하는 상위개념이라는 사실을 간과했다. 자연과학이 상정하는 객관적 현실이란 우리의 삶을 구성하는 복잡하고 다양한 현실의 일부분일 뿐이다. 따라서 객관적 현실만을 탐구해서는 세계 전체를 제대로 이해할 수 없다. 수학적 이성으로 법칙화할 수 있는 세계란 극히 일부분이고 나머지는 우리의 감각과 직관을 통해 비로소 인식할 수 있다. 객관적 현실과 의미로 가득찬 좀더 복합적인 현실을 포함할 때에야 우리의 삶과 세계 전체를 이해할 수 있는 것이다.

괴테는 외부 현상들은 글이나 수학적 상징으로는 충분히 설명될 수 없고 오로지 이해되어야 한다고 보았다. 인간은 자연의 본성이나 본질을 온전히 다 파악할 수 없다. 다만 부단한 관찰과 노력, 경험을 통해 종합적 면모를 파악함으로써 조금이나마 이해할 수 있을 뿐이다. 색의 본질도 마찬가지다. 괴테는 1810년 10월에 카를 프리드리히 라인하르트 Karl Friedrich Reinhard에게 보낸 편지에서 다음과 같이 썼다. "우리 인간은 색의 본질에 대해 말할 수 없을 겁니다. 설령 그렇게 할 수 있다 해도 빛 자체처럼 그 말을 아무도 이해하지 못할 겁니다."[16]

괴테는 자연을 실험 대상으로 보기보다는 자연을 경험하고 자연의 비밀을 이해하는 것이 중요하다고 말한다. 그로서는 "자연의 독백을 해독하는 것"이 자연을 인식하고 이해하는 방법이다. 모든 색채 현상 역시 "자연의 개별 언어"이므로 자연의 다른 언어들과의 연관 속에서 비로소 이해할 수 있는 것이다.[17]

3. 괴테의 새로운 자연과학

괴테가 색채 현상을 연구하고 자연과학에 관심을 가진 것은 결국 복잡다단한 존재인 자연을 깊이 이해하기 위해서였다. 그런데 근대 과학은 자연을 파편화함으로써 자연의 이해에서 더욱 멀어졌다. 해부학이나 생리학 등 분과학문의 궁극적 목표도 고차원의 종합체인 생명을 이해하기 위해서이지, 자연을 나누고 쪼개고 수학공식으로 추상화하여 총체성을 잃어버리기 위해서가 아니다.

근대 화학은 주로 자연이 결합시켜놓았던 것을 분리하는 데 바탕을 두고 있다. 우리는 자연이 종합한 것을 파기하여 그 분리된 요소들 속에서 자연을 익히게 되는 것이다. 생명체보다 더 고차원의 종합은 무엇인가. 그리고 복합체를 어느 정도 이해하기 위해서가 아니라면

우리는 무엇 때문에 해부학, 생리학, 심리학 등으로 골머리를 썩이는
가.(370)

괴테가 뉴턴을 비판하고 근대 자연과학의 기본 입장을 문제삼
은 것은 자연과학이나 물리학 자체를 부정하기 위해서가 아니라
그와는 다른 새로운 자연과학을 정립하려 했기 때문이다. 괴테는
1828년에 자신의 초상화를 그린 화가 카를 요제프 슈틸러^{Karl Josef}
Stieler에게 보낸 편지에서 수학적으로 사고하는 양적 방법론과 현
상을 자유롭게 관찰하는 질적 방법론을 구분한다.

> 나는 수학적 광학자들이 그에 대해 아무것도 알려고 하지 않는 것을
> 기꺼이 용서하려 합니다. 이 분야에서 그들이 하는 일은 배타적입니
> 다. 그들이 대단하게 여기는 실험렌즈에서 빛을 분리해내면 그들은
> 이 세상에는 화가나 염색공, 그리고 대기와 현란한 색색의 세계를 자
> 유롭게 관찰하는 물리학자, 자신의 얼굴 혈색에 맞는 색조화장을 하
> 려는 아름다운 처녀가 있다는 것을 전혀 알려고도 하지 않습니다. 그
> 런 것에는 전혀 관심도 없지요. 그들에게는 쌍성雙토이라는 존재를
> 처음 알린 영예를 천문학자에게 돌리면 그것으로 충분하기 때문이지
> 요. 그에 맞서 우리는 색이 나타나는 모든 현상과 그것의 의미를 경
> 탄하고, 사랑하고, 가능한 한 탐구하는 권리를 내려놓지 맙시다.¹⁸

괴테는 뉴턴을 비롯한 당시의 자연과학자들이 스펙트럼을 통
해 빛을 잘게 쪼개어 분석하는 것에 빗대 그들을 '수학적 광학
자'라 비판한다. 그들은 자연이 지닌 가장 아름답고 비밀스러운

것까지도 기계적으로 파악 가능한 대상으로 보고 자연을 실험실에서 분해해버린다. 이 과정에서 감각적이며 경험 가능한 자연은 자연과학자들의 실험실 렌즈에서 사라지고 다만 물질만이 남는다. 괴테는 자연을 이처럼 "쪼개고, 부수고, 나누는" 작업은 자연의 "내적 통일성"을 해치기 때문에 비자연적이라고 보고 이러한 방법론을 비판했다.[19] 자연 현상을 설명하면서 감각의 영역을 배제하고 단지 개념으로만 규정하려는 태도는 자연의 실체를 부정하고 자연을 대상화하여 결국 자연과의 대화를 불가능하게 만들기 때문이다.

뉴턴을 비롯한 근대 자연과학자들의 실험은 자연을 "고문하는 것"이기에 그런 상태에서 자연은 "침묵"한다. 괴테는 복잡한 기술 장비를 통해 관찰하는 대상을 인위적으로 고립시키는 실험의 문제점을 지적하며 자연은 가능한 한 "원래의 상태"에서 관찰해야 한다고 말한다. "감각을 통한 직접적 경험"을 강조한 것이다.[20]

이처럼 자연의 전체 연관성을 고려하지 않고 모든 것을 고립시키고 소외시키며 추상화하는 동시대 자연과학자들에 맞서 괴테는 다른 자연관을 제시한다. 자연을 매우 구체적이고 경험적으로 파악해야 한다고 주장하는 괴테는 자연을 관찰하고 실험하는 인간 주체와 대상 간의 상호연관 관계를 강조한다. 현상에 관심을 기울이지 않는 자연과학자에 맞서 괴테가 내세우는 진정한 과학자는 "대기와 현란한 색색의 세계를 자유롭게 관찰하는 물리학자"이다. 이를 통해 그는 자칫 이론에 치우쳐 현실과 괴리되기 쉬운 근대 자연과학에 대해 강력한 문제제기를 했던 것이다.

괴테의 방법론은 근대 자연과학이 배제시킨 인간의 감성과 감각, 그리고 직관을 자연과학에 재도입하려는 시도라는 점에서 그 의의가 크다. 인간의 감정은 물론이고 대상을 관찰하고 실험하는 주체 전체를 배제시킨 근대 자연과학에 맞서 괴테는 주체와 객체를 결합시킨 새로운 종합학문으로서의 자연과학을 정립하려 했다. 이를 통해 괴테는 자연과학에서 대상을 관찰하는 주체인 인간을 복원시키고, 근대 자연과학의 수학적 방법론에 맞서는 주관적 경험과 감각, 직관을 통한 자연 이해를 대안으로 제시했다. 이성만을 지나치게 강조하는 근대 자연과학적 방법론이 많은 문제점을 야기하고 있는 오늘날에 괴테가 주창한 방법론, 즉 주체와 객체, 주관적 관찰과 객관적 실험을 결합시킨 대안적인 자연과학 방법론은 시사하는 바가 크다.

모든 것을 자신과 타자와의 관계 속에서 관찰하는 괴테는 부분과 전체의 연관성을 강조했고 주체와 객체도 서로 영향을 주고받는 관계로 보았다. 괴테에 따르면, "인간이 자신의 주위 대상을 인지하는 순간 우리는 그것을 자신과의 관계 속에서 관찰"[21]하며 "모든 것이 자신과 관계를 맺고 있듯 타자에 대해서도 관계를 맺고 있다"[22]고 보았다. 괴테는 주체와 객체의 이러한 상호영향 관계를 일반법칙으로 발전시켜 다음과 같이 주제화했다.

살아 있는 자연 속에서 전체와 연결되어 있지 않은 것은 아무것도 없다. 우리에게 경험들이 단지 고립되어 나타나고 실험을 단지 고립된 사실로 바라볼 수밖에 없다 하더라도 그것이 별도의 고립된 것이라고 말할 수는 없다. 문제는 우리가 어떻게 이 현상들과 사건들의 연

결을 찾아낼 수 있는가이다.[23]

추상적이고 수학적인 자연 이해에 맞서 괴테는 전일적, 유기적 자연관을 제시했다. 그는 자연을 구체적, 경험적으로 느끼고 전체로서 이해할 것을 요구했다. 그리고 자연을 연구할 때 '진정한 자연의 관계'에 주목하고 자신의 감각적 직관을 인식의 기초로 삼아야 한다고 주장했다.

경험주의자로서 괴테는 언제나 자신이 직접 인지한 자연 현상에서 출발하여 그 근저에 놓인 법칙성을 찾으려 했다. 그는 자연의 전체 시스템이 서로 밀접히 연결되어 있다고 보았기에 "현상의 총체성"을 "제한된 현상이나 그에 대한 임의적 설명"[24]으로 국한해서는 안 된다고 주장했다. 그래서 살아 있는 자연에서는 전체와의 연관 없이 어떤 일도 일어나지 않는다고 말했던 것이다.

이러한 생각은 괴테의 유기체론에 잘 드러나 있다. 괴테는 유기체를 "부분들의 단순한 집합으로 봐서는 안 되고 그것들 상호간의 살아 있는 영향, 즉 그것들이 서로 연결되어 있고 영향을 주고받는 것으로 봐야 한다"[25]고 보았다. 이것은 바로 오늘날의 생태학에서 강조하는, 모든 살아 있는 생물은 서로서로 '존재의 고리'로 연결되어 있다는 생각과 일맥상통한다. 이를 괴테는 『파우스트』에서 다음과 같이 표현했다. "모든 개체들이 어울려 전체를 이루고, / 하나가 다른 하나에 작용하면서 살아가고 있구나! / 하늘의 힘들이 오르내리며 / 황금의 두레박을 주고받는구나!"(31)

지구상의 모든 생명체가 서로 생명의 고리로 연결되어 있어서 서로 영향을 주고받는다는 관점은 자연을 인간을 위한 수단이나 소재로만 파악하는 근대적 자연관과 분명히 구분된다. 인간은 자연의 일부이며 자연과의 상호연관 속에 놓여 있기에 자연 속에 의미 있게 편입될 필요가 있다. 우리 인간은 단지 자신의 발전만 생각할 것이 아니라 "사물의 자연 질서 속에 자리하고 있는 우리의 위치를 좀더 잘 이해하려고 노력해야 한다"[26]는 것이 괴테의 생각이다. 따라서 인간이 자연과 함께 살아가기 위해서는 자연법적 질서에 자발적으로 편입되어야 한다.

이러한 관점에서 괴테는 자연 연구자가 생동하는 자연에 실제로 관여하여 실질적 경험을 얻고 관찰자와 관찰 대상 간의 상호연관관계를 함께 고려할 것을 요구했다. 즉 자연에 대한 "존경과 감정이입"이 필요하며 "오성과 직관의 조화로운 공동작업"이 중요함을 강조했던 것이다.[27]

괴테의 이런 전일적이고 통합적인 사고에는 모든 인간이 자연과 깊이 연결되어 있다는 사실에 대한 깊은 존중이 바탕에 놓여 있다. 괴테의 사상은 '생태학^Ökologie'이라는 용어를 처음 도입한 에른스트 헤켈^Ernst Haeckel에게 영향을 미쳤다.

헤켈은 생태학을 "유기체가 주위 환경과 맺고 있는 관계를 연구하는 종합학문"[28]이라 정의했는데, 이러한 생각은 괴테의 범신론과 다윈의 진화론을 종합하여 발전시킨 것이었다. 이는 "지구상의 생명은 하나의 통일체를 이루고 있어서 어느 한곳에서 문제가 생기면 다른 곳들에도 영향을 끼치기 때문에 우리는 지구상의 모든 생명의 질서에 책임이 있다"[29]는 오늘날의 생태주의와 그 맥을 같이한다. 이처럼 괴테의 자연관과 자연에 대한 태도, 새로운 자연과학에 대한 제안은 생태계 위기의 시대에 "놀라운 현실성"을 지니며, 오늘날의 "전일적이며 생태적인 패러다임"을 선취한 것이라 평가할 수 있다.[30]

맺음말

232

생태주의자
괴테

괴테가 20대부터 80대까지 60여 년에 걸쳐 펼쳐 보인 사상의 편린들은 참으로 다양하고 방대하여 그의 자연관과 세계관, 문학관을 명쾌히 정리하기는 쉽지 않다. 하지만 생태주의적 관점에서 그의 사상을 살펴보면 일관된 흐름이 있음을 알 수 있다. 괴테는 자연과 인간, 인간과 인간, 개인과 사회에 대한 관계를 전일적 관점에서 보고 지상의 모든 것은 서로 연결되어 있다는 생태주의적 관점을 견지하고 있었기 때문이다. 또한 일찌감치 근대와 산업사회의 문제점을 간파하고 이를 대체할 새로운 대안을 모색했는데, 그의 대안은 오늘날 생태주의가 제시하는 대안과 상당 부분 일치한다.

괴테가 살았던 시대는 정치, 사회, 경제, 문화 체계가 혁명적으로 변화한 격변의 시대였다. 오랜 세월 유지되어온 왕정 제도가

작업실에서의 괴테(J. J. Schmeller, 1831)

프랑스혁명으로 무너졌고, 농업 중심 사회가 산업혁명을 통해 급격히 산업사회로 변화해갔으며, 신본주의가 종말을 고하고 인본주의가 그 자리를 차지했다. 이로써 근대가 시작된 것이다. 20세기에 포스트모더니즘이 등장하여 근대가 끝나고 새로운 시대가 도래했다는 주장도 나왔지만, 근대가 불러일으킨 인간 사회와 지구생태계의 문제는 아직 해결되지 않았다는 점에서 우리는 여전히 근대를 극복하지 못하고 있다.

46억 년으로 추산되는 유구한 지구의 역사에서 인류의 조상인 오스트랄로피테쿠스가 등장한 것은 불과 500만 년 전이다. 그리고 호모사피엔스가 본격적인 농경생활을 시작함으로써 정주문화를 발전시킨 것은 불과 1만여 년 전이다. 산업혁명이 본격화되기 전까지 수백만 년 동안 인류는 자연의 일부로, 수많은 지구생명체 중 하나로 살아왔다. 그러다 18세기 중반 시작된 산업혁명을 통해 인간은 지구생태계에 돌이킬 수 없는 부정적 영향을 끼쳤으며, 그로 인해 다른 생명체는 물론 스스로의 생존마저 위협받고 있다.

많은 과학자들이 이제 지구는 여섯번째 대멸종 시대를 앞두고 있다고 말한다. 2019년 5월, UN 생물다양성과학기구가 채택한 지구평가보고서는 수십 년 안에 100만 종의 생물종이 사라질 수 있다는 전망을 내놓았다. 과거 지구상에서 일어났던 다섯 번의 대멸종은 빙하기의 도래나 거대한 운석의 충돌 등 외부적 요인이었다면, 지금 진행되고 있는 여섯번째 대멸종은 지구 생물종 중 하나인 인간이 야기한 것이라는 차이가 있다. 기후변화, 환경 오염, 산림 파괴 등으로 수많은 생물종이 사라짐으로써 인간 역시 생존을 위협받는 대재앙의 시대에 접어든 것이다.

인간의 활동이 이처럼 전 지구적 차원에서 심각한 결과를 초래하고 있다는 점은 근래 활발히 논의되고 있는 '인류세Anthropocene' 연구를 통해서도 입증된다. '인류세'는 '인류anthropos'와 '시대-cene'를 합친 말로, 노벨상 수상자인 네덜란드 화학자 파울 크뤼천Paul Crutzen이 2000년에 "우리는 인류세에 살고 있다!"고 말하면서 처음 제기했던 개념이다. 1만 년 전부터 시작된 '홀로세holocene'가 끝나고 인간이 '지질학적 세력geological force'이 되어 지구생태계를 좌우하게 된 새로운 지질학적 시대가 도래했다는 것이다.

2016년에 얼 엘리스Erle Ellis를 비롯한 20여 명의 생태학자들이 그린란드 빙하 지역에서 지구온난화로 드러난 빙하 퇴적층 조사를 수행하여 『사이언스』지에 발표한 논문은 홀로세와 분명한

생태주의자
괴테

차이점을 지닌 인류세가 시작되었음을 잘 보여준다.[1] 이 연구에 따르면, "기후변화로 빙하가 녹으면서 이끼 등 유기 조직물이 빙하 위를 덮고 그 아래 흙, 유기물과 뒤섞인 플라스틱 찌꺼기, 콘크리트 잔해, 혼합시멘트, 핵물질, 살충제, 금속 성분, 바다로 유입된 비료 반응성 질소, 온실가스 농축 효과의 부산물 등등 유례없이 쌓인 인간 문명의 퇴적물 단면"[2]이 분명하게 드러남으로써 인간이 이미 지구에 돌이킬 수 없는 흔적을 남겨놓았음을 알 수 있다고 한다.

　오늘날 인류와 지구생태계가 당면한 문제인 자원부족, 인구증가, 생태계 파괴, 지구온난화, 대기오염, 사막화, 수많은 생물체의 멸종 등은 바로 산업화와 근대로부터 파생된 문제들이다. 더 나아가 자본주의와 기술문명의 발전으로 인류는 물질적으로 풍족해졌지만 정신은 피폐해지고, 노동과 자연으로부터 소외되었으며, 일과 속도, 효율성의 노예가 되어 정신없이 앞만 보고 달려나가면서 종말을 재촉하고 있다. 파국을 막기 위해서는 지금의 위기를 초래한 인간의 기술산업 문명과 무분별한 생산 및 소비에 기반한 생활방식, 더 나아가 우리의 의식과 사고방식까지 모두 근본적으로 바꿔야 한다는 것이 UN 환경위원회와 수많은 생태학자들의 조언이다.

　생태학은 바로 이러한 전 지구적 환경 위기의 원인을 밝혀내고 그것을 해결할 방안을 모색하는 학문이다. 생태학 개념은 1866년에 독일의 동물학자 에른스트 헤켈이 처음 사용한 이후, 유기체와 그것을 둘러싼 외부세계가 어떠한 관계를 지니는지 연구하는 식물학이나 동물학의 한 분과학문으로 발전했다. 하지만

20세기 들어 환경문제가 전 세계적 이슈가 되고, 환경운동이 대두되면서 생태학은 자연과학에서 인문사회과학으로 확장되었다. 환경문제가 많은 사람의 관심사가 되고 인류의 생존이 걸린 실존적 문제로 인식됨에 따라 이를 다루는 학문으로서의 생태학 역시 그 대상과 범위를 넓히게 된 것이다.[3] 그 결과 이제 생태학은 자연과학의 작은 분과학문을 넘어서서, 환경파괴를 야기한 현대 산업사회의 문제 전체를 분석하고 인간과 지구생명체의 생존을 위한 해결책과 대안을 모색하는 인문사회과학까지 거의 모든 학문 분야를 망라하게 되었다. 자연과학적 생태학이 지구 대멸종이나 인류세, 기후변화 등의 문제를 다룬다면, 그러한 문제를 야기한 근본 원인인 인간중심주의적 사고방식, 위계적 사회 구조, 무분별한 생산 및 소비 방식, 물질만능주의 등을 연구하는 것이 인문사회과학적 생태학이다. 원인에 대한 분석은 자연스럽게 정치, 사회, 경제, 문화, 교육 등 모든 분야에서 지금까지와는 질적으로 다른 새로운 패러다임을 마련하고 인간의 의식과 생활 방식 자체를 바꾸는 대안적 모색으로 이어진다.

생태계의 광범위한 파괴와 위기를 가져온 근본 원인이 인간에 의한 자연 지배, 산업혁명 이후 급속도로 발전한 기술문명에 있다면 이러한 문제들이 해결되지 않는 한 우리는 여전히 근대의 패러다임 속에 갇혀 있는 것이며, 그와는 완전히 다른 생태주의 사회가 도래해야 비로소 우리는 근대를 극복할 수 있는 것이다. 그렇기에 근대의 시작점에서 근대의 본질적 문제를 성찰한 괴테의 사상은 오늘날에도 여전히 시의성을 지닌다.

옛 시대가 가고 새로운 시대가 오는 길목에서 괴테는 옛 시대

괴테(Joseph Karl Stieler, 1828)

의 훌륭한 가치들이 사라지는 것을 지켜봐야 했다. 도시화로 자연이 밀려나고, 교통수단과 통신수단의 발전으로 삶의 속도가 느림에서 빠름으로 급변하며, 기계화로 인해 노동과 삶의 조화가 사라지는 것을 보면서 괴테는 새로 도래하는 시대의 많은 문제점을 예견할 수 있었다.

하지만 괴테의 근대 비판은 사라져가는 옛 시대를 복원하고자 하는 복고주의적 태도가 아니라 좋은 옛것을 다시 취하고 이를 새것과 결합하여 바람직한 세상을 만들려는 미래지향적 노력의 소산이었다. 그렇기에 괴테는 근대를 비판하면서 동시에 그와는 다른 대안적 가치를 모색했던 것이다.

오늘날의 관점에서 괴테를 생태주의자라고 할 수 있는 것은 그의 사고의 바탕에 생태주의적 인식이 놓여 있기 때문이다. 괴테는 모든 유기체는 서로 밀접한 연관을 지니고 있으며, 인간과 자연, 주체와 객체 역시 상호 영향을 미친다고 보았다. 그렇기에 괴테는 "모든 이론은 회색이며 오직 푸르른 것은 생명의 황금나무"라는 『파우스트』의 유명한 구절처럼 살아 있는 모든 생명의 가치를 존중했고, 뭇 생명들이 서로 연결되어 있음을 알리려 했다. 또한 자연과 사회의 모든 것이 끝없는 움직임과 변화, 생성의 과정 속에 있다고 봄으로써 결정론이나 단순한 인과론을 넘어서서 세계를 새롭게 이해할 것을 피력했다. 이는 생태학이 강조하는, 모든 생명체는 생명의 고리로 연결되어 있으며 상호 영향관계에 있다고 보는 관계론적 사고에 다름 아니다.

더 나아가 괴테가 근대를 비판하며 모색한 대안적 가치들은 많은 부분 생태주의에서 제시하는 대안들과 일맥상통한다. 근대의 낙관론과 발전론, 노동의 신성화, 효율주의, 이성중심주의, 자연파괴, 속도를 비판하며 괴테는 순환론적 시간관, 느림과 게으름, 소박한 노동과 자족적인 삶, 자연과의 합일, 자기실현을 통한 진정한 행복을 대안으로 제시했다. 진정한 행복이란 시민사회와 자본주의가 전면에 내세우는 유용성, 이익, 자본의 축적, 무한한 소유, 물질만능주의, 향락과 같은 가치를 통해서가 아니라 주관성, 예술세계, 내면, 정신적 가치, 행복, 사랑에서 발현될 수 있음을 설파하기도 했다. 괴테는 특히 자신의 작품에 등장하는 여성 주인공들에게 느림, 조용함, 세심한 배려와 돌봄, 세상 모든 것에 대한 공감과 연민, 그리고 사랑의 실천이라는 생태페미니즘적 특징을 부여함으로써 모든 것을 둘로 나누고 위계질서화하며 타자화하고, 나와 다른 것을 배제하며 억압하는 근대세계의 질서를 대체할 대안적 가치를 제시했다.

괴테가 생태주의적 사고를 펼칠 수 있었던 것은 평생 동안 다양한 학문을 섭렵하여 전인적 교양을 쌓았기 때문이고, 더욱 근본적으로는 자연과 세상에 대한 깊이 있는 성찰과 함께 변화하는 시대를 열린 정신으로 통찰했기 때문이다. 그런 점에서 독일의 정치가이자 환경운동가인 헤르베르트 그룰Herbert Gruhl이 괴테를 유럽 정신사에서 자연과 인간을 가장 깊이 이해한 사람 중 하나로 평가한 것은 여전히 유효하다. "생동하는 자연과 인간의 본질에 깊숙이 파고든 몇 사람 중 하나가 괴테이다. 이후 지금까지 그러한 깊이에 도달한 이가 없다."[4]

머리말

1 Michael Jaeger, *Global Player Faust oder das Verschwinden der Gegen-wart: Zur Aktualität Goethes*, Würzburg, 2007, 14쪽.

2 Hans-Jürgen Schings, "Fausts Verzweiflung", in: *Goethe Jahrbuch*, 115권, 1998, 99쪽.

3 Johann Wolfgang Goethe, *Briefwechsel zwischen Goethe und Zelter*, Hrsg. von Max Hecker, 2권, Frankfurt, 1987, 374쪽 이하.

4 Manfred Osten, *"Alles veloziferisch" oder Goethes Entdeckung der Lang-samkeit. Zur Modernität eines Klassikers im 21. Jahrhundert*. Frankfurt/M. 2003, 표지 글.

5 요한 볼프강 폰 괴테, 『빌헬름 마이스터의 편력시대 2』, 김숙희 외 옮김(민음사, 1999), 163-164쪽.

6) 같은 책, 164쪽.

7 Klaus Michael Meyer-Abich und Peter Matussek, "Skepsis und Utopie. Goethe und das Fortschrittsdenken", in: *Goethe Jahrbuch*, 110권, 1993, 185쪽.

8 Johann Wolfgang Goethe, *Briefwechsel zwischen Goethe und Zelter*, Hrsg. von Max Hecker, Bd. 2, Frankfurt 1987, 374쪽.

9 Michael Jaeger, 같은 책, 71쪽.

10 Axel Goodbody, "German Ecocriticism. Overview", in: *The Oxford handbook of ecocriticism*, edited by Greg Garrard, Oxford university press, 2014, xii쪽.

1장

1 이 작품의 제목을 우리말로 정확히 옮기는 데는 다소 어려움이 있다. 우리나라에 가장 널리 알려진 제목은 '젊은 베르테르의 슬픔'인데 두 가지 문제점을 안고 있다. 우선 '베르테르'는 Werther의 일본식 표기로 독일어 원음에 가까운 표현은 '베르터'이다. 따라서 '베르테르'는 '베르터'로 당연히 바로잡아야 한다. 그런데 '슬픔'의 경우는 좀 복잡하다. 독일어 제목에서 Leiden은 '슬픔, 고통, 고뇌, 괴로움, 번민'을 뜻하는 das Leid의 복수형이다. 그러니까 베르터가 느끼는 슬픔, 괴로움, 고통, 고뇌, 번민이 여럿이라는 의미에서 복수형을 쓴 것이다. 즉 사랑의 슬픔과 괴로움, 사회와의 갈등에서 오는 고통, 자아실현이 불가능한 상황에 대한 번민, 죽음을 결심하기까지의 고뇌, 죽을 만큼 괴로운 상황 등을 모두 포함하는 단어다. 이 모든 고통과 괴로움이 합쳐져서 결국 베르터는 자살하게 되는 것이다. 이러한 관점에서 보면 '젊은 베르터의 슬픔'이라는 제목은 베르터를 죽음에 이르게 한 여러 가지 고뇌와 번민, 고통이 잘 드러나지 않는다. 영어권과 프랑스어권에서도 우리와 비슷한 고민을 했던 것 같다. 영어에서는 'The Sorrows of Young Werther'가 주를 이루는데 'The Sufferings of Young Werther'라고 번역한 경우도 있다. Sorrow는 '커다란 슬픔이나 비애'라는 뜻으로 우리말의 슬픔보다는 좀더 무거운 느낌이고, Suffering은 '고통, 괴로움'이라는 뜻으로 독일어의 원래 뜻에 가깝다. 프랑스어에서도 'Les Souffrances du jeune Werther'라는 번역이 가장 많다. Souffrance는 '고통, 괴로움, 번민'이라는 뜻이다. 그 밖에 'Passions du jeune Werther'라고 옮긴 예도 있는데 Passion은 '열정, 격정, 흥분, 열렬한 사랑, 열광' 등을 의미한다. 일본의 경우 처음에 '若きヴェルテルの悩み'라고 번역한 이후 지금까지 줄곧 이 번역을 바꾸지 않고 그대로 써오고 있다. 悩み는 '괴로움, 고민, 번민, 걱정, 번뇌'라는 뜻이다. 독일어의 원뜻과 여러 나라에서의 번역 사례를 참조한 결과 이 소설의 우리말 제목으로는 『젊은 베르터의

고뇌』가 가장 적절해 보인다.

2 Hans Peter Herrmann, "Einleitung", in: *Goethes《Werther》. Kritik und Forschungen*, hrsg.v. Hans Peter Herrmann, Darmstadt, 1994, 1쪽.

3 Johann Wolfgang von Goethe, *Werke*, Hamburger Ausgabe, 9권, München, 1988, 589쪽.

4 요한 볼프강 폰 괴테,『젊은 베르터의 고뇌』, 김용민 옮김(시공사, 2014), 122쪽. 이후 인용시 본문에 쪽수만 표기했다.

5 실제로 괴테와 동시대 작가인 프리드리히 니콜라이는 괴테 작품이 나온 지 1년 후인 1775년에 이를 패러디한 소설『젊은 베르터의 기쁨: 남편이 된 베르터의 고뇌와 기쁨』을 발표했다. 이 소설에서 알베르트는 로테를 포기하고, 로테와 베르터가 결혼한다. 결혼 후 베르터는 로테와 아이가 병이 나 형편이 어려워지자 직업을 갖고, 현실생활에서 오는 여러 어려움을 극복하면서 여덟 명의 아이와 행복하게 살아간다. 계몽주의자답게 니콜라이는 이 패러디 소설을 통해 청소년들을 베르터의 격정에서 이성의 길로 되돌리고자 했던 것이다.

6 김수용,『예술의 자율성과 부정의 미학』(연세대학교출판부, 1998), 29-39쪽.

7 페터 슬로터다이크,『냉소적 이성비판 1』, 이진우, 박미애 옮김(에코리브르, 2005), 215쪽.

8 Jost Hermand, "Grüne Utopien", in *Deutschland. Zur Geschichte des ökologischen Bewußtseins*, Frankfurt/M, 1991, 23쪽.

9 문순홍,『생태위기와 녹색의 대안』(나라사랑, 1992), 165쪽에서 재인용.

10 페터 슬로터다이크, 같은 책, 126쪽.

11 장자크 루소, 「인간불평등 기원론」, 이태일 외 옮김, 『사회 계약론』(범우사, 1994), 250쪽.

12 Stefan Blessin, *Goethes Romane. Aufbruch in die Moderne*, Paderborn/München/Wien/Zurich, 1996, 62쪽.

13 Rolf Peter Sieferle, *Fortschrittsfeinde? Opposition gegen Technik und Industrie von der Romantik bis zur Gegenwart*, München, 1984, 31쪽.

14 아도르노, 호르크하이머,『계몽의 변증법』, 김유동 외 옮김(문예출판사, 1995), 78쪽.

15 박광자,「베르터와 괴테: 『젊은 베르터의 고뇌』에 나타난 괴테의 사회관」, 『독일언어문학』 제15집, 2001, 198쪽.

16 박광자, 같은 글, 201쪽.

17 Helmut Kiesel, Paul Munch, *Gesellschaft und Literatur im 18. Jahrhundert. Voraussetzungen und Entstehung des literarischen Markts in Deutschland.*[헬무트 키젤, 『18세기 독일의 사회와 문화』, 오용록 옮김(강원대출판부, 1993), 61쪽]

18 안장혁,「괴테 텍스트의 냉소주의 코드: 『베르테르』와 『파우스트』를 중심으로」, 『괴테 연구』 제24집, 2011, 17쪽.

19 송유례,「견유주의, 문명을 냉소하다」, 강성용 외, 『문명 밖으로: 주류 문명에 대한 저항 또는 거부』(한길사, 2011), 102쪽.

20 같은 곳.

21 같은 글, 103-104쪽.

22 같은 글, 108, 110쪽.

23 페터 슬로터다이크, 같은 책, 295쪽.

24 같은 책, 213-214쪽.

25 같은 곳.

26 폴 라파르그, 『게으를 권리』, 차영준 옮김(필맥, 2009), 27쪽.

27 같은 책, 20-21쪽.

28 같은 책, 8쪽.

29 같은 책, 26쪽.

30 쟈끄 러끌레르끄, 『게으름의 찬양』, 장익 옮김(분도출판사, 1986), 17쪽.

31 버트런드 러셀, 『게으름에 대한 찬양』, 송은경 옮김(사회평론, 2005), 15쪽.

32 Manfred Osten, 같은 책, 9쪽.

33 송유례, 같은 글, 119쪽에서 재인용.

2장

1 Wilhelm Dilthey, *Das Erlebnis und die Dichtung*, Göttingen, 1965, 272쪽.

2 Petra Kraus, *Technik im Spiegel der Literatur—Erzähltexte des 19.*

Jahrbunderts aus der Frühphase der Industrialisierung, Aachen, 2012, 60쪽.

3 Karl Schlechta, *Goethes Wilhelm Meister*, Frankfurt/M, 1985, 12쪽.

4 같은 책, 242쪽.

5 요한 볼프강 폰 괴테, 『빌헬름 마이스터의 수업시대』, 안삼환 옮김(민음사, 1996), 50쪽. 이 작품 인용은 이 번역본을 참고하되 필요한 경우 약간의 수정을 가했으며, 이후로는 본문에 쪽수만 표기했다.

6 Stefan Blessin, "Die radikal-liberale Konzeption von Wilhelm Meisters Lehrjahren", in: *DVjs*, 49호(1975), 198쪽.

7 빌헬름은 나중에 연극세계에 실망하고 그 세계를 떠나 이성과 합리성을 강조하는 '탑 사회'로 들어가게 되지만, 그렇다고 해서 자아실현이나 행복 추구라는 이상을 포기한 것은 아니다. 빌헬름이 마지막까지 '탑 사회'에 대해 거리감을 지니고 있었고, 끝까지 실익이나 유용성보다는 정신적 행복을 찾았다는 점에서 그의 기본적 태도는 끝까지 변치 않았다고 보는 것이 옳다.

8 이 책에서 성서 인용은 공동번역 개정판(대한성서공회)을 따랐다.

9 Bill Devall & George Sessions, *Deep Ecology*, Salt Lake City: Gibbs Smith, 1985, 70쪽.

10 1797년 8월에 실러에게 보낸 편지. "Brief an Schiller vom 16. 8. 1797", Heinz Schlaffer, *Faust Zweiter Teil. Die Allegorie des 19. Jahrhunderts*, Stuttgart, 1989, 13쪽에서 재인용.

11 레오나르도 보프, 『생태신학』, 김항섭 옮김(가톨릭출판사, 1996), 44쪽.

12 홍길표, 「근대와 타자성 — 근대와 여성담론: 괴테의 『빌헬름 마이스터의 수업시대』」, 『괴테 연구』 제21권, 2008, 67쪽.

13 Hannelore Schlaffer, *Das Ende der Kunst und die Wiederkehr des Mythos*, Stuttgart, 1980, 40쪽.

14 페트라 러이트너는 이처럼 인간과 기계, 남성과 여성, 인간과 동물 사이에 있는 미뇽을 '사이보그'적 존재로 설명한다. 여기서 사이보그적 존재는 미국의 과학사가이자 페미니스트인 도나 해러웨이 Donna Haraway 가 『자연의 재발견』이란 책에서 새롭게 제안한 개념이다. 해러웨이는 자신과 다른 존재가 지

닌 차이와 다름을 인정하지 않고 자신의 특성을 강요하여 동일성을 만들어 내는 방식으로 자신의 주체성을 확립해온 전통을 비판하며 주체성의 새로운 모델을 제안했다. 그녀는 남성-여성, 인간-동물, 인간-기계, 자연-문화 사이의 명확한 구분을 폐기하고 그들 사이의 유사성에 주목함으로써 새로운 주체성을 찾을 수 있다고 주장한다. 존재들 사이의 차이를 무화시키는 동일성이 아니라 그들 사이의 유사성, 즉 남성과 여성 사이, 상이한 문화들 사이, 인간과 동물 그리고 기계 사이의 유사성에 주목할 때 새로운 주체성이 나오는데, 그것이 사이보그적 존재라는 것이다. 그런 연유로 러이트너는 인간과 기계, 남성과 여성, 인간과 동물의 사이에 있는 미뇽을 '사이보그'라 해석한다. Petra Leutner, "Cyborgs und Zwitterwesen. Goethes Gestalten Mignon und Helena", in: Matthias Luserke (Hg.), Goethe nach 1999. *Positionen und Perspektiven*, Göttingen, 2001, 95쪽 참조.

15 같은 곳.

16 Karl Schlechta, 같은 책, 51쪽.

17 주일선, 「멜랑콜리와 유토피아적 결정론에 대한 괴테의 비판」, 『카프카 연구』 제27집, 2012, 140쪽.

18 Johann Wolfgang von Goethe, *Werke*, Hamburger Ausgabe in 14 Bänden, 7권, München, 1988, 626쪽.

19 Günter Saße, *Auswandern in die Moderne. Tradition und Innovation in Goethes Roman Wilhelm Meisters Wanderjahre*, Berlin, 2010, 243쪽.

20 물론 나탈리에를 창백하고, 피와 살이 없으며, 기쁨이나 슬픔, 열정, 미움도 모르는 '석녀weiblicher Eunuch'로 보는 입장도 있지만, 이는 인물의 일면만을 강조한 해석이다. 이런 해석에 대해서는 박광자, 「『빌헬름 마이스터의 수업시대』의 〈어느 아름다운 영혼의 고백〉」, 『헤세 연구』, 제6권, 2003, 100쪽 참조.

21 Ingrid Ladendorf, *Zwischen Tradition und Revolution. Die Frauengestalten in "Wilhelm Meisters Lehrjahren" und ihr Verhältnis zu deutschen Originalromanen des 18. Jahrhunderts*, Frankfurt/M. 1990, 134쪽.

22 요한 볼프강 폰 괴테, 『색채론』, 장희창 옮김(민음사, 2003), 58쪽.

23 같은 책, 240쪽.

24 주일선, 「관계가 행위자다— 현대성 비판: 행위자네트워크이론(ANT)과 괴테」, 『독일어문학』 제64집, 2014, 386쪽에서 재인용.

25 Johann Wolfgang Goethe, *Sämtliche Werke. Briefe, Tagebücher und Gespräche*, Frankfurter Ausgabe I, 25권, Frankfurt/M. 1985, 143쪽.

26 베르너가 "자네가 마침내 이성을 찾으리라던 내 희망은 이제 당분간 다시 연기된 것이로군!"(821)이라며 비판한 것처럼, 빌헬름은 아들과 세상 편력에 나설 계획을 세우면서 실용적인 목적을 거부한다. "자, 내 아들아! 가자, 내 친구야! 우리 될 수 있는 대로 실용적 목적을 두지 말고 이 세상을 돌아다니면서 한번 놀아보자꾸나!"(821) 그런 점에서 빌헬름은 여전히 '탑 사회'와는 다른 담론을 표방한다.

3장

1 Elizabeth Boa, "Die Geschichte der O oder die (Ohn-)Macht der Frauen: Die Wahlverwandtschaften im Kontext des Geschlechterdiskurses um 1800", in: Johann Wolfgang Goethe. *Romane und theoretische Schriften. Neue Wege der Forschung*. Hrsg.v. Bernhard Hamacher und Rüdiger Nutt-Kofoth, Darmstadt, 2007, 74-96쪽; Ingeborg Drewitz, "Goethes Wahlverwandtschaften —ein emazipatorischer Roman?", in: Ingeborg Drewitz, *Unter meiner Zeitlupe. Porträts und Panoramen*, Wien, 1988, 106-118쪽.

2 Nicole Grochowina, "Von der 《Dazwischenkunft eines Drittes》. Geschechterbeziehungen in Goethes Wahlverwandtschaften", in: *Goethes 《Wahlverwandtschaften》. Werk und Forschung*, Hrsg.v. Helmut Hühn, Berlin, 2010, 315쪽.

3 Karen J. Warren, "Introduction", in: *Ecologycal Feminism*, ed. Karen J. Warren, London and New York: Routledge, 1994, 2쪽.

4 요한 볼프강 폰 괴테, 『친화력』, 김래현 옮김(민음사, 2012), 9쪽. 이 작품 인용

은 이 번역본을 참고하되 필요한 경우 약간의 수정을 가했으며, 이후로는 본문에 쪽수만 표기했다.

5 Elizabeth Boa, 같은 글, 88쪽.

6 Jens Schreiber, "Die Zeichen der Liebe", in: *Goethes Wahlver-wandtschaften. Kritische Modelle und Diskursanalysen zum Mythos Literatur*, Hrsg.v. Nobert Bolz, Hildesheim, 1981. 286쪽.(박광자, 「『친화력』의 오틸리에」, 『괴테 연구』 제13권, 2003, 34쪽에서 재인용)

7 박광자, 같은 글, 36쪽.

8 Elizabeth Boa, 같은 글, 93쪽.

9 Uwe Diederichsen, "Die Wahlverwandtschaften als Werk des Juristen Goethe", *Neue Juristische Wochenschrift* 57(2004), 542쪽.

10 Elizabeth Boa, 같은 글, 93쪽.

11 같은 글, 88쪽.

12 같은 곳.

13 김영주, 「괴테의 소설 『친화력』에서 결혼에 관한 괴테의 성찰」, 『괴테 연구』 제9권, 1997, 206쪽.

14 Elizabeth Boa, 같은 곳.

15 같은 글, 89쪽.

16 임홍배, 「사회소설로서의 괴테의 『친화력』(2) ― 이상화된 여성성?」, 『괴테 연구』 제22권, 2009, 6쪽.

17 물론 오틸리에의 죽음이 갖는 의미나 성녀로의 추대를 부정적 관점에서 보는 연구도 많다. 특히 엘리자베트 보아는 오틸리에의 죽음이 자신의 실수로 오토를 물에 빠트려 죽게 한 자신의 죄에 대한 속죄라거나, 그녀가 에두아르트와 결합하기도 곤란하고, 그렇다고 기숙학교로 가서 조교와 정략결혼을 하기도 어려운 딜레마 상황에서 빠져나오고자 한 도피 행위라고 분석한다.(Elisabeth Boa, 같은 글 참조) 또한 사람들이 그녀를 성녀로 떠받드는 것을 성스러움의 발현이라기보다는 낭만주의적 신화화에 대한 비판적 아이러니로 받아들여야 한다는 분석도 있다.(임홍배, 같은 글 참조)

18 Anne-Marie Käppeli, "Die feministische Szene", in: *Geschichte der*

Frauen. Bd.4. 19. Jahrhundert, hrsg.v. Geneviéve Fraisse und Michelle Perrot, Frankfurt/M. 1994, 539쪽.

19 같은 글, 553쪽에서 재인용.

20 임홍배, 같은 글, 7쪽.

21 Werner Schwan, *Goethes "Wahlverwandtschaften": das nicht erreichte Soziale*, München, 1983, 102쪽.

22 Gerhard Müller, "《Alles eigentlich gemeinsame Gute muß durch das unumschränkte Majestätsrecht gefördert werden》—Gesellschaftlicher Umbruch und Reformpolitik als zeithistorischer Hintergrund des Romans Die Wahlverwandtschaften", in: *Goethes 《Wahlverwandtschaften》. Werk und Forschung*, Hrsg.v. Helmut Hühn, Berlin, 2010, 349쪽.

23 Gerhard Neumann, *Ideenparadiese. Untersuchungen zur Aphoristik von Lichtenberg, Novalis, Friedrich Schlegel und Goethe*, München, 1976, 713쪽.

24 Jung Wha Huh, *Begegnung und Bewegung. Otilie in Goethes Roman Die Wahlverwandtschaften unter besonderer Berücksichtigung der Konfigruration*, Hamburg, 2016, 117쪽.

25 안장혁, 「배제사회에서 배려사회로(1)—괴테의 『젊은 베르테르의 슬픔』과 『친화력』을 중심으로」, 『괴테 연구』 제29권, 2016, 14쪽.

26 요한 볼프강 폰 괴테, 「객체와 주체의 매개로서의 실험」, 『자연과학론』, 권오상 옮김(민음사, 2003), 314쪽.

27 주일선, 「멜랑콜리와 유토피아적 결정론에 대한 괴테의 비판: 미뇽, 하프 타는 노인 그리고 〈탑의 사회〉」, 『카프카 연구』 제27집, 2012, 141쪽에서 재인용.

28 Johan Wolfgang Goethe, *Sämtliche Werke. Briefe, Tagebücher und Gespräche, Frankfurter Ausgabe I. 25권*, Frankfurt/M. 1985, 137쪽.

29 같은 곳.

30 Gerhard Müller, 같은 글, 364쪽.

31 Josefine Müllers, *Liebe und Erlösung im Werk Johann Wolfgang von Goethe*, Frankfurt/M. 2008, 163쪽.

32 Jung Wha Huh, 같은 책, 237쪽.

33 임홍배, 같은 글, 15쪽.

34 Helmut Hühn, "Wirklichkeit und Kunst. 200 Jahre Goethes Wahlver-wandtschaften", in: *Goethes "Wahlverwandtschaften". Werk und For-schung*, Hrsg.v. Helmut Hühn, Berlin, 2010, 7쪽.

4장

1 이 장은 필자의 책『생태문학』(2003)에 발표한 글을 수정하여 재수록한 것이다.

2 Wilhelm Scherer, *Geschichte der deutschen Literatur*, Berlin, 1883, 716쪽.

3 Rüdiger Scholz, *Goethes 《Faust》 in der wissenschaftlichen Interpreta-tion*. 2., überarbeitete und erweiterte Ausgabe, Berlin, 1993, 143쪽.

4 Wilhelm Böhm, *Faust der Nichtfaustische*, Halle, 1933, 84쪽.

5 Rüdiger Scholz, 같은 책, 78쪽에서 재인용.

6 Jost Hermand, "Goethes grüne Weltfrömmigkeit". in: Jost Hermand, *Im Wettlauf mit der Zeit. Ansätze zu einer ökologiebewußten Ästhetik*, Ber-lin, 1991, 45쪽.

7 요한 볼프강 폰 괴테,『파우스트』, 정서웅 옮김(민음사, 1999), 521쪽. 이 작품 인용은 이 번역본을 참고하되 필요한 경우 약간의 수정을 가했으며, 이후로는 본문에 쪽수만 표기했다.

8 Hans Arens, *Kommentar zu Goethes Faust II*, Heidelberg, 1989, 864쪽에서 재인용.

9 Wilhelm Emrich, *Dis Symbolik von Faust II. Sinn und Vorformen*, Bonn, 1957, 400쪽.

10 Hans Arens, 같은 책, 863쪽.

11 같은 곳.

12 같은 책, 863-865쪽.

13 Jochen Schmidt, *Goethes Faust. Erster und Zweiter Teil. Grundlagen —
 Werk — Wirkung*, München, 1999, 273쪽.

14 같은 책, 215쪽 참조.

15 Arthur Henkel, "Erwägungen zur Philemon — und Baucis — Szene im
 fünften Akt von Goethes Faust", in: *Etudes Germaniques*. 38 (1983),
 134쪽.

16 Klaus Michael Meyer-Abich und Peter Matussek, "Skepsis und Utopie.
 Goethe und das Fortschrittsdenken", in: *Goethe Jahrbuch*, 110권, 1993,
 193쪽.

17 Johann Wolfgang Goethe, *Faust. Texte*, Hrsg.v. Albrecht Schöne.
 Frankfurt/M. 1994, 636쪽. 인용문 중 두번째 문단의 "근대적 존재"가 함부
 르크판 전집에는 "근대적 성향"으로 되어 있다.(괴테 전집 3권, 438쪽) 여기
 서는 프랑크푸르트판을 따른다.

18 Hans-Jürgen Schings, "Fausts Verzweiflung", in: *Goethe Jahrbuch*, 115
 권, 1998, 99쪽.

19 Jost Hermand, 같은 책, 46-47쪽.

20 Johann Wolfgang von Goethe, *Werke*, Hamburger Ausgabe. 12권,
 München, 1981, 517쪽.

21 Peter Matussek, *Naturbild und Diskursgeschichte*, Stuttgart, 1992, 337쪽.

22 같은 곳.

23 Albrecht Schöne, 같은 글, 18쪽.

24 Wilhelm Voßkamp, "Höchstes Exemplar des utopischen Menschen:
 Ernst Bloch und Goethes *Faust*", in: *Deutsche Vierteljahrschrift*, 59,
 1985, 682쪽.

25 Karl Jaspers, *Unsere Zukunft und Goethe*, Bremen, 1949, 16쪽.

26 Hans Arens, *Kommentar zu Goethes Faust II*, Heidelberg, 1989, 871쪽.

27 Albrecht Schöne, *Fausts Himmelfahrt. Zur letzten Szene der Tragödie*,
 München, 1994, 22-24쪽.

28 Hans Jonas, "Dankrede bei der Verleihung des Friedenspreises des

생태주의자
괴테

deutschen Buchhandels*, in: *Frankfurter Allgemeine Zeitung*, 1987년 10월 10일자. 11쪽.

5장

1 Johann Wolfgang von Goethe, *Werke*, Hamburger Ausgabe in 14 Bänden, 14권, München, 1988, 154쪽.

2 Gernot Böhme, "Goethes Naturwissenschaft als Phänomenologie der Natur*, in: Gernot Böhme(Hrsg.), *Über Goethes Naturwissenschaft*, Bielefeld, 2017, 7쪽.

3 Johann Wolfgang von Goethe, *Sämtliche Werke. Briefe, Tagebücher und Gespräche. Frankfurter Ausgabe II. 12권*, Frankfurt/M. 1985, 320쪽.

4 Michael Mandelartz, "Goethe, Newton und die Wissenschaftstheorie. Zur Wissenschaftskritik und zur Methodologie der Farbenlehre.* Wesentlich erweiterte und umgearbeitete Fassung eines Vortrags auf dem XI. Internationalen Germanistenkongreß in Paris 2005. 5쪽. 이 논문이 수록된 사이트의 주소: http://www.kisc.meiji.ac.jp/~mmandel/pdf/mandelartz-goethe-newton.pdf

5 Johann Wolfgang von Goethe, *Werke*, Hamburger Ausgabe in 14 Bänden, 13권, München, 1988, 537쪽.

6 장희창, 「생태적 관점에서 본 괴테의 『색채론』」, 『괴테 연구』 19집, 2006, 11쪽.

7 요한 볼프강 폰 괴테, 『색채론』, 장희창 옮김(민음사, 2003), 73쪽. 이 작품 인용은 이 번역본을 참고하되 필요한 경우 약간의 수정을 가했으며, 이후로는 본문에 쪽수만 표기했다.

8 Johann Wolfgang von Goethe, *Werke*, Hamburger Ausgabe in 14 Bänden, 14권, München, 1988, 250쪽.

9 Johann Wolfgang Goethe, *Schriften zur Naturwissenschaft*, Stuttgart, 2009, 35쪽.

10 Gernot Böhme, 같은 책, 14쪽.

11 Manfred Wenzel, "Zur Naturwissenschaft überhaupt*, in: Gernot Böh-

me(Hrsg.), *Über Goethes Naturwissenschaft*, Bielefeld, 2017, 78쪽.

12 이윤민, 「시각 문화적 관점에서 본 괴테의 색채론」, 『한국색채학회 논문집』 21권 4호, 2007, 56쪽.

13 Johann Wolfgang Goethe, *Sämtliche Werke nach Epochen seines Schaffens*, Hrsg. von Karl Richter u. a. 17권, München 1985, 846쪽.

14 Gernot Böhme, 같은 곳,

15 Gertnot Böhme, 같은 책, 10쪽에서 재인용.

16 Johan Wolfgang Goethe, *Sämtliche Werke. Briefe, Tagebücher und Gespräche. Frankfurter Ausgabe I. 26*권, Frankfurt/M., 1985, 605쪽.

17 *Goethe Handbuch*, Band 3. Prosaschriften. Hrsg.v. Gertnot Böhme, Stuttgart, 1997, 724쪽.

18 Johann Wolfgang Goethe, *Sämtliche Werke nach Epochen seines Schaffens*, Hrsg. von Karl Richter u. a. 18권, München 1985, 1025쪽.

19 Johann Wolfgang von Goethe, *Werke*, Hamburger Ausgabe in 14 Bänden, 14권, München, 1988, 223쪽.

20 Wendy Anne Kopisch, *Naturlyrik im Zeichen der ökologischen Krise*, Kassel, 2012, 113쪽.

21 Johan Wolfgang Goethe, *Sämtliche Werke. Briefe, Tagebücher und Gespräche, Frankfurter Ausgabe I. 25*권, Frankfurt/M. 1985, 26쪽.

22 Johann Wolfgang von Goethe, *Werke*, Hamburger Ausgabe in 14 Bänden, 6권, München, 1988, 272쪽.

23 Johan Wolfgang Goethe, *Sämtliche Werke. Briefe, Tagebücher und Gespräche, Frankfurter Ausgabe I. 25*권, Frankfurt/M. 1985, 33쪽.

24 Dieter Borchmeyer, "Goethes Musiktheorie", in: *Goethe und das Zeitalter der Romantik*, hrsg.v. Walter Hinderer und Alexander von Bormann, Würzburg, 421쪽.

25 Johann Wolfgang Goethe, *Die Schriften zur Naturwissenschaft*, Bd. 9, Weimar, 1954, 200쪽.

26 Jost Hermand, *Im Wettlauf mit der Zeit. Aufsätze zu einer ökologiebe-*

생태주의자
괴테

wußten Ästhetik, Berlin, 41쪽.

27 Fritjof Capra, *Wendezeit. Bausteine für ein neues Weltbild*, München, 1988, 7쪽 이하.

28 Ernst Haeckel, *Generelle Morphologie der Organismen*, Berlin, 1866, 282쪽.

29 Werner Heisenberg, *Schritte über die Grenze. Gesammelte Reden und Aufsätze*, München, 1971, 118쪽.

30 Jost Hermand, 같은 책, 5쪽.

맺음말

1 Colin N. Waters, Jan Zalasiewicz, Colin Summerhayes, Anthony D. Barnosky, Clement Poirier, Agnieszka Galuszka, Alejandro Cearreta, Erle C. Ellis, et al., "The Anthropocene is functionally and stratigraphically distinct from the Holocene," *Science*, vol. 351, no. 6269 (January 8, 2016), 137-148쪽.

2 이광석, 「'인류세' 논의를 둘러싼 쟁점과 테크노-생태학적 전망」, 『문화과학』, 2019년 봄호, 28쪽.

3 생태학의 역사와 변천과정, 그리고 생태주의의 갈래와 다양한 주장에 대해서는 필자의 책 『생태문학』(책세상, 2003), 15-75쪽 참조.

4 Herbert Gruhl, *Ein Planet wird geplündert*, Frankfurt/M. 1975, 18쪽.

위대한 순간 008

생태주의자 괴테
- 근대의 길목에서 근대를 성찰하다

초판 인쇄 2019년 6월 27일
초판 발행 2019년 7월 5일

지은이 ─── 김용민
펴낸이 ─── 염현숙

책임편집 ─── 김영옥
편　　집 ─── 고원효
디자인 ─── 장원석
마케팅 ─── 정민호 이숙재 양서연 안남영
홍　　보 ─── 김희숙 김상만 이천희 오혜림
제　　작 ─── 강신은 김동욱 임현식
제작처 ─── 영신사

펴낸곳 ─── (주)문학동네
　　　　　　1993년 10월 22일 제406-2003-000045호
　　　　　　주소 10881 경기도 파주시 회동길 210
　　　　　　전자우편 editor@munhak.com
　　　　　　대표전화 031)955-8888　팩스 031)955-8855
　　　　　　문의전화 031)955-3578(마케팅), 031)955-1905(편집)
　　　　　　문학동네 카페 http://cafe.naver.com/mhdn

ISBN 978-89-546-5691-7　03850

이 도서의 국립중앙도서관 출판예정도서목록(CIP)은 서지정보유통지원시스템 홈페이지(http://seoji.nl.go.kr)와
국가자료공동목록시스템(http://www.nl.go.kr/kolisnet)에서 이용하실 수 있습니다. (CIP제어번호: CIP2019023947)

www.munhak.com